九州

NovoLand ·

魅灵之书

唐缺 著

北京联合出版公司
Beijing United Publishing Co.,Ltd.

图书在版编目（CIP）数据

九州·魅灵之书 / 唐缺著 . -- 北京：北京联合出
版公司 , 2021.8

ISBN 978-7-5596-5097-9

Ⅰ.①九… Ⅱ.①唐… Ⅲ.①长篇小说—中国—当代
Ⅳ.① I247.5

中国版本图书馆 CIP 数据核字 (2021) 第 096871 号

九州·魅灵之书

作　　者：唐　缺
出 品 人：赵红仕
责任编辑：李艳芬
封面设计：吴黛君

北京联合出版公司出版
（北京市西城区德外大街83号楼9层 100088）
北京新华先锋出版科技有限公司发行
涿州汇美亿浓印刷有限公司印刷　新华书店经销
字数231千字　787毫米×1092毫米　1/16　16印张
2021年8月第1版　2021年8月第1次印刷
ISBN 978-7-5596-5097-9
定价：49.00元

序　言

　　众所周知，九州一共有六大种族，你可以很轻易地说出其中五个种族的特性，比如人类总喜欢打仗，还最爱玩阴招儿；河络都是宗教狂热分子，脑袋轴得只有一根筋；夸父个个都又高又壮，性情单纯而勇武；鲛人，据说《美人鱼》就是受鲛人的启发创作出来的；鸟人们，对不起，是羽人，顾名思义，他们能长出翅膀，飞在天上朝下乱扔垃圾……

　　但说到魅的时候就有点儿郁闷了。你没办法形容魅这个种族的大致体貌特征，因为他们的外貌、体形千变万化，长成什么样的都有。你也没法归纳出一个总体的种族性格，因为绝大多数的魅都以不同的外形散居在其他种族的社会里，根本无法形成共性。这是一个特殊的种族，仿佛总是游离于其他五族的文明圈之外，却又无所不在地扎根于五族的社会之中。也许昨晚的选秀冠军就是一个魅，也许你家隔壁每天早上卖油条的老头儿就是一个魅，直到他们死去，你可能都无法知道他们的真实身份。

　　我们不妨从魅的产生开始谈起。其他五大种族无论存在多少差异，在新生命的诞生方面都是一样的：父精母血、十月怀胎。但魅却不同，这种生物是没有父母的，每一个魅的诞生，都经历了一个奇特的过程：精神游丝的凝聚。根据这种说法，弼马温孙悟空很可能就是一个魅。

　　精神游丝看起来是一个不那么容易理解的概念，我们可以打个比方：任何高级动物的精神活动，比如思考、学习、写情书、玩游戏、上网……

都会像液体挥发一样，带动一部分精神发散到自然界中，这些发散的精神就叫作"精神游丝"。

而魅，就是由这些精神游丝逐步凝聚而成的。在某些特定的条件下，比如附近有秘术师在打架，激发出了强大的精神力，散逸在空气中的精神游丝就会一点一点聚集在一起，慢慢结合成一种精神体，那就是魅的初级形态：虚魅。

虚魅没有实体，也不具备五感，不动用现代化的高科技仪器估计谁也捕捉不到。这种形态的魅具有一定的感知能力和学习能力，但无法永久维持，会慢慢被荒神吸收。所以魅想要寻找出路，光是变成虚魅是不行的，他们还需要一个实体，用可见可触的物质构成的实体，称之为"实魅"或者"形魅"。

实魅是魅的终极形态，是虚魅一点一点从自然界转化物质、构筑身体之后的产物。由于这样的凝聚过程会极大消耗精神力，而且失败的概率很高，所以虚魅并不能随心所欲地选择形态，一般都以其他种族的形态为模板来凝聚。这些成熟的形态既然已经经过了自然选择，成功率当然会高一些，比如说人类。这就好比学生在理论上要接受素质教育，五花八门什么都得涉猎，但要跨过大学的门槛，还得埋头苦干高考科目，就不得不把这样那样的素质暂放一边。

好了，现在我们有了一团虚魅，虚魅千辛万苦凝聚成实魅，问题来了：他该怎么生活？

从魅的凝聚过程就能看出来，魅的形成十分艰难，所以魅是九州六族中人口最稀少的种族，并且他们彼此之间大多不认识。因此，魅在一段极其漫长的时间里都无法形成社会，他们只能混迹在其他种族的社会里，隐瞒着身份生活下去。

为什么要隐瞒身份？其实只是出于一个很简单的理念：非我族类，其心必异。无论人类、羽人还是其他的种族，谁都不希望自己身边隐藏着和自己长成一个模样却又偏偏是异类的生物，尽管这些生物完全可能人畜无害、与世无争。

魅本身还有一个很让旁人忌惮的优势：他们的精神力普遍比较强，容易成为实力强大的秘术师。匹夫无罪，怀璧其罪，人们自然要对魅更加提防一点儿，要不没准你昨天才辱骂过的小厮今天就放火烧掉了你的房子。

魅是一个没有根的种族。他们很难寻找到自己的同类，又往往不被异族所接纳，只能在孤独和掩饰中战战兢兢地生活。这样的局面持续了很多个纪元，直到杀手组织"天罗"出现。

天罗具体的起源年代已经无法考证，但人们普遍推测，最初创立天罗的就是一群历尽千辛万苦才慢慢聚集到一起的魅。这些魅在危机四伏的九州大地上寻找到了相当数量的同族，于是决定建立这个组织以保护自身的安全。这些魅运用他们的智慧，慢慢地把暗杀变成了一项精妙而冷酷的艺术。

但随着赚取的金钱不断增加，天罗的贪欲也在增大，组织持续扩大，已经无法维持原来单纯由魅组成的结构，终于开始不断招入非魅族成员。虽然从整个九州史的意义上来说，天罗这样牛哄哄的杀手组织给人们带来了很多话题，并且在多个历史时期都起到了扭转乾坤的作用，但假如只站在魅族的角度上，我们就不得不说，天罗堕落了。

天罗变质之后，魅族又回到了一盘散沙的境地，在异族的社会中悄悄生存。一旦被认出来，往往就会遭到毫不留情的驱逐。在这一过程中，某些火气比较大的魅选择了报复，这样更加激化了矛盾。魅族渐渐由过去的被厌弃转化为被仇恨，各地杀害魅的事件时有发生。在这种危急的形势下，魅开始尝试寻找新的生存之道。

那就是本书即将展开的故事了。

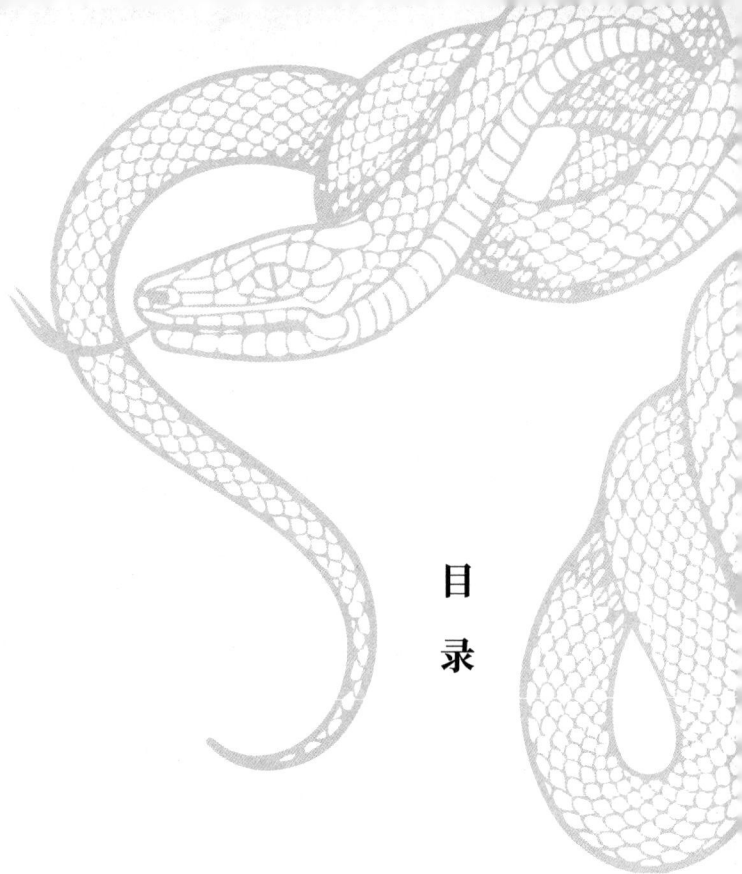

目录

第一个故事
夸父西行

一个小问题：把一个夸父关进碗橱里需要几个步骤？

最聪明的答案：三个步骤。

第一，打开碗橱；

第二，把夸父塞到碗橱里；

第三，关上碗橱。

一

表面上看起来，夸父们就好像被关进碗橱里的菜，随时可以被拎出来嚼成碎渣，但事实并非如此。他们在这座雪山上已经整整坚守了十七天，半山腰上密密麻麻留下无数人类的尸体。在殇州雪原严寒的空气中，这些尸体如果没有人收殓，大概会一直在那里冻得硬邦邦，作为夸父们军功的彰显——光是想想都很令夸父们心情愉悦。

傍晚的时候，人类又发动了新一轮的攻势，特制的床弩从将近两百步远的距离将一支支加长加粗的利箭射过来，但这些足够穿透夸父坚韧皮肤的硬弩统统打空了，全都射在了用冰雕刻成的粗糙的假人上。在之前的几次战斗中，夸父们充分利用了他们出奇耐寒的体质，长时间埋伏在雪地里，利用狩猎式的突袭让人类遭受了不少的损失，逼得人类开始慢慢学会观察雪堆的形状，判断一片看似平静的雪地上会否有夸父潜伏于地下。然而这一次，他们上了假人的当。

硬弩打中了假靶子，而真正的夸父们已经悄悄绕到了人类的侧面。正当人类士兵们眼望着远处被射中的假人、嘲笑着夸父们不懂得变通的低下智力时，"智力低下"的夸父猛然发动了突袭。在如此近的距离内，夸父身上每一块岩石般的坚硬肌肉都清晰可见，他们狰狞的面孔犹如死神，掀起铺天盖地的死亡的幕布，将人类脆弱的生命毫不留情地死死盖住。

"太解气了！好久没和人类打得那么痛快了！"冰嗥一边生火一边兴奋地说。在傍晚的战斗里，他亲手割下了八个人类的脑袋，现在这些表情栩栩如生的脑袋都拴在他的腰间，随着他的动作而左右摇晃。他的同伴们也和他一样，肆无忌惮地点燃篝火、烧烤食物、清理伤口，并不惧怕火光会让他们暴露目标，因为殇州的黑夜是属于夸父的，那些弱不禁风的人类就算把自己裹成一头牦牛，也没可能在热血都会被冻结的雪夜里发起袭击。严酷的生存环境是天神给予这个种族的磨难，同时却也是赐给他们的天然保护伞，让这个人口少得可怜的巨人种族能够在人类和羽人的夹缝中顽强地求生，永远不会被征服。

然而欢乐的气氛并没有持续多久，当夸父们刚刚开始大口撕咬着香气四溢的雪麂肉，准备尽情享受一个胜利的夜晚时，从岩洞的方向传来一声焦急的呐喊："狼骨快要不行了！"

所有人都扔下了手里的东西。这座山上谁都可以死，唯独狼骨不能死。

但狼骨真的要死了。他的气息很微弱，脸色惨白，肩上的伤口已经发黑。族长毫不犹豫地拿出部落里一直珍藏着的一棵成型的千年雪参，切下半支塞进狼骨的嘴里。过了一会儿，狼骨慢慢醒了过来，脸上有了一些血色。

"不该浪费这支好参在我身上，"他喘息了一阵后，慢慢说，"应该给受伤的战士。我多活半天一天又有什么用？"

要是换成人类，这时候少不得要说上几句"别瞎说，你不会死的""一定能养好"之类的话，但夸父是天生不怎么爱说谎的种族。族长想了想："你说得有道理。但我还是忍不住，毕竟你是我们当中唯一和人类打过交道的，这些日子能够胜利，也都靠你的智慧。离开了你，我们的战斗会很艰难。"

狼骨微微一笑："智慧？一个军师能带给你们计谋，但不能带给你们智慧，更不能带给你们战斗的勇气。难道以后都一定要把夸父族人送到人类的斗兽场里去锤炼过了才能打仗？过去的几千年里，夸父族也并没有灭绝过。"

"斗兽场"三个字说出口后，岩洞里一片安静，只听到篝火"哔哔剥剥"的声响和洞外北风的怒号。这三个字对于夸父而言始终是某种禁忌，它所代表的是这个巨人的种族最屈辱的历史，并且这个历史仍然在不停地往下书写。也许不到人类或者夸父当中的一族灭亡，它就永远也不会停止。

狼骨慢慢转头，看着夸父们肃穆而充满悲愤的面孔，轻声说："我的时候不多了，也许只够和你们说一会儿话了。你们不是一直想知道我的过去吗？你们不是一直想知道我为什么会离开雷州来到这里和你们并肩作战吗？我不能让族长白白浪费那半支雪参，就把我的故事讲给你们听吧！"

他停顿了一会儿，似乎是在斟酌应当从什么地方讲起。最后他轻轻地叹息一声："让我们从一个魅开始讲述吧！那个魅的名字叫狄弦，如果你们稍微注意一点儿人类社会的动向，就能知道他现在是个大名鼎鼎的通缉犯，不过回到几十年前，没人知道他是一个魅，因为他的人类形态的确凝聚得很完美，身份也隐藏得很好。人们知道一句江湖常识：有麻烦，找狄弦。"

二

"销金谷，天下铸剑名家会聚之所。数百年来九州大陆上的知名神兵，十中有九出自此谷。相传七百年前，河络族铸剑大师钢水杜雷与人类铸剑大师欧雁归在此结庐较技，兵成时鬼哭神泣，天地为之变色，后世铸剑师莫不叹服，皆慕前辈遗风而来……"

童舟回想着这段曾令自己神往不已的话，再看看眼前真实的销金谷，有点儿发愣，同时也有点儿烦躁。活了快二十年，每次被那么大一群人包围，都会让她忍不住要把拳头捏得咯咯作响。身边的人男女老少都有，以人类和羽人为主，甚至还有身材矮小的河络工匠，一个个摆出热情而诚实的面孔，口沫四溅，喋喋不休。假如这时候从一块岩石后闪出一个夸父，她也不会觉得意外。

"姑娘，您跟着我走就算找对人了，咱家的兵器铺是整个销金谷最好的！"

"去年宛州枪王孟飞的新兵器虎头亮银枪，就是我们铺子打出来的！"

"我们家老板是欧雁归的第二十四代正宗传人，技艺超群……"

童舟的脑子里嗡嗡作响，好似有千万只马蜂在转。她想起自己来时一路上对销金谷的遐想：幽深宁静，绿竹松涛，小溪潺潺伴随着叮当的铁器敲击，林深处偶尔飘起的烟雾……但现在摆在面前的显然更像个乡村集市：呛人的浓烟，遍地的垃圾，随处可见的歪歪斜斜的铁匠铺子，拉客的伙计们就像集市里小贩们推推搡搡，争先恐后地吹嘘着自己的包子皮薄馅儿大。

"对不起，"她用尽量温和的语调说，"我不是来打兵器的，我是来……来找人的。"

这句话的效果出乎意料的好。人群当即散去，简直比他们围上来的速度还要快，风中飘过来一句话："向前一直走，走到头左转，走到头再右转……"

童舟糊涂了："可是您还不知道我究竟找谁啊？"

"废话，还能找谁？"对方气哼哼地回答，"来这儿找人的，还不都是去找那个王八蛋的！"

童舟不敢再多说，顺着此人的指点，七拐八拐，找到了那间铺子。该铺子果然是大大的与众不同，夹在其他兵器铺里格外醒目，因为它门外没有挂半件点明身份的装饰，或是"绝对保真魂印兵器"的宣传语，只悬着一块木牌。

木牌上用比初学写字的顽童还要拙劣的书法写着几行狗爬一般的字，童舟勉强辨认着："门票半个金铢，塞入门洞。如无应答，少安毋躁。"

兵器铺还要卖门票？童舟觉得不可思议，而且半个金铢的价格也未免太高了点儿。但她还是从身上摸出几个银毫，凑足半个金铢，对着门上那个涂了箭头标明"金铢从此入"的门洞塞了进去。一阵叮叮咣咣的撞击声后，门居然真的开了。但门后并没有开门人。

童舟小心地走进去，发现那个门洞连着一根长长的金属管，一直通到里屋，银毫无疑就顺着这根管道进去了，然后屋里的人收到钱后，再通过另一道机关来开门。

开个门这点小事都能展现出高深的技艺！童舟反倒是对主人又增添了几分好奇。她大着胆子继续往里走，推开里屋的门进去，主人就斜靠在床上，背对着门。

"请问……您就是狄弦狄先生吗？"她问。

"我不是。你可以回去了。"一个似乎半梦半醒的声音回答说。童舟愣住了，正不知该说什么，对方又开口了："你一定是第一次来。记住，我不喜欢听废话。"

童舟被噎住了，只觉得自己的指节又开始咯咯作响，过了好半天才压住怒火，接着说："是我父亲要我来找你的，他叫童维，说……"

"不必扯这些，"对方不客气地打断了他，"你再认识谁我也不会打折的。"

童舟又被噎住了，正在不知所措，主人忽然转过身来，盯住了她。这是童舟第一次看清楚狄弦的脸：三十来岁，苍白、微胖、一脸胡楂，惺忪的睡眼半开半闭，讲话时简直就像在说梦话——但这厮对于打折一类的问题偏偏反应迅速。

"童维？"这个叫狄弦的男人皱起了眉头，"是那个先气死了自己的老婆，再被情人甩掉的蛮族老白脸吗？"

这话真是让人不知该如何作答。童舟吭哧了好一阵子，还没想清楚究竟怎么说，"当啷"一声，又一枚敲门金铢落到了狄弦身前的桌上。与之前稍有不同的是，这并不是一枚金铢，而是一整块金子，粗略估计至少能合二三十个金铢，上面还有几个像是指印的痕迹。

狄弦把金子拿在手里，掂了掂分量，扭头对童舟说："你到后面去等着，他们完了就轮到你。"

童舟不解："可是……我是先来的啊！"

"我这里没有先来后到的规矩，"狄弦手里把玩着金子，"有钱就能优先。"

镇静，镇静，童舟对自己说，世界很美好，一定要镇静。

童舟从后屋的门缝往外看去，新进来的这拨人看来对狄弦的行事作风很熟悉，直奔主题，没有废话。为首的年轻人直截了当地说："我需要你替我找一个人，按照你的常价再翻一倍，而且可以预付三分之一。"

狄弦没有回答，只是若有所思地上下打量着他，两只眼睛中闪动着锐利的光芒，令这个英气勃勃的英俊年轻人老大不自在。大概他平时没有被人这么无礼地端详过，身后的侍从忍不住就要发难，却被他摆手阻止。

最后狄弦举起那带着指痕的金子，终于开口："要炫富的话，不如直接扔出一块美玉或者一串珠铭什么的来得大气。所以这块带上了爪印的金子只能说明一个问题：你的玄冰指练得还不到家，大一点儿的金锭才能方便你发力。"

年轻人有些尴尬，强笑着说："好眼力，狄先生果然名不虚传。我就是毕钵罗港霍老爷子的三子霍奇峰。"

狄弦点点头："嗯。看来九州最大的船王家族也遇上了天大的麻烦哪！"

霍奇峰一惊："你怎么知道？"

"连最不成器的废料都被派出来跑差了，可想而知形势紧急。"狄弦淡淡地回答。

霍奇峰的一张脸涨成了猪肝色，右手霍地扬起，却又无力地垂下，强忍着怒气说："我们的确遇到了一点儿麻烦。现在霍家散布在九州各地的高手都回到毕钵罗了。尽管如此，我们还是觉得未必足够。"

"看来你们要找的这个人很不简单哪，"狄弦若有所思，"霍家的玄天指虽然欺世盗名，拳脚功夫倒是偷偷摸摸练得挺不错，特别是新任家长、年轻一辈的老大霍天峰，算是个有真本事的货色，虽然人品低劣了点儿……聚集这么多人对付一个人，这家伙的名号应该在九州也算有数的吧？"

霍奇峰不再理会狄弦的句句带刺，简短地说："他叫狼骨。"

"狼骨？"狄弦微微一愣，"这听起来像是一个夸父的名字……等等！听说前些天，在毕钵罗港逃走了一个刚刚运到的夸父？这个夸父本来是打算运到雷州北部的桑城，用来做斗兽表演的吧？"

"您的消息真是灵通啊！"霍奇峰不知是佩服还是挖苦，"我们要找的，就是这个夸父。"

"九州船王怎么会招惹到一个夸父？"狄弦问，"而且听起来，是一个相当厉害的夸父。"

"恕我不能告诉您，您只管收钱办事就行了，"霍奇峰说，"不需要出手对付他，只要能找到他，我们自然有人去动手。"

"我从来不喜欢办稀里糊涂的事，"狄弦摇晃着手指，"不然你可以另外请别人，不过门票钱不退。"

霍奇峰脸上刚刚消退的猪肝色又回来了，看得出他在用尽全力忍耐，最后他用绝对能把那块敲门金子嚼碎的声音说："我不能做主。如果您确实对这笔生意有兴趣，请赴毕钵罗一叙。"

"加付路费。"狄弦轻松地抛出这四个字。

躲在后面的童舟想，可怜的人，我真同情你。

霍奇峰发着抖离开了，走路好似在打摆子。童舟这才敢钻出来。

狄弦说："你也听到了，我接了这个案子，所以你要么等，要么另找别人。钱我可以退给你。"

"可我不是来找你查案的。"童舟说。

"哦？"狄弦有点儿意外，"那你干什么来了？邀请名人共进晚餐？"

"我是来替父亲还钱的，"童舟说，"父亲留有遗命，说他欠了你一百四十三个金铢没还。"

"哦？他死了？倒也无所谓……那么看在老相识的份儿上，不计利息，就是这么多了，给钱吧！"

"可我没有这么多钱。"童舟坦然地说，"我全身上下的零碎加在一起不到五个金铢，还有半个刚刚给你交了敲门费。"

狄弦盯着她："没钱来还什么债？"

"父亲说了，当年他和你有过约定，如果他临死还无力还债，就用他最宝贵的一样东西来代替。"童舟慢吞吞地说，"他那样的穷鬼能有什么宝贝？"童舟哼了一声，"到最后死了都还要拖累我。"

狄弦愣了愣："等等！你的意思不会是说……"

童舟叹了口气："没错，就是我，我就是他最宝贵的东西。他的遗命是，知道你那副臭脾气肯定讨不到老婆，所以要我嫁给你，就算是替他还债了。他特别强调，按照你们俩的约定，你不能拒绝这次还债。"

"你说得对，的确有这么一个狗屁约定，"狄弦叹息着，"但是一百四十三个金铢就想塞个包袱让我背一辈子，童老头儿的如意算盘未免也打得太美了。"

"没错，他也是那么说的，"童舟跟着叹了口气，"但我也没办法，你以为你这样的怪……不求你，我恐怕连二十岁都活不过去了。两害相……所以求你帮帮我吧！"

她说起话来吞吞吐吐，似乎屡次想要说几句损人的话，诸如"你这样的怪物""两害相权取其轻"，却又强行压抑住。狄弦不说话了，仔细打量着童舟的脸，过了好一会儿才开口："这种隐藏在眉心的黑气，我虽然没有见过，却也听说过。使用魂印兵器过度，被邪灵反噬，就会出现这样的黑气。"

"还有另外一种可能性，"童舟说，"一个魅在凝聚过程中产生了意外，于是拥有了这种永远无法消退的终生缺陷。她的体内会藏有一团未能够凝聚成实体的精神力，大多数时候都被压制着，但一旦挣脱了束缚，就有可能吞噬掉这个魅原有的心智，毁掉这具躯体，于是结局只有一个，那就是死亡。如果把魅的身体比作一个火药桶，这股精神力就像是一根没有点燃的引信，随时有可能爆出火花。"

"这么说，你是一个魅？"狄弦有些意外。

"和你一样，完美地隐藏了自己的身份、被旁人当作普通人类的魅。"童舟挤出一个和善的笑容。

"所以你只是他的养女，"狄弦点点头，"童老头儿倒是聪明，知道我的精神力足够帮助你压制那团畸形的精神力，也知道这样的精神力只能压制而难以根除，所以想出这么个法子，想让我照料你一辈子。那笔钱，没准就是他故意欠下的——这孙子十年前就打定主意要讹我了。"

"这个我就不知道了，"童舟摇着头，"我只知道他一直对我说，一定能有办法救我。所以他早就开始培训我的厨艺、女红……"

狄弦哼了一声："他想得美！他的亲女儿我也未必愿意管，更何况是养女。厨艺、女红算个屁，老子雇个老妈子也能行，又欠钱又让我当保姆，这死老头子做起生意倒真能稳赚不赔！"

童舟沉默了，闭上双目开始深呼吸。狄弦莫名其妙，发觉对方的身体开始轻微颤抖，接着他敏锐地注意到，童舟眉心处的黑气有扩大的趋势。

糟糕！他只来得及想到这两个字，身体就飞了起来。

三

毕钵罗港的关键词是忙碌。作为雷州最大、最重要的港口，这里每天都有无数船只来来往往，载着人们的商机与梦想。任何时候来到码头，你都能见到一派繁荣的景象，让人误以为自己来到了宛州。在雷州这个至今仍未被完全勘探的荒凉之地，毕钵罗就像是沙漠中的黄金王冠，璀璨夺目。

而造船业巨头雷州霍氏，无疑是这顶金冠上最耀眼的明珠。多年来不遗余力地扩张、倾轧、豪夺、暗取，让霍氏不止在雷州独大，更成为全九州排行第一的船王。要说有人敢于向一贯心狠手辣的霍氏挑衅，简直像是奇谈。当然，如果是夸父，却又得另当别论了。

"一个被俘虏后准备运到桑城做斗兽表演的夸父，为什么会让霍氏上下如临大敌？"狄弦问童舟。此时两人已经离开了位于雷州西部的销金谷，从陆路进入毕钵罗。

"你这算是考我吗？"童舟问。

"算是吧，"狄弦的声音听起来有些闷闷不乐，"在我想到办法甩开你之前，总得多找出点你的用处，免得老子白养活你。"

他一面说，一面轻轻揉着胸口，几天前童舟那突然爆发的一拳打得他现在都还在痛。而童舟显然想起那时候的情景就很想笑，但还是忍住了，在脸上维持着温良恭俭让的神情。

事后狄弦无比恼火："你怎么不早告诉我你失控起来那么危险？我还当你是个傻妞呢！"

"我平时必须要做傻妞呀，"童舟一边替狄弦抹伤药一边说，"我必须要尽量控制住我的脾气，不然那股精神力一上来我会做出什么事来，连我自己都不知道。"

"那倒还能有点儿用，"狄弦琢磨了一下，"危急时候能把你扔出去当挡箭牌，不亏。而且你刚才说你会做饭……"

"那你是答应娶我了？"童舟问。

"还没有，"狄弦摇头，"但可以给你一定时间作为考察期。在此期间我会保住你的命，然后看你的表现而定。"

童舟的嘴噘了起来，但又很快展露出温驯的笑容："其实你还是给自己找了个廉价的老妈子……没问题，我这就做饭去！"

现在傻妞兼老妈子得到了一个经受考验的机会，看似不能轻易浪费。但她皱着眉头想了很久，最后却说："我还是不发表意见的比较好。"

"为什么？"狄弦一怔。

"我听说，男人都不喜欢太过聪明的女人，那样会让他们感到危险，尤其感到不能掌控一切的挫折感，"童舟用谦卑的语气说，"我还是宁可你把我当成一个傻妞。而且我还听说男人都喜欢别人奉承，所以……"她换出一脸的迷茫，中间恰到好处地点缀了一点儿崇拜，"所以麻烦您老给我指点迷津啦！"

狄弦从鼻孔里出了一口气："早晚扔掉你这个累赘……好吧，你就站在一边跟着'嗯嗯'几句也成。虽然你对霍家不是很熟，但也可以想象到，想要做出全九州最大的生意，光靠合法经营是行不通的。他们手底下打手一定很多。"

童舟无比听话地连声"嗯嗯"，狄弦只能捏紧拳头再说下去："拥有那么多打手，却还害怕某个敌人，那这个敌人一定相当厉害，很难对付。但他实际上只是一个被人类俘虏做斗兽表演的夸父，能够被普通的人类击败抓起来，听上去没那么了不起嘛！"

这话显然带点循循善诱的味道，但童舟还是装傻充愣、不置可否，气得狄弦抬眼望天："这说明，要么霍家上下吃饱了撑得过度敏感，要么就是那些抓夸父的人上了当。"

"怎么上当了呢？"童舟好似捧哏的，恰到好处地发问。

"这个夸父大概是早就预谋好了要到毕钵罗来找霍家的晦气，可是你想想，近四十年来人类和夸父一直在打仗，一个块头那么大的夸父，想要神不知鬼不觉从殇州出发，潜入人类的地盘里，可能吗？难道他抱着冰块漂过来？他只能另辟蹊径，想到了唯一一种可以让他安然跨越千山万水来到毕钵罗而不会被人半途截下来的方法——"

"假装被捉住，以俘虏的身份，让人类把他运到雷州，然后再伺机逃跑！"捧哏的童舟替他说出了答案。虽然从头到尾她并没有提供任何建设性的点子，但应和之间倒也颇合狄弦的胃口。

"所以这个夸父蓄谋已久，显然对霍家攒足了深沉的仇恨，要不是想要狠狠赚他们一笔钱，我倒还真想看看双方的大对决呢……霍家到了！"狄弦伸手一指。

人类富豪都喜欢把自己的宅院修得富丽堂皇、规模不凡，再养上几十上百个家丁护院，出入呼喝开道，威风八面。而霍家虽然不能免俗地也这么做了，但其实有点儿多余，因为他们世代累积的声望早已足够，霍氏子弟在毕钵罗港的任何一处角落都可以横着走，谁都不敢招惹他们。

正因为如此，狄弦这样敢于在霍家的宅院里横着走的货色，才显得如此稀罕、如此与众不同。进门不过半个对时，霍宅上上下下至少有四五十人心里存了"老子待会儿就拿刀剁了他"的念头，可惜这也仅仅是念头而已。既然当家的霍天峰对他客客气气、礼敬有加，旁人就绝对不敢造次。

"我可以付三倍的钱，只要你不去追究事件的原委，"霍天峰说，"我付钱，你出力，很简单的交易。我们霍家富可敌国，而你是全九州最能帮人解决问题的人，知道这两点不就足够了吗？"

"可惜我从来不喜欢那些太过简单的交易，"狄弦的表情很决绝，"我是绝对不会稀里糊涂办事的。有很多委托的背后潜藏着巨大的危险，我不想在调查过程中因为不了解背景而枉送性命，你加付一百倍也换不回我的命。"

霍天峰思索了一阵子，突然很痛快地做了个"请"的手势，示意狄弦与童舟跟他进内堂。这倒有些出乎狄弦的意料。他禁不住打量了一下霍天峰，此人还不到四十岁，肤色白皙中透出红润，身材比狄弦还更显肥胖，像是个养尊处优的豪门公子哥。但是很明显的，他至少懂得审时度势。

三人在内堂里坐定，仆人们都很知趣地不敢跟进去。霍天峰叹了口气："说起来，这件事和我还真没有什么关系，都是我父亲惹下的祸端。"

"你父亲？那个不断鼓吹要把殇州从夸父手里夺下来的霍闻达？"狄弦问，"好像是去年下半年死的吧？"

"就是他，他当年一门心思想要游说东路诸侯出兵殇州，瓦解掉殇州的天险，不过我猜测他真正的目的是在战争结束后进行商贸活动，毕竟殇州虽然苦寒，却隐藏着丰富的资源，"霍天峰说，"为此他还专程去过殇州探查。当然了，他肯定不会把真正的目的说出来，而是纯粹装扮成一个行商、一个旅行家，获取了一个当地夸父的信任，陪同他考察殇州的地理、洋流和气候。"

"就是那个叫狼骨的？"狄弦问。

"是他，一个非常强悍的夸父战士，"霍天峰脸上的表情很复杂，"他开始很信任我父亲，以为他能增进夸父和人类之间的交流、和解。到后来却慢慢发现了父亲真正的意图，所以他们俩……闹翻了。这个强壮的夸父试图杀死我父亲，但我父亲用计谋击败了他，活着回到了雷州。不过从此以后，双方的仇怨是结下了。"

"我有点儿明白了。你父亲活着的时候，他忌惮你父亲；现在人死了，他就要来找你们全家报复了……"狄弦事不关己地点点头，"可是能对付他的人已经不在了，难怪你们要如此紧张。"

之后进入了正常的问询程序。按照霍家提供的说法，运送这一批夸父俘虏的船只于三月三日清晨抵达毕钵罗，就在人们用尖头木棍驱赶着夸父们下船时，一路上都委顿不堪的狼骨突然暴起，不费吹灰之力挣脱了捆在他身上的铁链，夺路而逃。当时至少有二十来个人类武士试图阻止他，然而几乎是在转瞬之间，所有武士都躺在了地上。夸父则迅速消失在了黎明的雾霭中，整个过程不超过一分半钟。

"那可都是些久经训练的壮汉哪！"讲述者强调说，"铁链更是特制的，用刀都砍不断，没想到就被那个该死的夸父轻易挣断了。"

"但是这可不是个身躯矮小的河络，而是两人高的夸父，光脚步声都和打雷似的，就算再有浓雾的遮蔽，也没那么容易轻轻松松地消失掉吧？"狄弦问。

讲述者摇摇头："这我就不知道了。不过你得设身处地地想一想，一般人遇到这么个凶神恶煞，恐怕连胆都得吓破了，谁还敢去追呢？他们不敢去追，只好把夸父形容得厉害一点儿，好推脱自己的责任。"

"倒也不无道理，"狄弦说，"后来呢？他就这么消失无踪了？"

"没错，到现在一个多月了，还没能找到。但是在他留在船舱里的一块兽皮里，人们找到了一张至少十多年前的旧地图，已经被揉得像咸菜一样了，但还是能辨认出，那是一张毕钵罗港的地图，而地图上霍府的位置用木炭醒目地标了出来……"

"就是现在的位置吗？"

"是的，霍家是百年老宅，许久没有搬迁过了，虽然其他道路变化不小，但霍家的方位不会错。"

后面的事情可以想象了，运货者不敢怠慢，把这桩怪事告诉了霍家，而霍天峰自然早就从父亲那里得知了狼骨的相貌，很容易猜到事情的来龙去脉。二十多年前的夸父仇家上门寻仇，这可不是开玩笑的，也难怪他们要如临大敌。此后的日子里，除了召回大部分家族高手在家中防御外，霍天峰也派人把全城翻过来倒过去地细细筛了一遍，但偌大一个夸父偏偏就消失不见，好似一滴水落入了海洋。

"我们接下来是不是就要去找这个夸父？"离开霍府后童舟问道。

"找？怎么找？"狄弦白眼一翻，"霍家那么多人都找不到。"

童舟似乎被噎住了："那是你的事，我只是个烧饭的老妈子，我可什么都不知道。"

"不知道最好，"狄弦宽容地拍拍她的肩膀，"现在先去找个地方休息，这几天赶路够累了，老子要好好睡一觉。"

"你不怕你睡觉的时候，那个夸父突然钻出来，拧掉霍天峰的脑袋？"童舟终于忍不住问。

"你看看霍家上上下下的样子，绷得比弓弦还紧，那个夸父除非是个傻子，否则绝对不会轻举妄动——能够假装被俘虏，让人舒舒服服把他运到雷州的家伙，会是个傻子吗？"狄弦回答，"所以很明显，短期之内这个夸父不会现身的，他还在耐心等待对方出现松懈时的机会，而我们也可以好好休息，然后做点别的调查。"

"调查什么？"

"霍家的人恐怕没有全部说实话，我需要点第一手资料。"

"你不会是想要去……"

"没错，我就是想去桑城，找那些运送夸父的人问问，"狄弦邪恶地一笑，"顺便也可以欣赏一下夸父角斗。"

"我看那才是你的主要目的吧……随你便喽！"童舟耸耸肩，"反正本老妈子只管做饭，在什么地方都一样。"

四

场中两名夸父的搏杀已经到了最紧要的关头。他们都已经伤痕累累、浑身浴血，个头稍高的那个左腿一瘸一拐，矮一些的左臂负了伤，有些活动不便。他们的武器都已经在激烈的拼斗中折断损毁了，现在是在赤手空拳地肉搏。

童舟手捧着心口，面色苍白，呼吸急促，两只眼睛甚至舍不得稍微眨一下，早把她自己之前说的"本老妈子只管做饭"忘到了九霄云外。狄弦无奈地摇摇头，看看四周，人们都在疯狂地欢呼着，看着那些与己无关的热血洒在斗兽场上。

除了夸父相互厮杀之外，斗兽场的娱乐项目还包括夸父和各种猛兽的战斗，比如老虎、狮子、狼、六角牦牛乃至狰。这些表演同样激动人心，但最受欢迎的始终是夸父与夸父的生死决斗。人类恐惧夸父，害怕他们无与伦比的力量和体魄，因此在观看他们自相残杀时才会有别样的乐趣与满足。

桑城就是借助着人类的这种欲望而迅速崛起的城市。这座城市地理位置偏僻，也没有什么值钱的土特产或矿藏，它的全部魅力之源就是位于城中心的九州最大的斗兽场。每天都有无数旅客为了一睹斗兽的迷人魅力而涌入桑城，给城市带来生机活力，也带来本地人赖以生存的金钱。

"悠着点，"狄弦轻轻拍了拍童舟的肩膀，"别忘了，你现在的身份是来此寻欢作乐的人族小姐，别把你的内心情感泄露出来。"

童舟大喘一口气，看看周围没人注意到她，稍微放下心来："我……我有什么内心情感可泄露的？"

"兔死狐悲。"狄弦简短地回答。童舟不吭声了，把眼睛瞟向别处，尽量不去注意斗场中的情景。但人们的欢呼声仍然不可阻挡地钻入耳朵。在一片惊叹和喝彩后，声音逐渐低去，说明这一场格斗结束了，一名夸父亲手杀死了他的同族，获得了多活一天或者几天的机会。

童舟终于还是忍不住看了一眼。场地中，一名夸父已经倒在了地上，脖子被折断了，而在他的身边，杀死他的夸父正跪在地上，默默祝祷。

狄弦轻声嘟囔了一句什么，童舟听他似乎是在说"姑娘漂亮"，但语声却很肃穆，忍不住问："你在说什么？"

"没什么，那是一句夸父的祝祷用语，用来接引英勇的战士灵魂归天，"狄弦说，"用东陆语翻译，大致应该是八个字：天之高处，魂之所栖。那是那个夸父唯一能为他的同伴做的事。"

找到殇州骒马行的时候，童舟已经完全恢复冷静，带着一脸跟班的呆傻状，事不关己地站在狄弦身后。该商号明为骒马行，实际上所干的营生是利用军旅的关系，从战地购买被俘虏的夸父，此外也从各地买入一些猛禽猛兽，但绝对和骒马没半点儿关系——就好比狄弦虽然总爱躲在销金谷里，却从来没有打过一把剑。

"霍先生，关于那个夸父失踪的经过，我已经向你们陈述过不下十遍了，还有必要专程到桑城来跑一趟吗？"骒马行的少主卫中恒狐疑地问。一个多月前的三月三日，夸父狼骨正是从他所押运的海船上逃离的。这是他第一次独自带船押送夸父，没想到就出了事故，心情一直有些郁郁寡欢，见到霍家纠缠不休，自然更添烦闷。

"有需要的话我甚至可以跑到殇州去，"狄弦神情淡然，"这就是我们霍家的行事风格。"

卫中恒从鼻孔里出了口粗气，霍家那么大的势力，他也知道招惹不起，只能强行赔着笑脸："那我就再说一次吧！那天早上，我们是在天亮时分抵达毕钵罗港的。这一批一共有十二个夸父，运送他们的特制囚车早就备好了放在码头上，夸父们的手脚被铁链锁牢，下船后就会直接被关在囚车里。然而就在驱赶着他们下船时，排在第三位的夸父突然挣脱了身上的锁链，然后直接从甲板跳到岸上夺路而逃。事后经过检查，那些铁链并不是被慢慢磨断的，而是被一瞬间的大力生生绷断的，可见这个夸父的力量远比我们的军队俘虏他时所表现出来的要大得多。"

"但是你们有那么多人，即便当时雾气很重，也应该会有人跟踪上去，注意到他的行踪吧？"狄弦追问。

"这就是最奇怪的地方，"卫中恒抓抓头皮，"那个夸父跑出去几十步后，突然就消失了，甚至连脚步声都听不到了。"

"凭空消失了？"狄弦眉头微微一皱，"你们没有追上去检查一下机关暗道什么的？"

"当然查了，"卫中恒一脸的不甘心，"他消失的地方，正好就是码头上一处中转货物的货仓。我们立刻把整座货仓都包围了，几乎是掘地三尺地寻找，没有夸父的任何踪影。货舱里只有两个睡死了的流浪汉，一问三不知。"

"货舱里也没有找到任何暗道？"

"绝对没有。后来霍家的人还亲自来搜寻过，仍然是一无所获。那就是一个普普通通的货仓而已。"

"但是夸父偏偏在大家的眼皮底下消失了……"狄弦自言自语，"还真有点儿意思呢！那么，关于这个狼骨，你能提供一点儿相关描述吗？不是相貌，这一点我已经清楚了，我想知道他的性格。"

卫中恒摇着头："谁会去注意一个夸父的性格？只有到了斗兽场之后，才会有专门的训练师去琢磨这一点。对我们而言，运送一船夸父和运送一船老虎、狮子、犀牛没什么区别。我只知道这个夸父是船上最能忍耐、最逆来顺受的一个，也许是因为他早就憋着一股劲儿要逃走，所以才故意麻痹我们的吧！"

狄弦点点头，带着一直在背后装聋作哑的童舟告辞而去，没走出几步，卫中恒却叫住了他："霍先生……您相信了我说的话？相信了那个夸父真的是凭空消失掉的？"

"我为什么不信？"狄弦耸耸肩，"面对一家必须依赖霍家海船才能做生意的商号，难道我硬要去怀疑他们搞花招得罪我们吗？"

卫中恒的眼里闪过一丝感激："如果霍家其他人也像您这样通情达理就好了，他们没一个相信我说的话，都认为是我的人不敢去追夸父，故意编造谎话推脱责任。"

"霍家上下都是浑蛋，毋庸置疑。""霍先生"无比严肃地说，拉起童舟就走，留下卫中恒一个人站在原地发愣。

这天夜里，狄弦的心情不是太好，而心情不好的原因都和童舟有关。一方面这个姑娘显然决定把傻妞扮演到底，不管狄弦如何对白天所获得的信息进行分析，她都不发表意见，只是偶尔应和一声，以及在紧要关头问两句废话，像是个听故事的小朋友；另一方面她的烹调手段倒的确不错，可见她自称的经过调教绝非虚言，可惜的是，她所选择的每一样菜竟然都是狄弦不爱吃的。

"你一定事先打探过老子的生活习惯，"狄弦板着脸说，"不然不会做出这么一桌子惨绝人寰的好菜。我真应该直接吃客栈的饭食，而不是鬼迷心窍地欣赏你的厨艺。"

"黄瓜是著名的美容菜，鱼头可以帮助你补脑，茄子可以帮助你宁心，至于辣椒……桑城气候潮湿，多吃辣椒可以防风湿。"童舟笑容可掬地回答，脸上还真的贴了一溜黄瓜皮。

"放屁！老子既不需要美容也不需要补脑宁心！"狄弦怒冲冲地往饭碗里倒进去半杯茶水，打算以茶水泡饭将就一顿，"辣椒就更是存心抬杠了，你见过两天就得风湿的吗？"

"我只是觉得你说不定想要在这儿长住，"童舟笑容不变，"不然为什么该打听的都打听清楚了，咱们还不动身往回走呢？"

"急什么？"狄弦斜她一眼，"我不是告诉你了吗？霍家上上下下的弦还紧绷着呢！那个夸父既然如此有心计，肯定不会去往刀尖上撞，至少还得等上半个月一个月的，等霍家放松下来，他才能有机会下手，而我们才能有机会发现他的行踪。这是其一。"

"那其二是什么？"童舟问。

"其二嘛，就是故意在桑城多待两天，看看霍家和姓卫的各有什么反应，这可以帮助我做出一些有趣的判断。"

他卖个关子，想要让童舟发问，但童舟重新进入老妈子状态，并不追问，而是走到门口，招呼客栈伙计来收拾碗筷。看起来，她似乎赖上狄弦就别无所求了，对于狄弦接下的这桩伤脑筋的委托，她并不上心。一个夸父，怪兽一般的庞然大物，竟然在一座人类的城市里消失不见了，藏得比蚂蚁还深，一般的少女都会对此有一些好奇心吧？但童舟却是个例外。

狄弦真的在桑城优哉游哉地住了下来，成天没事做就在城里游荡，或者去观赏斗兽，那种血淋淋的、残忍的娱乐方式不知为何很对他的胃口。当然，他绝不肯再吃童舟做的菜了，这也让童舟在大部分的空闲时间里无事可做。她又不愿意再去感受兔死狐悲，于是只能四下里闲逛。

桑城并不大，整个城市的布局都是为了斗兽场及游客而设计的，因此无论主干道还是小巷都布满了酒肆饭庄、客栈旅店，逛上两三天就会发现，除了斗兽场之外，这座城市的任何一个地方都是大同小异。但这并非意味着童舟会感到无聊，因为她不过走了两天，就发现有人在盯梢她。

童舟不动声色，暗中留意，经过两天的确认，发现的确有人在跟踪她，而且还不止一个人。她自信自己从来没有招惹过什么仇家，如果有人想要对她不利，多半是因为自己跟着狄弦的缘故。此事和我无关，她自我安慰地想，我只是个做饭的老妈子，头疼的事情交给狄弦好了。

但不久她又想明白了点儿新的道理：狄弦这厮略有点儿名，旁人不敢造次，倒是把她当成软柿子来捏了。这么一想，难免又让人有点儿无名火起。

到了第四天，盯梢者换了第四个人来跟着她，当真是有些是可忍孰不可忍！童舟装作没发现，慢慢把盯梢者带到了一个小鱼塘附近。狄弦告诉童舟，今天他会在那里钓鱼打发时间，这样的话，就算自己真的控制不住，也能迅速靠狄弦的秘术冷静下来。

童舟听到自己浑身的骨骼发出爆裂一般的噼啪声。

五

"这个人挺面熟，我好像见过。"童舟打量着眼前昏迷不醒的男子。许久没有出手打人，好不容易打一次还是结实禁揍的狄弦，以至于她已经忘了自己下手的轻重，现在看来，打得略微有点儿狠，对方不但肋骨断了几根，右腿也摔折了，这更让她感叹狄弦的身子骨就是结实，的确算是个非常优秀的凝聚体。

"你当然见过，只不过隔着门缝偷偷看，大概没看得太清楚吧？"狄弦说。

童舟恍然大悟："想起来了！他就是那个被你好好羞辱了一顿的霍家子弟的跟班！"

"我从来不羞辱人，"狄弦正色说，"我只是喜欢把实话都说出来而已。"

"现在没人想听你的实话，倒是需要听听这家伙的实话，他既然请你办事，为什么又跑来跟踪你的未婚妻？"

"别老把'未婚妻'什么的挂在嘴边，"狄弦哼了一声，"想让我答应娶你可没那么简单。"说完，似乎是一种无奈的泄愤，狄弦用手指在伤者的胸口狠狠戳了一下，正戳在肋骨断裂的部位。这位可怜的跟踪者呻吟一声，醒了过来。他仍然有些昏头昏脑、不明所以，但看见狄弦的脸，也大致能猜到发生了些什么。他索性闭上嘴，一声不吭，摆出一副任君蹂躏的姿态。

狄弦打量着他："你的主人霍奇峰虽然没什么用，但也并不是傻子，肯定知道我帮人做事的习惯，知道我从来不爱被人打扰。他现在派你来盯梢我，恐怕不是为了监督我干好活儿，而是存心想要我干不好活儿吧？怎么，他和他大哥兄弟关系不怎么融洽，所以满怀恶意地想要那个夸父把霍天峰干掉？或者夸父根本就是他想法子藏起来的？"

跟踪者脸色苍白，把头扭到一旁，仍旧不吱声。狄弦冷笑一声："在我面前装聋作哑是没什么好处的。我至少有七八十种方法能让你求生不得、求死不能，所以你最好还是学乖点。"

对方踌躇了一会儿，犹犹豫豫地开了口："我只是下头奉命办事的，确实不知道详情，三少爷让我跟踪这位童小姐，我就照办了，至于他为什么要掌握你们的动向，你就是杀了我我也说不出来。不过……"

"不过什么？"

"三个月之前，三少爷的确曾经被大少爷狠狠训斥了一顿，还按照家法挨了二十鞭子。大少爷交代他督工两艘新船，因为他贪杯醉酒后殴打工人，工人故意在建造过程中偷工减料使绊子，船只交付后不合格，赔了不少钱。为了这件事，三少爷差一点儿就被逐出家门，多亏其他人求情他才勉强被留下来。你要问兄弟关系，我就知道这些了。"

放走了这位不幸的盯梢者，童舟有些幸灾乐祸地看了狄弦一眼，但很快地又装出一副老实模样，什么话都没说。

"想要恶劣地笑两声就尽管笑，"狄弦瞪她一眼，"老憋着也够难受的。"

"不行，我一定要保持淑女风范，"童舟微笑着回答，"接下来请你自己去头痛吧！大家族的生意看来就是不好做呀，一桩桩的恩怨情仇都和戏文里一样精彩。"

"没什么精彩的，不过都是老一套，"狄弦说，"弟弟对哥哥怀恨在心，于是寻机报复，正好遇上了夸父这档子事，所以巴不得夸父能成功打进家门——你是这么想的吗？"

"这么想有什么不对吗？"童舟反问。

"也没有什么特别不对，马马虎虎算说得通，"狄弦揶揄说，"不过一切事件都是由人来策划的，有些人能做出来，有些人却未必。"

"你是说，霍奇峰做不出这种事来？"

"我已经说过了，霍奇峰虽然不成器，但也绝对不是个傻子，"狄弦回答，"弄一个夸父到自己家里捣乱，这种事对他可没有丝毫好处。

何况拳脚不长眼，万一夸父没伤到大哥，反而把他弄死了怎么办？阴谋诡计不是拿来出气的，里面牵涉最深的，还是利益。对自己没有利益的事，霍奇峰未必会做。"

"那我们接下来怎么办？"

"继续等，"狄弦很轻松地说，"等到霍家的弦松下来为止。"

"你真是个……奇怪的人，"童舟摇摇头，"如果换了别人，恐怕早就在毕钵罗城里大肆寻找了，而你到现在为止，还没有哪怕尝试着去寻找一次，反倒是躲在这儿看斗兽看得不亦乐乎。我都糊涂了，难道他们就是委托你来看斗兽的？"

"常规方式是不可能找到那个夸父的，"狄弦说，"我很了解霍家的能力，如果以他们的势力，以他们对毕钵罗港的了解，都不能在城里找到狼骨，那我同样也不能。所以我压根儿不会去白费这个力气。你想想，整个毕钵罗港得有多少大宅子，多少货仓，多少地窖？除非出动一支军队，不然谁能把整座城都翻遍？"

童舟有些费解："可这样的话，你要怎么解决问题呢？你不会是想拿了钱跑路吧？"

"老子有那么不讲信誉？"狄弦一挥手，"我必须要从根上搞明白这个夸父和霍家之间的纠葛，才能预测他的行动。而且，还记得我告诉过你要留意霍家和姓卫的各有什么反应吗？现在我基本可以判断，姓卫的告诉我的是实话。他如果心里有鬼，我在桑城待了这么多天，他早就憋不住了。"

"可我觉得你就是在混时间……"童舟小声说了一句，又立刻捏了自己一把，细声细气地说，"总之你的办法一定能行！你做什么都是对的……我做饭去！"

狄弦继续按兵不动，十来天之后已经能记住每一名夸父角斗士的体貌特征了，而小小的桑城也已经被童舟逛了个遍。正当她开始觉得百无聊赖，并且有些担心地发现自己的不耐烦情绪正在与日俱增，随时有可能将自己转化成一个危险的火药桶时，意外的，或者说完全是在意料之中的变故发生了。那个一直被苦苦追寻的夸父突然现身，在一个寂静的深夜闯入霍家宅院，打伤了十多个人，随即在众多高手赶来之前迅速逃离。他第二次在众人的眼皮子底下脱逃了，拖着那两人高的庞大身躯消失无踪。

"差不多了，我们可以回毕钵罗了，"狄弦对童舟说，"这个夸父的再次出现，可以带给我足够重要的线索。"

"等霍天峰也被他杀死了，你的线索就全齐了……"童舟用狄弦听不到的声音嘀咕着，然后赶紧殷勤地替他收拾行李。

"难得看到你真正有点儿高兴的样子。"狄弦看着她。

童舟很诚实地说："我在这里已经待得有点儿烦了，要是再憋不住给你一拳，我们的婚事就更没指望了。"

"有没有那一拳都没什么指望！"狄弦吼着，"快去雇一辆车，赶紧出发！"

童舟不敢再招惹他，一溜烟出去雇了辆车。两人坐在车里，摇摇晃晃地离开桑城，赶往毕钵罗。一路上狄弦都靠在车厢里做假寐状，也不知他是故作思考的姿态，还是只是在闭目养神，或者说避免童舟的骚扰。童舟也不吭声，不时撩起布帘，假装欣赏沿途的风景，心里想着，自己的性命怎么会交付到这么一个不近人情的怪物身上？

回到毕钵罗的时候，她的注意力才真正集中到眼前的景物上。其时已经是离开桑城后第三天的深夜，从黄昏时分开始，人烟稀少的雷州官道上就很少能见到灯火，除了乌云下时隐时现的黯淡星月，举目四望只能看到一片荒芜的黑暗。西陆的雷州不同于东陆，在很长一段时间里都被视为生命的禁区，即便是现在，稍微像点样的城市村镇也是屈指可数。

但毕钵罗就是另外一番景象了。这里被称为"光明之城"，因为建在毕钵罗港口的灯塔总是彻夜点亮，为来来往往的船只指引航向。夜晚的毕钵罗比白昼更加美丽，每一个头一次来到西陆的人，都会为它的壮丽奇景赞叹不已。

童舟也不例外。她刚来到西陆时，船是在白天靠岸的，此后也一直没有机会去欣赏毕钵罗的夜景。此时马车还隔着数里，却已经能看到那足以照亮半边天的璀璨光华，足以让疲惫的旅人兴奋起来。

"看到毕钵罗港的灯火，你会想到些什么？"狄弦问。

童舟愣了愣："我能想到……毕钵罗很漂亮。然后……我们终于到了一个可以让人待得住的地方了。然后……然后……"她又很机灵地补了一句，"那么繁华的港口，那么多的人来来往往，霍家的造船生意一定相当好。当然了，如果你打算在这里开业，生意也一定不会差，省得别人要找你还得钻山谷——销金谷真的是个乌烟瘴气的地方。"

"真不知道你究竟是装傻还是真傻……"狄弦摇摇头，"对于我而言，看见毕钵罗港这样明亮，只会想到一个问题：那个夸父究竟该怎么在这样的灯火下藏身？"

"那就不是一个烧饭的老妈子需要关心的问题了，"童舟也跟着摇头，"现在我最关心的是：找个地方吃点消夜吧！啃了三天冷馍馍，饿死我了。"

"你脸皮够厚吗？"狄弦突然没头没脑地问。

"你觉得呢？"童舟笑嘻嘻地反问。

"和我有一拼，"狄弦斩钉截铁地下了结论，"既然如此，我们去一个需要厚脸皮的好地方蹭饭吧！"

霍家上下此刻都憋了一肚子火，被夸父打上门来弄伤那么多人，实在是奇耻大辱，而重金聘请的据说是解决问题专家的狄弦却踪影全无，没准还躲在桑城看斗兽呢！此人来时夸下海口，到头来半点儿作用都起不到。

正在气头上，这姓狄的竟然大摇大摆上门来了，颇有几分火上浇油的味道——他把远近闻名的船王霍家当成什么了？人们摩拳擦掌，只等着霍天峰一声令下，就可以动手把此人打个半死，但这位霍氏族长的反应再次出乎人们的意料。如同狄弦期待的，他们得到了消夜，以及带着满面笑容的霍天峰的陪同。

"看起来，伤了十多个人，你好像并不在乎？"狄弦喝干一杯酒，扭头看着霍天峰。童舟则把全副精力都集中在了手中的筷子上，仿佛整张桌前只坐了她一个人，剩余二位都只是空气。

"没有死人我已经很知足了，"霍天峰淡淡地说，"我本来就做好了损失大批人手的准备。"

"你父亲当年利用狼骨探查殇州，也是做好了日后让子孙遭受报复的准备吗？"狄弦忽然问。

霍天峰一怔，脸色微微变了变，但很快又恢复如常："这我就不知道了。我想，他大概没有估计到这个夸父会那么执着吧！"

"或者说，他没有估计到他的行为对于夸父而言会有那么重要的意义？"狄弦看似无意地问。

霍天峰这次面色不变："都有可能吧！父辈的事情，我们也并不太清楚，但无论如何，既然接掌了霍家，就不得不好坏全收，家产也得继承，家仇也不能不认。"

他顿了顿，又接着说："狄先生问这些，对于找出这个夸父可有好处？这一次被夸父打上门来伤人，我的人已经对狄先生很有意见了。"

"就看你想要什么样的结果了，"狄弦半点儿也不显局促，"这个夸父那么厉害，和你家的渊源那么深，想要不付出任何代价就抓住他，似乎不大可能。如果不引蛇出洞，那就谁也不可能找到他。舍不得那点饵料，就钓不上真正的大鱼。"

"狄先生撒起他人的饵料来倒是慷慨大方得很。"霍天峰报以一笑。

童舟依然不吱声，但耳朵并没有闲着。她听着狄弦和霍天峰语气温柔地针锋相对，有了一些有意思的发现：狄弦好像对霍天峰的父亲与夸父之间的往事很感兴趣，而霍天峰则一直在回避这个话题。但她不太明白，只需要弄明白霍家和夸父之间曾经存在着解不开的仇恨不就行了吗？狄弦为什么非要刨根问底？

她虽然叫嚷着要吃饭，但其实很快就饱了，倒是狄弦貌不惊人却有着超大的食量，一个人清空了七八个菜碟。他满意地拍拍肚子："现在让我见一见事发现场的目击者吧！"

很凑巧，这一回的目击者又有霍家老三霍奇峰。不过他看起来比上一次在销金谷见面时狼狈得多，鼻青脸肿的，手上也缠着绷带，无疑都是拜夸父狼骨所赐。他一见到狄弦就眯缝起眼睛，一脸的憎恶，好似见到餐桌上有只苍蝇。

"我真不明白大哥为什么还要继续用你，"他冷笑着，"如果家里是我主事，早就扣光你的钱然后让你滚蛋了。"

"这就是这个家里是你大哥而不是你主事的原因，"狄弦慢条斯理地说，"鉴于现在你还不是主事人，所以你还得按照主事人的要求，把那天半夜发生的事原原本本讲给我听一遍。怎么样，是不是想拿起刀子剁了我——早点干掉你大哥当上族长吧！"

这最后一句话既像是别有用心的挑拨，又像是内蕴玄机的警告，霍奇峰不得已再次把怒气收敛起来，领着狄弦来到了事发地。

事隔几天，现场已经被破坏得差不多，但还能依稀看到一些没有清洗干净的血迹。这里是霍家用来在夏季消闲纳凉的花园，花圃、假山、池塘原本修建得错落有致，但一个夸父强行闯进来，就让这里有些承受不了了。那两座被撞塌了的假山碎成遍地石块，够清理一阵子的。

"夸父就是在这个花园里被发现的，"霍奇峰说，"当时已经是深夜了，一个喝多了酒的仆人跑到这里吹风醒酒，发现假山的形状不对，再仔细一看，原来是一个夸父站在那里。他马上喊了起来，巡夜的人立刻赶了过去，并且发出了警示信号。"

"但是当第二批人赶到的时候，他们已经被打倒在地，而夸父跑掉了，对吗？"狄弦目光炯炯。

"你怎么知道？"霍奇峰微微一愣。

"不然你们怎么会连夸父是向哪个方向跑的都不知道？"狄弦耸耸肩，"说来也真巧，一次是港口大雾，一次是援兵没跟上，让这个夸父跑得如此轻松。那些人都是被夸父打伤的？"

"个个都伤得不轻，"霍奇峰回答，"断胳膊断腿的，全都晕过去了。"

“全都晕过去了……有点儿意思，”狄弦点点头，“事后连脚印也没有发现？”

“发现了，第二天清晨发现的，”霍奇峰说，“根据脚印，这个夸父在宅院里兜了一个很狡猾的大圈子，避开了旁人眼目，从后门附近的围墙跳出去了——那堵墙的一小半都被他压塌了。但是出去之后不久，又找不到余下的痕迹了，也许是这个叫狼骨的夸父足够狡猾，自己把足印都清理了吧。没想到这么野蛮的种族，动起脑筋来还真不含糊。”

“是啊，连最聪明的人类都被他耍弄得团团转，真是不幸啊！”一直没有插半句嘴的童舟突然冒出这么一句。话一出口，她立即意识到了自己的失态，脸上满是无所谓的天真无邪。

“是啊，不过野蛮人终归只是野蛮人，”霍奇峰并没有注意到童舟表情的变化，“我一定会把他剁成肉酱喂狗的。”

从霍家出来之后，夜色已深，但狄弦反倒越来越精神。他舒展了一下肢体，对童舟说：“困吗？困的话你先找地方睡觉去，我打算到码头去看一看。”

童舟没有回答。狄弦回过头，发现童舟很难得地噘起了嘴，似乎有点儿心事。她也并没有像往常那样，依据自己“烧饭老妈子”的身份，吵嚷着要早点休息，反而目光炯炯地死盯着狄弦。

“我脸上开花了？你看得那么投入……”狄弦说。

“我只是在想，什么时候你和我这两个野蛮种族代表也会被剁成肉酱喂狗呢？”童舟慢悠悠地说。

“原来你又被刺激了……女人就是敏感哪！”狄弦哑然失笑。

“这和敏感没关系！”童舟瞪他一眼，“我就想不明白了，你明明是一个魅，干吗要这么认真地帮着人类去捉夸父，而且还是霍家这样的浑蛋窝？人类一向高傲自大，这也看不起那也看不起，帮他们做事能有什么劲？”

“接着说，”狄弦看来一点儿也不意外，“小肚鸡肠里还藏着什么，都倒出来吧！”

"是，我小肚鸡肠，您老肚子里能跑马，"童舟说，"这些年来我们魅被人类欺压得厉害，你不会不知道吧？你听说过我们魅在雷州的某个山谷里曾经建造过一座城市吗？但就在去年，那座城市被毁了，全九州唯一一个属于魅族的聚居点被毁了，毁在人类的手里。"

"这件事我略知一二，"狄弦平静地说，"因为当时我就在那座城里。事实上，那座城市被毁，多少也和我有点儿关系。"

童舟的脸色变了："你什么意思？"

"我帮助所有的魅逃掉了，一个都没死，但我也间接帮助人类摧毁了那座城，那座需要交纳人类的头颅作为投名状的城市。我觉得魅族的前途不应该是那样的。"

童舟难以置信地看着狄弦："你干的？你为什么要那样做？我们花了多少年的心血，才有了一座自己的城市，你竟然……"

"那座城市即便存在下去，也难逃被摧毁的厄运，"狄弦很耐心，"我们魅的绝对数目太少，和人类相比，根本就是九牛一毛，正面对抗是不可能有好结果的。魅族要生存，唯一的办法就是融入人类的社会中……"

"忘掉自己是一个魅，小心翼翼、忍气吞声地像人类那样生活？"童舟的手已经开始发抖，"为了几个臭钱，忘乎所以地为人类干活儿卖命？"

她已经说不出下面的话了，突然升腾起来的愤怒让她完全无法再控制自己的头脑。她只觉得眼前的一切都在旋转，天地变成了浓重的血红色，接下来的事情她就不怎么清楚了。

六

童舟觉得自己在梦里好像做了很多事情。她似乎是奔走于一片血与火的海洋之中，手里握着锋锐的长刀，一路砍杀着看不清面目的人。那些飞溅的鲜血滴到身上，浓烈的血腥味更加激发了她的杀意。很快手里的长刀已经布满了缺口，她扔下刀，试图在地上寻找一把替代品，最后捡起来的却只是一根白森森的大腿骨。

惊醒之后，童舟发现自己躺在客栈的床上，脑袋疼得想要炸开，却又隐隐有一股清凉萦绕于额头处。左右看看，狄弦正坐在一张椅子上，手里握着一块冰——大概是他用秘术变化出来的——敷着他自己的脸。他的右脸上有一块肿了起来。

"是我干的吗？"童舟支撑起身子，"好吧，我不该那么问，除了我，还能是谁干的呢？不过你别想得到我的道歉或者道谢，而且我也应该对你说再见了。我宁可回家等死，也不想接受你的恩惠。"

"你要去哪里？"狄弦看都不看她一眼，"回到童维那个老蛮子的家乡吗？"

童舟点点头："没错，瀚州西部的苏犁部落，我就是在那儿被养父收养的。"

"那么，你可以帮我带一张银票过去，给苏犁部落的头人达密特。"狄弦说。

"给他带钱干什么？"童舟有些意外，"不过达密特倒是一个蛮好心的头人，经常收容一些在其他部落里无法生存的老弱病残。"

"这笔钱就是交给他养活那些人的，确切地说，是那些魅。"

"你说什么？"童舟大吃一惊。

"达密特是一个魅，"狄弦扔下手里的残冰，又凝聚出一块冰块贴到脸上，"那些所谓的老弱病残，也都是流落于各地的魅，他们的身体残疾大多是由于凝聚失败造成的。瀚州是一个生存条件恶劣的地方，一个部落里不能干活儿的人多了，整个部落都可能挨饿，所以我每年都会给达密特送去一笔钱。他可以用钱和其他部落或者华族人交易，换取食物和生活用品。"

"原来你拼命敛财是为了这个？"童舟恍然大悟。

"不只苏犁部落，九州各地，做着类似事情的，还有好几个魅吧！"狄弦说，"相比于当年的蛇谷城，我更喜欢用这种方式来帮助我的种族。"

童舟陷入了沉默中。她重新躺下，拉过被子蒙住头，过了好久突然跳下床，长长地出了口气："好吧，虽然我还是无法理解你为什么要帮助人类毁掉蛇谷城，但其他的事情……我都原谅你了。"

"谢谢你大人不记小人过，那么宽宏大量。"狄弦闷声闷气地回应着。

"但我还是有一个问题：你真的要把那个夸父揪出来，交给霍家？"

狄弦阴沉地一笑："我答应的只是替他们找到那个夸父，并没有答应动手帮他们捉拿，更没有答应不帮助那个夸父脱逃。"

"我果然没有看错人，"童舟叹了口气，"看起来，我还只能非你不嫁了。"

"你行行好放过我吧！你看中我哪一点我都可以改！"

等到童舟梳洗好，两人来到码头的时候已经是正午时分了。在毕钵罗这样的地方，五月的阳光已经相当灼热，而码头上的繁忙景象比之阳光还要火热十倍。这一点给狄弦的行动带来了诸多不便，但他还是很快在心里勾勒出夸父从船上逃离那天早晨的画面。

"这个夸父一定长了翅膀，"童舟打量着码头上来来往往的乘客、水手和工人们，"就算是天降大雾，他往哪个方向跑都会遇到很多人。要不就是隐身术……"

"还可能是缩身术，"狄弦懒洋洋地回应，"把身体变成蚂蚁一样大小，就能从人的脚底下溜走了，当然要小心别被踩死了——乱弹琴！"

"那你说他应该怎么跑？"童舟很不服气，"那可是个夸父啊，又不是会打地洞的河络。就算是河络，打洞总也得耗费时间吧！"

童舟说完这句话，突然想到了点儿什么，一下子住了口。狄弦似笑非笑地望着她："继续说啊，别告诉我你又回忆起了你的老妈子身份，决定安守本分继续傻到底。"

"这个夸父有内应，"童舟不搭理对方的嘲笑，"有人提前在码头上挖了一个地洞，夸父逃跑时其实根本没有跑远，而是先藏进了洞里。"

狄弦轻轻摇头："你找对了方向，但还没有厘清细节。这个夸父毫无疑问是有内应的，但是，在人来人往的码头上挖出一个足以藏进夸父的地洞？那就好比你大白天走在路上，有人要在你的脸上画一头猪，有那么容易成功吗？"

童舟默默地想了一会儿，点头表示同意："这次你说得有理，那照你看，这头猪应该怎么画？"

狄弦得意地一笑："为什么非要固定把那头猪画在你身上呢？我完全可以先在一张纸片上画出一头猪，然后趁你不注意，贴在你的背上，那可简单多了。"

童舟一拍手："我明白了！是……是那些运送夸父的特制大车！"

"没错，我所猜想到的方法，就是利用那些大车，"狄弦说，"在负责看管车辆的人当中，一定有夸父的协助者。这个人事先在那里多准备了一辆一模一样的大车。他们之前应该料不到那场大雾，准备的或许是半路上出现事故之类的方法，但一场大雾不但简化了思路，更是给这个夸父增添了几分神秘色彩。"

"夸父挣脱铁链后，其实并没有跑向仓库的方向，而是按照内应的指示，直接钻进了事先准备好的大车里。而那个内应已经安排了两个人一个背一个重叠在一起奔跑，再穿上沉重的木鞋，发出和夸父一样的脚步声，把所有追兵都引到仓库的方向。当然了，到了那里，他们只要分开来，就只是两个普通的人类……"

"就是追兵在仓库里见到的那两个流浪汉！"童舟插嘴说。

"而接下来，趁着人群处于追赶的混乱中，那辆大车只需要做一点儿小小的改头换面，比如加一个徽记，加一块布帘之类，马上就能变成一辆无关紧要的车辆，混在码头上其他的马车里从容离开。由于这一辆车是多加的，就算事后有人想到车上去，点点数目并不少，也就不会再追究了。"

"于是一个危险的夸父就这么大摇大摆进入了毕钵罗，"童舟满脸幸灾乐祸，"可是，为什么会有人类去帮助这个夸父呢？据我所知，几乎所有的人类都把夸父当成恶魔。"

"恶魔这种东西嘛，如果使用得当，可以不祸害自己，而只祸害他人，"狄弦擦了一把额头上的汗水，"借刀杀人是很不错的伎俩。"

童舟一怔：“你是说，这可能是霍家的其他仇人在利用这个夸父？”

狄弦答非所问：“找到霍家势不两立的仇人，应该比找到一个夸父要容易得多。怎么样，你是打算继续装傻，还是稍微帮我点忙？”

“如果你愿意以身相许来答谢的话……”

“算了，算我什么都没说！”

狄弦说，找到与霍家势不两立的仇人，应该比找到一个夸父要容易得多。童舟觉得世上再也没有比这一句更正确的话了。她不过稍微找了几个人随便问问，就足以列出一张长长的清单，证明全九州到处都是霍家的仇人。所谓树大招风，大概就是这个意思。霍家一向以贪婪阴险、手段毒辣而著称，历经若干代锤炼，把这两大“优点”发挥到了炉火纯青的程度。九州船王的金字招牌背后，流淌着无数被挤垮、吞并的竞争对手的鲜血。这其中，被弄到家破人亡的就至少有三四家，还真是不好说他们谁会玩出运一个夸父过来报仇的诡异招数。

但这个人，或者这一群人是必然存在的，因为没有人的协助，夸父是绝不可能从码头凭空消失的。现在他应该也还躲在毕钵罗的某一处阴暗角落里，虎视眈眈地盯着他痛恨的霍家，随时准备射出下一支复仇之箭……一想到这里，她就实在忍不住想要丢下手里的活儿，让这个夸父把毕钵罗搅得天翻地覆。尤其现在纸包不住火，关于“一个食人夸父潜入毕钵罗”的说法已经开始在城市的街头巷尾流传，真是让童舟这样的魅幸灾乐祸啊！

但是她毕竟答应了狄弦要帮他，说话总得算话，何况她也相信狄弦不会真的把这么可爱的一个夸父送入死地。于是她又综合考虑了多方面的因素，比如根据地可能会在毕钵罗，以方便窝藏夸父；比如和开“骡马行”的卫氏多半有些瓜葛，不然不能在其中埋伏眼线；比如这个仇人虽然被霍家打压，却一定还保存有相当的实力，否则把一个夸父从殇州弄到雷州来谈何容易……

童舟殚精竭虑、绞尽脑汁地思索着，每次向狄弦提交一个她怀疑的对象时都满怀希望能得到两句表扬。但狄弦显然是一辈子没说过好话，总是冷冷地甩给她几个字："不是！""肯定不是！""再好好想想！"

这可真有点儿挫伤童舟的积极性。她一度想要撂挑子不干了，但想想还得指望着狄弦这厮压制她那股错乱的精神力，简而言之，狄弦还有利用价值，就只能强忍了。

至于狄弦自己，这一段时间把他的厚颜无耻发挥到了极致，张口闭口"询问情况""调查可疑人等"，没事就到城里溜达，好像也没见他真正做什么事，倒是晚上回客栈的时候总是一身酒气。

"酒是天下最好的撬棍，人的嘴巴闭得再紧，也能被它撬开。"狄弦如是说。

"我倒是觉得酒最大的作用是撬开你的钱包……"童舟嘀咕着。但此前她也听说过不少关于狄弦的传闻，据说此人来历不详、身份不详，刚一出道就抓住了两个悬赏很高的通缉犯，算是一战成名。此后他不知搞了点儿什么阴谋诡计，在销金谷里占了别人的一个兵器铺子，把种种工具都卖掉后，就在那所房子里挂牌开业，据说是因为"销金谷这种吵闹的地方可以让我少睡点觉多赚点钱"。要不是养父童维告诉她，她还真很难想象如此高调张扬而又胡闹的一个家伙会是个魅，而且还曾经帮助魅族对抗人类——虽然自己仍然不认可他采取的方式。

如是过了几天，童舟尽职尽责地打听，脑子里填满了各种与霍家相关的信息，她也慢慢注意到了一些可疑的细节。霍天峰的父亲霍闻达自幼就有着精明的生意头脑，原本是那一代的家族精英中最有希望继承家业的，他却在自己年富力强的壮年时代抛开一切，独自一人躲到殇州待了三年，以至于家长之位为他人所夺，后来他的儿子付出加倍的努力才重新抢回来——这是后话了。

"果然有这么一出，而且比我想象中付出的代价还要大，你这个发现很重要，"狄弦十分难得地称赞了童舟，"我之前就一直在想，一个精明的生意人，突然为了推动种族战争而不懈奔走，其中必然有点儿文章。与其让我相信他是精忠报国或者刻骨仇恨夸父，倒不如让我相信，这一次为期三年的殇州之行，带给他的好处要高过接掌船王世家。"

"殇州能带给他什么好处？"童舟不大明白，"那里除了冰雪，除了'吃人的夸父'，还有什么？"

"这也是我感兴趣的，"狄弦说，"不过你要说殇州什么都没有，那可就错了，而且是大错特错。就像雷州，许多年前也被视为蛮荒之地，但是现在，沼泽里，森林里，甚至瘴气里，各种各样值钱的玩意儿都一点一点被发现，商人们也慢慢开始削尖了脑袋往这里钻。再过上几十年，雷州或许就会冒出很多的城市，向东陆看齐。"

"你是说，那个姓霍的老头子，发现了一些外人不知道的殇州的大秘密？"童舟反应很快，"所以夸父可能不只是为了寻仇而来，更重要的是夺回这个秘密？"

"和我想的差不多，"狄弦若有所思，"而且我还想到了一件事，那也是我这段时间一直在打听的。"

"什么事？"

"二十多年前的恩怨，为什么这个夸父到现在才打上门来？"狄弦说，"霍天峰给的理由是，这个夸父不敢招惹他那足智多谋的父亲，所以等到他父亲死掉之后，才来找他的家人报复。当时我就觉得这说法有点儿牵强。等到我们去了一趟桑城之后，我敢断定，不管夸父为了何种目的而来，绝对不会是因为怕了霍闻达而不敢前来。"

"你为什么那么肯定？"

"因为那根本就不是夸父的性格，"狄弦摇晃着手指，"没有一个夸父会干出如下两件事：其一，因为害怕某一个敌人而不敢去报仇；其二，等一个敌人死了之后，再去找他的家人下手。夸父也许有他们野蛮的一面，但从来不会怯懦，更加不会阴险。这个夸父也许是满怀仇恨地想要杀光霍闻达的家人，这很正常，但他肯定会在当年就下手，而不可能苦等二十多年，等到老头子死了才行动。"

"你好像挺了解夸父的，"童舟说，"我还以为你在桑城真的就是天天看夸父格斗呢，原来是找机会去接触他们了。"

"不止……"狄弦蹦出这两个字后，似乎意识到自己说多了，忙把话题转回来，"还有另一个理由，夸父和人类的力量差距你也应该清楚。那天晚上夸父夜袭，打伤了那么多人，竟然没有一个死了的，说明他手下留情了。如果真是单纯的复仇者，恐怕霍家已经尸横遍地了。"

"这么说也挺有道理，"童舟思考了一阵，"听起来，他似乎是想……找什么东西？"

"总之这个夸父来到毕钵罗，绝不只是简简单单的复仇。这背后有文章，看能不能想到法子从霍天峰嘴里撬出来，那可不是一张用酒就能撬开的嘴。"

七

杜丰靠在墙边，困得呵欠连连，毕钵罗五月的夜风毫无寒意，阵阵从脸上拂过，反而让他睡意更浓，不得不连连掐自己的大腿才不至于睡着。打更的刚刚敲过亥时的更鼓，这意味着还有两三个对时才能熬到天亮。

天亮了就解脱了，杜丰疲惫地想着，天亮了之后，就可以换班了。作为一个外姓的武人，能在船王霍家混到现在的地步不容易，他可是先在造船厂熬了三年，又跟着交付使用的船只在水路上，尤其是海里漂了三年，这才获得为霍家老宅护院的资格。这种紧要关头，绝不能犯错。杜丰这些日子来每天只睡两个对时不到，眼圈肿得像刚刚被人揍过，一有风吹草动就蹦得老高，可就这样还是出事了。那个夸父令人不可思议地绕过了外围的防线，钻进了内院，打伤了十多个好手，更万恶的是他还能全身而退，硬生生从大家眼皮子底下跑掉。

一个夸父！比犀牛还蠢笨的夸父！怎么可能这样神出鬼没？但人们身上的伤痕犹在，证明这并非只是一场噩梦，证明杜丰还需要牺牲自己许多的美梦。他揉揉发涩的眼睛，继续值岗。

杜丰万万没有想到，就在这最后的两三个对时里，偏偏再次发生了意外。正当他迷迷糊糊地加大了掐自己大腿的力度时，宅院的另一头传来了异样的喧哗声。他立即睡意全无，意识到发生了状况，连忙快步赶了过去。

不知道是巧合还是故意，这次的响动又是从那个该死的花园传来的，这摆明了是在嘲弄霍府的防卫不力。杜丰不由得心头起火，把自己的趁手兵刃流星锤握得紧紧的，三步并作两步扑将过去。

现场一片混乱，有一个自己人倒在地上，生死未知，其他人都在四处搜查。经验丰富的杜丰并没急吼吼地去凑热闹，而是跳上房顶冷静观察，借助人们点起的火把，居高临下观察附近的动向。霍府一向防卫严密，各处都有岗哨，高处的灯火照遍了每一个细小的角落。此时杜丰的目力所及几乎覆盖了大半个霍府，所以他能很容易地发现，一个不起眼的黑影正在巧妙地借助着地形掩护，向西边逃窜。从身形上判断，那并不是身材魁伟的夸父，而更像是一个普通的人类。

杜丰提起的心放下了大半，既然不是夸父，他自然更能表达自己的勇敢无畏以及忠心耿耿。他嘴里暴喝一声，挥动着流星锤大步追了过去。

黑影也注意到了有人追来，跑得更加迅速，但杜丰也不是浪得虚名，提气几个纵跃，已经追到了黑影的身后。这时候他能看清，这是一个体态微胖的男人，动作倒是相当敏捷。他也懒得多费唇舌，流星锤直接向着敌人的右腿扫去，打算将对方的腿骨打折，一举擒获。

然而敌人的反应比他想象得还要快。这一记流星锤还没沾到对方的衣角，他忽然感到右臂一麻，一股古怪的震颤从流星锤上一直传到他的身上，并迅速流遍全身。

这是裂章系的雷电术！杜丰刚想到这儿，四肢已经不听使唤地抖动起来，令他双腿发软，扑通摔倒在了地上。而那个入侵者大剌剌地回过身来，用一种很让人恼火的酸溜溜的腔调说：“那么差劲的功夫也能被聘为护院，看来霍家这两年的生意不怎么样啊！”

气得昏过去之前，杜丰看清了这个人的脸——他居然是被霍天峰请来帮助寻找夸父的狄弦。同时出现在狄弦身边的还有他那个漂亮的女助手：“你怎么那么肯定这个笨蛋是聘来的护院，而不是霍家子弟？”

“废话，只有拿钱办事而且一心想着往上爬的人才会那么不要命地独自追过来……"

狄弦往昏迷的杜丰身上又施加了一个昏迷咒，把他藏了起来，这个倒霉蛋在半天之内别想醒过来了。紧接着他拉着童舟，堂而皇之地现身出来，对着第一个靠近他们的人问："怎么样？发现闯入者的行踪了没？"

霍家的人早就习惯了见到狄弦大摇大摆地四处溜达，也想不到他会深夜冒充夸父跑来捣乱，此刻见到他出现，自然而然地以为他是来协助捉拿夸父的，居然没有人多问他半句。所以狄弦带着童舟装模作样地兜了一圈，又回到了那个先后被夸父和狄弦木人骚扰过的花园，始终没有被人拦阻。

"我刚才捣乱的时候，你躲在暗处看清楚了吗？"狄弦的脚无意识地踢着地上的假山碎块，眼睛却盯着童舟。

"看清楚了，你的判断是正确的，"童舟回答，"我真是不懂了，你是怎么猜到这一点的？"

狄弦用手指点了点自己的脑袋："那还用问？你得多用用这里！"

两人一边说话，一边开始移步走向花园东侧。这座花园的主要用处是夏季消暑纳凉，所以花园的东侧就是冰窖。在毕钵罗这样夏季炎热的城市，有钱人家通常会修建冰窖储冰，供夏日使用。每一年盛夏到来之前，类似霍家这样的有钱人都会提前从外地运来大量冰块，储存在冰窖里。

"真可惜，今年他们的夏天会有点儿难熬了。"童舟喃喃地说，脸上却丝毫没有可惜的意味。她活动活动胳膊，然后凝神运气，突然猛地一拳击出，正打在冰窖露在地面上的外墙上。一声巨响后，墙上出现了一个巨大的窟窿。

伴随着这个窟窿的出现，一件匪夷所思的事情发生了。从这座原本应当除了冰块之外什么都没有的冰窖中，竟然一瞬间涌出了十多个手执兵刃的武士，好似一个被顽童的石头砸中的马蜂窝。与此同时，原本一直在喧哗声中按兵不动、没有出现在忙乱的人群中的霍天峰，以令人难以想象的高速从屋里抢出，只一眨眼工夫，就见他堵在了冰窖的入口处。

"我到现在才知道冰块那么值钱，"狄弦叹息着，"为了这一窖冰，也可以安排那么多人来看守。看起来，令尊之所以那么着迷于殇州，也是因为那里的冰雪很宝贵吧？"

霍天峰没有理会狄弦的嘲讽，一向温和的胖脸上渐渐显露出严厉的杀意。他微微示意，从冰窖里蹿出来的那十多名武士立即组成一个包围圈，把狄弦和童舟围在中央。

"放心吧，这帮家伙在我面前不够一盘菜的。"童舟小声对狄弦说。

狄弦不置可否，仍然看着霍天峰："这么做真伤感情。按道理说，你现在应该掏腰包付钱才对。"

霍天峰下意识地回头看了看地窖的入口，扭过头时，脸色就像冰块一样苍白而冰冷："刚才在花园里捣乱的，也是你们俩，对吗？如果你是想考验一下我们的防卫能力，似乎可以先和我打一个招呼。"

"我其实主要是想考验一下我自己逃跑的本事，"狄弦咕嘟咕嘟喝干了杯子里的茶，"事实证明，我的动作再麻利，想要混进来还有可能，引起所有人警觉后还想出去，那可就难了。我最后还是被你的人发现了。所以问题也就来了，那位块头是我的好几倍的狼骨先生，是怎么在众目睽睽之下消失无踪的呢？"

霍天峰沉默了一会儿，这才开口说："你的视角的确不同寻常。"

"那是因为常规的视角发现不了问题啊！"狄弦的话有些耐人寻味，"顺便说，刚才我在花园里搞破坏的时候，我这位助手正躲在暗处观察，她刚才看得很清楚，虽然你没有在别人面前光明正大地出现，却偷偷溜出门观察了一下冰窖方向，发现那里没有问题，立即又转身回去，这个举动很能说明问题。"

霍天峰轻轻叹息一声："自从我那个多事的族弟把你找来之后，我就一直在想，用什么办法能阻止你发现真相，不过看起来，我始终还是低估了你。请跟我来吧！"

他推开冰窖的门，向下走去，武士们举起武器，示意两人跟上。

冰窖里很冷，但童舟已经顾不上去感受那种与季节不相符合的寒冷了。她的视线完全被冰窖中的那个庞然大物所吸引了。虽然此前已经在桑城的斗兽场观赏过夸父的英姿，不过隔得如此之近，还是生平头一遭。

这个名叫狼骨的夸父此刻正蜷成一团，缩在冰窖的某一个角落，使他庞大的身躯稍显有一点儿小。他也并不像童舟之前猜测的，被巨大的铁链牢牢锁住，至少在表面上，他并没有任何束缚，但很可能是中了某些限制行动的秘术。

这是一个中年的夸父，虽然浑身肌肉纠结，脸上的皱纹却掩盖不住。而这些日子以来一直被关在寒冷的冰窖里，即便是习惯了在冰雪中生存的夸父，也能感受到低温的折磨。他看上去很虚弱，但两只眼睛却仍然闪烁着不屈的光芒，让人不敢直视。

狄弦长出了一口气："果真如此。这个夸父，从他来到毕钵罗的第一天起，就被关在你的冰窖里了，对吗？"

"一点儿也不错，"霍天峰看似怕冷地搓搓手，一阵白色雾气从他的掌心升腾起来，结成银白色的旋涡，这意味着他也是一个秘术高手，一个可以操控寒气的岁正秘术师，"狼骨刚刚故意被我们的军队所俘虏，就有人去和他接触，为他提供帮助，但那都是我的人。在毕钵罗港帮助他逃脱的是我的人，把他运到这里来的也是我的人。可怜这个夸父自以为找到了帮手，最后的结果却不过只是陷入了一个请君入瓮的小圈套。"

"你这个圈套几乎瞒过了所有人，"狄弦说，"连你们家族的人都以为他们在和一个藏在暗处随时准备偷袭的夸父作战。唯一遗憾的是，这个夸父过于神出鬼没了，以至于反而露出了破绽。"

"你是怎么看出来的？"霍天峰问。

"我不过是实在想不通，那个夸父是怎么从这里跑掉的，"狄弦回答，"你刻意做出这个夸父躲在暗处向你们复仇的假象，但就是这种刻意让你露出了马脚。实话告诉你，半个对时前，你的花园里出现的骚乱，就是我引起的。我故意袭击了几个人，然后试图觅路逃出去。但事实证明，想要不被人察觉地逃出去是不可能的，如果我都做不到，我不相信一个大块头的夸父能够做到。"

"你对自己很自信嘛！"霍天峰冷笑一声。

狄弦还以一笑："没有自信，那就不如回家抱孩子了。既然我确定那个夸父跑不出去，他为什么能在追兵的眼皮子底下消失得无影无踪？那我就只能得出唯一的一个结论：夸父的确失踪了，但他并没能逃出霍宅，而是在宅院里被人抓住藏了起来；那一天晚上发生的事情，也并不是夸父入侵，而是被囚禁的夸父试图逃离。至于那些不可思议的脚印、翻墙的痕迹，也只能是旁人伪造的了。除了你自己之外，不会有旁人能在你的眼皮子底下玩出这种花样。"

"这一点倒是不错，除了我自己之外，的确没人能在这个宅院里蒙蔽我，"霍天峰说，"本来一切都应该按照我的计划进行的，没想到霍奇峰那个蠢货为了邀功讨好我，不向我请示就直接去销金谷把你搬了过来，这可是个意料之外的大麻烦。"

"我很奇怪，既然请我来帮忙非你所愿，为什么你不直截了当地拒绝我呢？"狄弦问。

"因为我听说过不少关于你的脾气的传言，"霍天峰一摊手，"在一座迷宫一样的大城市里寻找一个别人都找不到的夸父，这样的谜题绝对合你胃口，所以你既然来了，就绝对不会罢手。哪怕我真的不付你钱，你也会自行追查。与其和你闹僵，倒不如想办法欺骗你。"

"你真是我的大知己啊！"狄弦赞叹说，语气中居然不乏真诚的意味，"而我也明白了后来在桑城的时候，为什么霍奇峰的人在盯梢我了。那个拍马屁拍到了马蹄子上的倒霉蛋，想要补救自己的过失，因而试图阻止我，可惜他自己就是个不成器的东西，他的手下人自然更不济了。"

童舟终于忍不住"扑哧"一乐，想起了那个被自己好好修理了一番的可怜虫。狄弦瞪了她一眼，继续对霍天峰说："可是我还是没想明白你布置这个夸父复仇的假象图的是什么。当然了，你选择诱捕的方式是可以理解的，毕竟要在殇州把他捉回来也是很麻烦的，还不如让他自己送上门来。但当狼骨已经抵达毕钵罗港之后，你为什么还要如此大费周折地让旁人以为他成功脱逃后一直躲藏在城中？你完全可以光明正大地给骡马行一笔钱，买下这个夸父，一个夸父的身价对你而言不过是九牛一毛。但你偏偏选择了最麻烦的方式，为什么？是你在进行着什么不为人知的工程，害怕什么人会来找你麻烦吗？"

"你不妨猜一猜。"霍天峰一面说，一面催动着秘术，冰窖里窖藏的巨大冰块开始移动起来。昏暗的火把照耀下，棱角分明的冰块闪动着刀锋般的光芒，狄弦却视若无睹："要我猜的话，这件事和你的父亲有关。如果光是两个人闹翻，恐怕还不足以让狼骨隐忍那么多年，苦苦寻找机会漂洋过海来报复吧？何况这样的报复方式也绝不符合夸父的思维方式。所以我更倾向于认定，你那位伟大的父亲抢了狼骨一点儿东西，极为要命的东西，你所布的这个局，就是要掩盖这样东西的存在。至于它究竟是什么，我又不是神，只能问问你了。"

"聪明的人往往短命，"霍天峰长叹一声，"但我乐意满足一个即将失去生命的人的临终遗愿。是的，我之所以能把夸父骗到这里来，是因为我父亲抢了他一样很要紧的东西，撇开他回到了雷州。现在二十多年过去了，狼骨始终惦记着这件事，从来不曾忘记。而这件东西，你用'要命'两个字来形容，十分精确，如果让外人知道它在我的手里，我恐怕也很难活命。"

不等狄弦发问，他又接着说："我知道你会追问那是件什么东西，坦率地说，现在告诉你也无妨了：那是一个用秘术死死密封住的金属盒，里面封存着的是二十年前夸父的圣地沿河城所失窃的那件致命的武器。"

童舟对此茫然无知，狄弦却很是吃了一惊："原来那玩意儿是被你父亲偷走的？他可真行，连夸父的命根子也敢动。"

这是一桩几乎不为人所知的失窃案，也只有狄弦这样的消息灵通人士才有所耳闻。沿河城是夸父们举行兽牙大会选拔战士的地方，整个夸父种族中地位最高的萨满们都居住在那里，虽然并不具备华族皇帝或是蛮族大君那样的实权，却拥有着至高的威望。在沿河城中，供奉着几件被夸父们视为圣物的物品，同时也封禁着一些危险的星流石一类的东西。二十余年前，殇州的夸父出现了异动，许多本领高强的战士出现在夸父与其他种族的分界线附近，引来一番剑拔弩张。事后一个流言悄悄流传，说是沿河城里失窃了某件极其危险的武器，才引起了夸父的大骚动。至于这件武器有没有被找到，最终的下落究竟如何，就没有人知道了。

霍天峰一笑："越是别人的命根子，我父亲越有兴趣。这件武器是上古时代遗留下来的，据说有着毁灭性的恐怖力量，对于我父亲来说，正是完成他梦想的绝佳礼物。他死后的这些日子，我想尽一切办法，仍然没能开启它，倒是这个夸父，选在这时候赶过来，正和我父亲的死讯有关，你能猜得到吗？"

狄弦点点头："可以想象，也许是你父亲和这个夸父用生命订立了某些契约，所以我们的夸父在殇州一直憋着，直到你父亲死去，他已经不会再违背承诺了，这才追过来。"

"夸父一直是一个信守承诺的种族，"霍天峰淡淡地说，"当年我父亲得到了那个盒子后，被狼骨苦苦追赶，最后两人在冰炎地海的一处火山熔岩相互对峙。当时我父亲被逼入绝境，前方是凶神恶煞的夸父，背后就是灼热的岩浆，他发了狼，赌上自己的性命威胁狼骨说，他要毁掉那个盒子，玉石俱焚，狼骨不得已做出了妥协。他答应了我父亲，以盘古大神的名义起誓，答应了三件事：第一，他自己绝不伤害我父亲；第二，绝不会在他死去之前试图夺回盒子；第三，不会派遣其他夸父来寻找这个盒子。"

"也就是说，他把这件事变成了和你父亲比拼谁寿命更长的战斗？"狄弦听得兴致勃勃，"那可真好玩。"

霍天峰摆摆手："好玩？没那么简单。狼骨虽然信守了承诺，但在他把我父亲从悬崖边拉回来时，却悄悄在盒子上做了点儿手脚。"

"悄悄？"狄弦哑然失笑，"这可真不像夸父的作风。"

"我们总是以为夸父是头脑简单的，但显然我们都错了，"霍天峰摇着头，"当需要的时候，夸父也能使用各种各样的手段。比如我父亲遇见狼骨之后，一直以为他不过是一个与众不同的能够和外族沟通的聪明一点点的夸父，到了那一刻他才明白过来，狼骨是一个深通秘术的萨满法师。他在金属盒上施加了萨满的咒术。"

"什么样的咒术？"

"那正是我父亲花了二十年时间来钻研的难题，"霍天峰回答，"夸父的秘术和其他种族的大相径庭，许多高明的秘术师也无法解开，而唯一能确定的是，假如强行开启，那个盒子就会被毁掉。所以父亲得到了这个盒子，却愁白了头发也难以打开。喏，你看到了吧，这个夸父并没有违背他的誓言，却让我父亲空耗了半生。不过在这二十来年的时间里，我也慢慢长大成人了，并且想到了开启盒子的办法，一个最简单的方法。"

"那就是让当年封闭盒子的夸父亲手来开启，所谓解铃还须系铃人，对吗？"狄弦突然提高了音量，"显然带着盒子再去找他很不现实，可他又受困于他自己的誓言，无论内心多么渴望，也不能到毕钵罗来抢回铁盒。除非……你父亲死去。"

"可我父亲身体一向不错，再活二十年也不成问题。"霍天峰的嘴角浮现出一丝神秘的微笑。

"因此你就只好杀掉他了，对吗？"狄弦问。

童舟心里一颤，有些不敢相信眼前这个貌不惊人的胖子会如此毒辣，但霍天峰点头的动作和他脸上的表情说明了一切。他的眼神如刀锋般锐利冰冷，在提到自己的父亲时毫无感情，看起来就像是能干出这种残忍勾当的角色。还不如我这个魅对自己养父的感情呢！童舟忍不住想。

八

现在已经是一天中最黑暗的时刻，很快，当熬过这一阵浓黑的寂静后，天就将亮起来。看架势，霍天峰并不希望把童、狄二人留到天亮之后，但狄弦仍然不紧不慢，好像围在身边的那些冰块都只是棉花。

"现在你父亲死了，这个夸父也被你诱捕了，"狄弦说，"但你把他关了这么多天，显然是还没能够得到你想要的。"

"这就是比拼耐力了，"霍天峰说，"我必须保证他活着，以便有足够的精力来解除封印，所以不敢过分使用酷刑。但我还有很多方法没有用，我想，总会有适合对付他的手段。"

狄弦耸耸肩："既然如此，当你解开那个盒子的时候，不妨告诉我一声，我也满足一下好奇心。"

"很遗憾，你没有这个机会了！"霍天峰的声音尖锐得有如钢刺，"你已经知道了一切，可以死而无憾了，变成鬼再去满足你的好奇心吧！"

他双手合拢，催动起秘术，冰窖里的冰块又开始了嗡嗡的震动。寒气逼人的巨大冰块好像被赋予了生命，在地上横移着，很快把狄弦和童舟死死围住。突然之间，离两人最近的一块冰飞了起来，直直向着两人猛撞过去。

童舟"哼"了一声，眼看着冰块飞到身前，挥起拳头猛击过去。一声震耳欲聋的巨响后，这块冰被击成了无数的小碎块，飞溅出去。守在门口的家丁们不得不全力躲闪，童舟看准空隙，正准备拉起狄弦冲将出去，左手探出却拉了个空。她微微一怔，回头一看，狄弦竟然错过了这个难得的良机，反而走入了地窖深处，站在夸父的身边。

童舟大急，差点儿就要张口骂出来，眼见缺口被重新堵上，只能挥拳再砸碎一块冰，退到了狄弦身边。这回是被瓮中捉鳖了，她无奈地想。狄弦却好像对身外发生的一切没有半点儿反应，只是把手放在夸父的头顶上，神色凝重。

这是在给夸父解除秘术的束缚！童舟恍然大悟。狄弦并没有给她打招呼或是多叮嘱，显然是很信任她能挡住敌人的进攻，这样的信任让她勇气倍增。她转过身，竭力让自己看起来像一只能吃人的母老虎，体内的力量汹涌流转，又击碎了两块巨冰。不知为何，这一次她的头脑十分清醒，并没有往常那样稍一发力就失去理智的感觉。

只是头脑虽然清醒，拳头却疼得厉害，虽然她在凝聚过程中意外获得了特殊的体质，拥有比一般人更大的力气，但毕竟还是血肉之躯，没有把自己的身体四肢也变成铁打的。接连打碎几块坚硬的冰块后，她的手背皮肤已经迸裂，鲜血随着碎冰碴飞了出去。但她强忍着痛，守在狄弦的身前，家丁们见到她徒手碎冰的威势，倒也不敢轻易上前。

霍天峰皱起眉头，同时操纵着三块方方正正的大冰块，一齐撞了过来。童舟暗暗叫苦，却只能硬着头皮准备出手。但拳头刚刚举起来，她就感到一股超越自己的巨大力量捉住了她的手腕。她无法抗拒地被扯到一边，一个庞大的身躯挡在了前面，接着听到一声炸雷般的厉喝，那人竟然把冰块原样推了回去。一名家丁躲闪不及，被正正撞中胸口，立刻狂喷鲜血委顿在地上，看来活不成了。

是夸父。狄弦终于解除了秘术的束缚，夸父站了起来，确切点说，是弯腰站了起来，因为冰窖的高度没法让他挺直腰板。这个令人敬畏的庞然大物挡在了童舟身前，双目精光四射地看着霍天峰和他的手下。

双方只对峙了不超过十秒钟，家丁们忽然不约而同地做出了同样的选择：逃跑。他们把什么邀功请赏的念头抛诸脑后，转过身来狂奔着离开冰窖。被他们扔在地上的火把很快熄灭，冰窖里只剩下了钉在墙上的灯火，光线一下子暗了许多。

转眼之间，霍天峰只剩下了孤家寡人，他禁不住苦笑一声。

"人类对夸父的惧怕果然是根深蒂固啊，"霍天峰叹息着，"无论我许诺过什么，他们跑起来依然比羽人长出翅膀还快。"

童舟的注意力则再次集中在了夸父身上。这个名叫狼骨的夸父虽然身体还有些衰弱，却已经能轻松地把飞来的冰块挡回去，那种可怕的巨力的确非其他种族所能及。她本以为狼骨会毫不犹豫地扑上去捉住霍天峰，抢回盒子，然后把对方撕成碎片，但出乎她的意料，狼骨始终站在原地没有动弹，望向霍天峰的目光中也并没有她想象的那种刻骨仇恨。童舟甚至觉得，那当中包含了一种情感，叫作"怜悯"。

这可让人有点儿糊涂了，童舟想，难道这个夸父和人类父子俩的仇怨中还藏了什么隐情？

"请问你们是……"狼骨看向解除了他秘术束缚的狄弦。

"我是来帮你的人，不必多问了，先解决掉我们的霍先生吧。"狄弦简单地回答，同时向霍天峰努努嘴。夸父也不多问，转向了霍天峰。

"我还是那句话，请你把盒子还给我，"狼骨说，"它对你们没有任何用处，反而会给盒子的主人带来灾祸。"

童舟注意到这个夸父的东陆语说得还算流畅，看来当年他没有白给霍天峰的老爹霍闻达做向导。但这句话说出来，对于霍天峰是不可能有任何效果的，他花费那么多心力诱捕了狼骨，怎么可能会听狼骨的劝告？

果然霍天峰嗤之以鼻："这样的陈词滥调留着吓唬胆小鬼去吧。你以为你块头大还有两个帮手，就能从我手中逃脱吗？"

他的面色骤然变得苍白如纸，与此同时，这间冰窖里响起一阵窸窸窣窣的声音。童舟猛地回头，发现整座冰窖里的冰块都开始缓缓移动，就像一个个有生命力的战士，不但重新堵死了冰窖的出口，也令己方再次陷入包围圈中。而地窖里的寒冷的空气也开始令人不安地流动起来，逐渐发出风的呼啸声。霍天峰的秘术功底未必强得过狄弦，但这样一个装满了冰块的低温场所，实在是给了他许多天然的加成。像他那样的岁正术士，可以利用这样的严寒成倍地增加自己的力量。

从狄弦变得异常严峻的神情上，童舟也能看出这一战的艰巨。她又觉得那股无法控制的情绪在蠢蠢欲动，忙随手捡起一块碎冰贴在自己的额头上，冷静，冷静，不能在这个关键时刻失去理智。

但接下来发生的事情还是险些让她失去控制。正当她已经做好了用自己鲜血淋漓的拳头再去和冰块硬拼的准备时，狼骨又开口了。

"既然你们父子俩如此执着，我就答应你们吧，"狼骨说，"把盒子拿出来，我替你解除封印。"

"你疯了！"童舟大叫起来，"怎么能给他呢？"

"因为现在是时候了。"狼骨回答了一句废话。童舟没办法，转过头看着狄弦，但狄弦却没有任何反应。

"快阻止他啊！"童舟恨不能把狄弦的耳朵扯过来冲着他大喊。

"为什么要阻止他？"狄弦反问，"我也很想看看这件了不起的上古神器究竟什么样。"

"你们都疯啦！"童舟嚷嚷着，却也知道自己无力阻止一个夸父，只能赌气往一块冰块上一靠，眼看着霍天峰将信将疑地靠近狼骨，和他进行了一番扯皮。根据之前所听到的对话，童舟猜测这个夸父又会对着他心目中的盘古大神起誓以便让霍天峰放心。其实盘古大神的子民也够窝囊的，童舟撇撇嘴想道。

狼骨跪在地上，仿佛是在虔诚祈祷，但童舟知道，他是在寻求躯体和星辰力的感应。就如同在桑城的斗兽场经常见到的，盘古大神的子孙寻求着自己的心灵与星辰的合二为一，那样才能让自己的力量爆发到顶点。和长于冥修的人类或魅不同，夸父很难得能够沉静下来，所以他们采取的是相反的方式，让纯粹的感情来支配肉体。

正想到这里，狼骨已经开始双手向天，发出了高亢的吼叫声。在这四面封闭的冰窖里，夸父的吼叫声在墙壁上四处激荡，音量仿佛扩大了好几倍，让童舟不得不捂住耳朵，但那种雄浑的力量仿佛能透过耳膜直接穿进人的心里。

狼骨怒吼着，调集着全身的精力，之前衰弱的疲态一扫而空，浑身的肌肉都鼓胀起来，霍天峰看上去也显得很紧张，随时准备应付可能的突袭。但夸父毕竟是信守承诺的，他并没有借机发起攻击，而是老老实实地运用起星降术。那个不起眼的金属盒表面泛起一阵银色的光泽，缓缓开启了。

突然之间，童舟感到一股寒意拂过了皮肤。这话用在一个本来就很冷的冰窖里应该是很奇怪的，但童舟的确是觉得，和这一股新生的寒意相比，之前的冰窖堪称温暖。那是一种似乎能在瞬间刺穿人的五脏六腑的可怕寒气，让人感觉血液都会因此凝固。

那是什么玩意儿？童舟禁不住打了个寒战。接着她眼前一花，觉得有什么青色的东西从身前一掠而过。狄弦忽然大喊一声"小心"，而狼骨的动作更快，已经提起一块冰块，往童舟身前一挡。

一声冰块碎裂的声音，那块冰整个变成了细碎的粉渣，比童舟之前用拳头砸得更加彻底。而这一下仿佛来自虚空的撞击也因为冰块的存在彰显出了惊鸿一瞥的实体。在那些飞溅的冰碴中，她看见了一个青色的暗影，非常黯淡，连形体都不规则，整个躯体是半透明的，隐约可见近似于头颅的尖嘴和眼珠。

这个青色的怪物在空中转了个身，又向着狄弦扑去，但狄弦已经在手心里用秘术燃起了一团火焰，而怪物好像对火焰十分畏惧，一扭身躲开了，速度奇快，仿佛是和风融为一体了。

"原来所谓的致命武器就是这个，"狄弦摇摇头，对狼骨说，"你们夸父也真是不要命，当年付出了那么大的代价才消灭了冰鬼，没想到竟然还留了那么一个种子。"

"这只是冰鬼王，比一般的冰鬼更厉害，"狼骨回答，"在适当的条件下他就能分裂，产生更多的冰鬼。"

童舟躲到了狄弦身后，听狄弦小声解释了冰鬼是何许生物。所谓冰鬼，是生存于殇州冰原最深处的一种怪物，没有人能解释清楚它们是怎么产生的，甚至连它们活着时究竟是什么形态都难以描述。人们唯一知道的是，冰鬼来无影去无踪，所到之处都会产生严酷的低温，生物都会被活活冻结。有许多身强力壮的夸父都是被冰鬼冻死的。

大约三四百年前，夸父族和冰鬼终于有了一次正面的交锋。夸父们付出惨重的代价，利用萨满的星降术，终于消灭了冰鬼，虽然不能肯定这种怪物是否因此绝种，至少在之后的几百年里，再也没有谁在殇州遇到过活生生的冰鬼了。但狄弦没想到，夸父族竟然还把冰鬼王保留了下来，并一直封禁在这只金属盒里。

霍天峰也运用冰块抵挡着冰鬼王的攻击，看着那青色的怪物在空中飞速移动，他的眼睛里燃起了贪婪的火焰。

"夸父，快告诉我，该怎么驾驭它？"他高叫着，脸上流淌出毫不遮掩的欲望。是的，和他的父亲一样，霍天峰的志向也绝不仅仅是做个和平时期的商人，哪怕是被人封以"船王"的称号。他有着更大的野心，远远超越商业战场之外的野心。

"抱歉，这个我做不到，"狼骨说，"冰鬼是无法被驾驭的。"

"胡说，这不可能！"霍天峰面目狰狞，"既然是武器，必然就是可以被操控的。"

"我并没有胡说，"狼骨回答，"这样的武器本来就不是用来操控以夺取胜利的。它存在的目的，只是为了毁灭。"

"毁灭？"

"冰鬼王一旦失去束缚，就会迅速寻找他所能找到的低温之所，并且不分青红皂白地攻击沿路一切它可以攻击的事物。我们的祖先之所以保留了冰鬼王，就是为了应付日后的突发情况。"

"突发情况？"霍天峰一愣。

"比如说，人类的大军终于突破雪线，占领了殇州大部，让夸父陷入绝境，"狼骨慢慢说，"到了那种时候，也许我们就会把冰鬼王放出来，把殇州变成死寂的高原。"

童舟禁不住打了一个寒战。她从这句平淡的话语里，听出了夸父族和人类水火般的势不两立，也听出了夸父这个人口稀少的种族勇武外表下的深深无奈。

"那如果把冰鬼王放在雷州呢？"狄弦忽然问。

"冰鬼在殇州雪原的确是无可阻挡的恐怖力量，但到了宛州、中州、雷州或是其他温暖的地方，就会因为无法找到一个适合的低温居所而迷失方向。它们唯一能起到的作用，大概就是在追寻严寒的狂奔中消耗掉自己全部的力量，直到躯体完全消失，在此期间，大概也就会毁掉半座城市而已，没什么太大不了的。可惜的是，现在我们是在一个封闭的冰窖里放出了冰鬼王，他会发现这里是适宜他生存的地方，所以他在一段时间内会老老实实待在这里，而我们也可以想到方法消灭它。"

"所以你是故意选择在这里放出冰鬼王的？"狄弦追问。

狼骨的脸上现出了深深的矛盾。他长长地叹息一声："是的。二十年前，我本来就应该很顺利地让霍闻达把冰鬼王带回来，毁掉人类的一座城市，但是我一时心软，用星降术封住了盒子。二十年后，我再一次心软了，把冰鬼王放在了冰窖里。"

九

也许是发现冰窖里的这四个生物都不大好对付，而自己被禁锢了几百年后，力量还没能完全恢复，冰鬼王暂时停止了攻击，藏在一个黑暗的角落里等待机会。霍天峰却已经完全顾不上它了。他直直地瞪视着狼骨："你这话是什么意思？心软？难道我父亲当年和你接触，实际上是……"

狼骨缓缓地点点头："不错，你父亲以为他利用了我，但实际上，是我利用了他。我知道这听起来完全不像夸父的所作所为，但任何族群里都会存在异类，我就是一个能够抛下夸父的尊严去行使阴谋诡计的异类。"

"阴谋诡计……"霍天峰的脸色阴晴不定，"我父亲想利用你得到夸父的秘密，但是你……反过来欺骗了他？"

童舟也觉得无比意外，而她却发现狄弦在这关键时刻反而有些心不在焉，目光似乎无意义地聚焦于霍天峰的身后。他到底在想些什么？

狼骨咳嗽一声，坐在了冰凉的地面上，回忆起往事："那时候正是人类和我们剑拔弩张的时候。那一次，有传闻华族会和蛮族联合起来出兵，而我们刚刚经历了一次部落间的自相残杀，已经元气大伤。如果人类真的能暂时联合，我们是很难抵挡住的。所以我开始想，是时候让冰鬼王派上用场了。"

"那时候，霍闻达来到了殇州，他装成是来此游历的旅行家，但我还是能感受到他内心深处潜藏的欲望。他不断以'见识见识'为理由，想骗我带他去沿河城。我当然能猜到他的不怀好意，但也有了将计就计的主意。他想要窃取我们夸父族的珍宝，我干脆就把冰鬼王交给他，让他带回人类的城市。我相信那样会给人类带来极大的麻烦，甚至毁掉半座城市都是有可能的，那样的话，我们就能在开战前大挫人类的士气。"

"我这样决定了，却也不无犹豫，因为这种诡诈的手段素来为我的种族所鄙夷唾弃，夸父的战士宁可战死，也不喜欢骗人搞小动作。但眼前放着那么好的机会，我又不甘心放弃。就这样，在矛盾的心态中，我把霍闻达带到了沿河城，当他明白无误地表达出对萨满团的藏品的兴趣时，我终于下定了决心。"

"我捏造了谎言，告诉他那个金属盒里藏着的是多么了不起的上古神器，成功勾起了他的兴致。但当他真的偷走了冰鬼王之后，我又开始后悔，尤其想到冰鬼王最终杀死的其实都不过是无辜的平民，比如女人和孩子。这样的计谋对人类而言是家常便饭，却不是我们夸父应该做的事。当我假作追赶霍闻达，实际上是为了让他相信盒子的真实性时，内心却在饱受煎熬。我们夸父的本性直来直去，那样的情绪波动足以让我痛苦不堪，脑袋像要裂开一样。"

"所以最后到了冰炎地海的熔岩处，当霍闻达已经完全上当了之后，你却反而动手用星降术封印了金属盒，"狄弦说，"你的目的并不是为了保护盒子，而是……挽救霍闻达，挽救人类？"

"那一刻我差点儿自己跳进熔岩里，"狼骨坦诚地说，"我想要帮助我的种族，又担心遭到种族的唾弃，最后时刻我还是没能忍受住煎熬，封住了金属盒。我们夸父的星降术和人类的秘术相差很大，我相信他没有办法解除。"

霍天峰脸色铁青，背靠在身后的冰块上，看样子是想说一句"我不相信"，但躲藏在角落里伺机而动的冰鬼王又让他不得不信。他恶狠狠地喘了几口粗气："那我父亲死后，你为什么又被我骗来毕钵罗？你应该清楚，你没什么希望把盒子带回殃州的，难道你那时想的是打开盒子？"

狼骨长叹一声："我的确是那样想的。事实上，你父亲回到雷州之后不久，夸父和人族的关系进一步恶化，战争终于爆发。我又开始后悔了，我觉得我不应该对人类那么仁慈。所以听到你父亲的死讯时，我想，既然誓言已经打破了，我不妨把二十年前就应该做到的事情做完。"

狼骨缓缓直起身来，霍天峰感到不妙："你想要做什么？"

"自从来到毕钵罗之后，我已经等待了那么多天，希望能找到一个劝阻自己的理由。你每天拷问我，我每天都拒绝你的要求，其实是在延长这座城市的生命。但是今天，在听完你和这两位朋友的对话之后，我终于觉得我之前的犹豫是错误的。"

他举起岩石般粗糙硕大的拳头，轻轻敲打着窖顶，似乎是在寻找薄弱部位。只要把冰窖顶打破，冰鬼王就能顺利地钻出去，然后……

"不！你不能这么做！"霍天峰下意识地喊道，但夸父的拳头已经开始蓄力。只需要一拳，对于夸父来说轻而易举地一拳，窖顶就会被打穿，冰鬼王就将势不可当地冲到一个令他难以忍受的温暖的天地中，然后在疯狂中等待死亡。在莫名的恐惧的冲击下，霍天峰甚至忘记了运用秘术去阻挡。

然而那一声爆裂并没有响起，夸父的拳头眼看就要触及窖顶，却硬生生停了下来。原来是童舟突然出手，两只手拽住夸父的拳头，阻止了他。

"你不能这么做。"童舟一字一顿地说。

"你虽然帮助了我，但那并不意味着你可以干涉我，请放开手。"夸父说。

"她是对的，"狄弦插嘴说，"人类有成百上千的城市，你毁掉一个对战局也不会有什么帮助，反而会把你们双方的仇怨推向彻底的不可收拾。"

狼骨冷笑一声："你觉得你们和我们还有机会化解仇恨吗？"

"说不准，但总比反过来推进仇恨强，"狄弦说，"而且我必须要纠正你，那不是'你们'和'我们'的仇怨。我和她不是人类，而是魅，也曾经一度和人类打得不可开交的魅。"

狼骨和霍天峰同时吃了一惊。过了一会儿，狼骨摇摇头："我也听说过关于魅族城市被摧毁的消息。在那样的情况下，你依然觉得你们有机会和人类友好地相处？"

"总要先试着相处，才能慢慢找到和平的途径，"狄弦回答，"不然放出一百只冰鬼也无济于事。更何况，你根本就不应该来到毕钵罗的，它令你违背了你的誓言。"

"我不太明白你的意思。"狼骨说。

狼弦微微一笑，忽然提高了音量："霍闻达，霍先生！你的老朋友就在这里，你既然已经偷听了那么久，为什么不干脆现身一见呢？"

霍闻达？霍天峰已经死去的父亲？

霍天峰猛然回头，死死盯着被冰块堵住的冰窖入口处，狼骨的脸色更是惊疑不定。正当两人紧张万分地猜想着霍闻达为什么还没有死时，狄弦已经抓住狼骨一刹那的迟疑出手了。面对着躯体庞大的夸父，他运用起裂章系的雷电术，几乎是用尽全力地一掌劈在狼骨的腰际。强大的电流瞬间流遍狼骨的全身，夸父闷哼一声，慢慢倒在了地上。他的四肢由于雷电的袭击而抽搐着，只能瞪大了双眼，恶狠狠地瞪视着狄弦："你……你骗我！"

"我不得不这么做，"狄弦的话语里充满了歉意，"相信我，很多时候我也和你一样，希望看到人类的尸体在我的面前堆积成山，但我不会把这样的想法付诸实践。无论如何，人类应该感谢你，如果不是你二十多年前的那次犹豫，现在的毕钵罗，或许已经是一片废墟了。"

"我很后悔，"狼骨喃喃地说，"我后悔极了，那时候我为什么会犹豫不决。我本来有机会做成的。现在我明白了，不只是人类，只要不是夸父，管他是魅也好，鲛人也好，羽人也好，都不值得信任啊！"

狄弦的歉意更浓："对不起，但这是我唯一的选择。回去吧，狼骨，回到殇州去，拿起你的武器和入侵家园的人类堂堂正正地交锋，保住你作为夸父的骄傲。"

"骄傲？"狼骨的脸上浮现出一丝嘲讽的笑容，"你们魅，也是依靠所谓的骄傲在这个世上生存下去的吗？"说完这句话，不等狄弦回答，他那看上去已经疲软无力的身体使出了生命中最后一个星降术。他的确已经没有力气站起来挥动拳头了，但他还有一个方法，那就是让他的身体燃烧起来。一道耀眼的光亮之后，夸父巨大的躯体像火炬一样熊熊燃烧起来，如果不是狄弦动作快，一把把童舟推到一边，她已经被烈火烧伤了。

狼骨在这一刻将他全部的生命力都转化为灼热的火焰，做最后的挣扎。这股难以扑灭的火焰将很快融化所有的冰，到了那时候，冰鬼王将不得不离开，去寻找其他适合它生存的所在。但在温暖的毕钵罗，它不会找到那样的地方，唯一的结局只能是拼命地飞奔、杀戮，直到自己完全融化。

霍天峰也很快想到了这一点，他有些手足无措地看着狄弦："我们该怎么办？"此时冰鬼王已经开始了移动，它尽力逃避着火焰，寻找着尚未融化的冰块。

"有一个办法，"狄弦飞快地思索着，"如果有人能够缠住冰鬼王，拼命把它拖在这股火焰里，这是用星降术制造的独特的火焰，也许能加速冰鬼王的融化，但是那个人必然会因此而丧命。"

霍天峰迟疑了大约几秒钟，把心一横："既然这样，那就由我去吧。"

"还是我去比较好。"一个苍老的声音忽然从冰窖的门外传来。

冰块慢慢移开了，一个佝偻的身影闪身进来，在微弱的灯火下，可以看清楚这是一个满面皱纹的老人，容貌和霍天峰颇相似。

霍天峰的身子颤抖了起来，他扬起手，似乎是想攻击，但终于没有敢出手。最后他双膝一软，跪在了地上："父亲！"

"站起来！"霍闻达的语声里充满了威严，"你有胆子想出通过杀死我来吸引夸父的方法，为什么没有胆子面对我？"

"您没有死……可是，这是为什么？难道您……"

"没错，我对你的毒药有所防范，"霍闻达回答，"你刚开始做准备我就已经有所察觉了。老实说，我虽然有些生气，却也很欣慰，因为你终于和我一样了，为了达到目的可以不择手段。你担心假死会露出破绽，所以决定真的杀死我，这一点很对我的脾气：要么不做，做就要做到彻底。所以我一直没有现身，藏在暗处观察着你的举动，你做得非常好，可我万万没想到，我们父子竟然都上了这个夸父的当。"

狄弦小声对童舟说："我刚才那一声喊，并不是完全的虚张声势。我早就怀疑这个老头儿并不是真死，所以去挖过他的墓。坟墓里是空的。"

"人类真是不可理喻。"童舟看着眼前的两父子，无奈地感叹着。

冰块已经开始迅速融化，冰窖里蓄积的冰水几乎要没到人的腰间。霍闻达不再多说，艰难地在深水里迈步走向冰鬼王躲藏着的最后几块浮冰。霍天峰忍不住叫起来："父亲！您要做什么？"

"我过去的想法是错的，"霍闻达说，"我错看了夸父，引来了这个怪物。既然是我种下的因，就由我自己来结果吧。"

他运用起岁正秘术，寒气很快笼罩全身，那严寒的诱惑促使着冰鬼王伸展开它的躯体。就像一道青色的风，冰鬼王发出一声凄厉的长号，卷向了身前的老人。烈焰仍在寒冰中燃烧。

十

狼骨讲到这里，疲倦地喘了一口气。夸父们面面相觑，过了好久，冰嗥才开口说："怪不得你一个人类却偏偏要取'狼骨'这样属于夸父的名字，原来是为了纪念一个真正的夸父。霍天峰，那才是你的本名吧。"

狼骨虚弱地点点头："是的，我使用这个名字，就是为了时时提醒自己，不要小看了夸父这个种族。小看夸父，就会付出沉重的代价。"

夸父们不知道听到这话应该高兴还是生气。族长又问："那后来呢，那两个魅去了哪里？"

"后来我再也没见过他们，"狼骨说，"童舟还死缠着狄弦不放，狄弦没有办法，只能带着她一起回到销金谷。那真是个勇敢的女孩，我想狄弦并不讨厌她，也许后来真的娶了她呢！说起来，在那件事之后，我听到的第一个关于狄弦的消息，就是和你们夸父有关的——他策划了一桩很成功的逃狱，从桑城放跑了十七个夸父角斗士，并且安排好船只把它们送回了殇州。这起事件是在人类的眼皮子底下完成的，所以引起了很大的轰动，当然除了我之外，没人能猜到是狄弦干的。但我知道，只有他才能做到这种不可思议的事情。他之前在桑城待的那些日子，可没有白闲着。"

"这件事我也知道，"族长说，"我的亲哥哥就是那一次被救回来的。

那么你呢？你从此以后抛下家业，来到殇州帮助我们作战，是为了什么？你决定做夸父的朋友了？”

狼骨笑了起来。一阵咳嗽后，他艰难地摇摇头：“不，不会的，我是一个人类，在我的心目中，从来都把夸父当成危险的敌人——这一点从来未曾改变过。”

“那你为什么要帮我们打仗，为什么要帮我们杀你的同胞？”冰嗥怒吼道，“难道你表面上帮我们，其实是在把我们引进陷阱里？”

他举起了手中的斧头，族长瞪了他一眼，这才怏怏地放下。狼骨继续摇着头：“我帮你们作战是真的。动脑筋想想呀，数数这些日子你们打的胜仗，也应该明白这一点。”

“这倒也是，”冰嗥搔搔头皮，面色稍微缓和了一点儿，“可你究竟是为什么呀？”

“人类有一个很有意思的教派，叫辰月教，”狼骨忽然说起了看似无关的话题，“他们的教义非常有趣，认为世界既不应该有绝对的霸主，也不应该有死水一潭的和平，而应该在混乱中求得平衡，在战争中求得强大。他们四处挑拨战争，却从来不会扶植一个过分强大的君王。”

族长咀嚼着这句话的含义：“你是说，你自己也……”

“狼骨的事件让我想了很多，我不希望再出现第二个狼骨，”濒死的人类合上双眼，喃喃地说，“我很害怕，害怕夸父被逼入绝境，到了那时候，我很难相信这个可怕的种族会做出什么样鱼死网破的事。我的父亲已经用生命证明了，那绝不是什么让人愉快的体验。我希望你们和人类保持均势，然后就像现在这样，继续沉睡下去……沉睡下去……”

这是他所说的最后几个字。狼骨的眼睛再也没有睁开，微微起伏的胸膛也一点点归于平静。天色渐渐明亮，雪夜里咆哮的狂风也渐渐止息，也许人类的攻势又将展开。但狼骨已经无法再帮助夸父、帮助他的敌人了。他陷入了永恒的沉睡。

第二个故事
恶灵山庄

序幕　血　妖

从前，在雷州的某一个地方有座庄园，里面住着一对夫妻和他们的一双儿女。这位父亲是一个普普通通的男人，具体做什么营生已经无从考证，也并不重要。我们知道的只是，这是一位慈爱而忠诚的父亲，后来妻子早亡也并未续弦，而是尽心尽责地独力抚养着他的儿女。孩子的母亲是一个温和慈祥的女人，可惜一直体弱多病，寿命太短。

他们的女儿聪明而乖巧，一直很听话，从来不招惹任何麻烦，但小儿子却让父母无比头疼。这个小男孩从小就沉默而木讷，即便是面对着自己的家人也很少说话，目光中所蕴含的阴沉往往让人不寒而栗。父亲想尽了各种办法，也没能改变儿子的性格。他一度以为这是因为自家的居所太荒僻、难以见到人的原因，也曾想过要举家搬迁到更热闹的市镇去，但他的妻子一直很喜欢这里，所以这个念头一直都没能付诸行动。

可是儿子干的事情越发令人毛骨悚然。有一天父亲正在房中午睡，突然被女儿的尖叫声所惊醒。他从床上跳起来，飞奔出去，循声找到了花园里。在那里，女儿正捂着嘴站在一棵小树旁，满脸的惊惧，而他的儿子则正半跪在地上，手里拿着一块长木板做着掘土的动作。

父亲走近前去，立刻惊呆了。地上掘出了一个小小的土坑，而土坑旁边，赫然放着一只野兔的尸体。野兔的肚腹已经被完全掏空，并且连血似乎都被放干净了，因为从它的伤口处并没有一滴血往下落。

视线转到儿子身上，儿子的双手沾满了血污，在父亲的注视下，他一脸的若无其事，继续着手上的动作，直到把死兔子完全掩埋了为止。

这只是第一次。从此以后，同类的事情频繁发生，野兔、麻雀、松鼠、山鸡……只要是能抓到手的小动物，好像都难逃儿子的荼毒，无论父亲怎样责备打骂，他还是一次次地在不同的地方挖坑，填埋被放光血的动物尸体，甚至懒得擦拭手上的残血。父亲很痛心，但那时候他的主要精力都放在想办法给妻子治病上，对孩子的管教也只能是尽力而为罢了。

妻子是在儿子七岁那一年病逝的，当时她的丈夫出远门为她寻觅治病的灵药，可惜药还没运回家，人就已经咽气了。而在那之后，儿子的行径开始变本加厉。

亲生儿子在那么小的年纪就体现出如此暴虐的倾向，实在让做父亲的内心难安，妻子的逝世更让他内心有愧。他认为这一切都是自己的责任，毕竟男人照料孩子不如女人细心，于是他花钱聘请了一位女仆来专门担当姆妈照看儿子，以为女人的温柔体贴能慢慢转变儿子的戾气。

女仆来了，然后在一个月后就逃也似的离开了，这是可以理解的。假如你也像这位女仆一样，经常在睡觉时从被窝里拣出两条剥了皮的青蛙，或者在早上起床时从鞋子里倒出几只没头的蚂蚱，或者在水杯里发现几只死苍蝇，你大概也会觉得这样的地方实在没办法待下去。

这之后儿子变得越来越阴沉，越来越危险，附近的乡民都在偷偷传言，说这个儿子是魔鬼的化身，已经变成了传说中嗜血的血妖。人们说起他吸血的场面总是活灵活现、添油加醋，仿佛自己亲眼见过一般，而这些流言也填满了痛苦的父亲的耳朵。当某一天清晨，庄园鸽笼里最好的一只信鸽被割断喉咙后，绝望的父亲终于痛下决心，决定要离开庄园，搬到雷州最大的城市毕钵罗港去居住，希望以环境变化促使儿子改掉恶欲。然而就在搬家前的那天夜里，更为惊人的一幕发生了。

那一夜风雨大作，暴雨如注，父亲怀着满腹心事难以入睡。他站在窗前，眼睛望向即将作别的妻子的坟墓。但突然之间，一道电光闪过，他发现坟墓前有一个小小的身影站在那里。

父亲心里猛一激灵，连伞也顾不得撑就冲下楼去，在妻子的坟墓旁，他看见了自己的儿子。这个八岁大的小孩儿浑身湿淋淋的、沾满泥浆，手里正抱着一颗白森森的人类头盖骨，而在地上，妻子的坟墓已经被挖开了一个大洞，骨骸散落一地。男孩就这样捧着母亲的头颅，冷漠地看着自己的父亲，天空中咆哮的雷光把他的影子照得分外狰狞。

父亲的惊愕与愤怒像暴雨一样无法遏止，他几乎是用尽全力地给了儿子一记沉重的耳光。儿子的身体像稻草般飞出去，脑袋正好撞在了母亲的墓碑上，登时脑浆迸裂。这时候父亲才意识到他做了什么，但已经太晚了，他的儿子当场气绝身亡。这个恶魔一般的小孩儿，以这种意外的方式结束了自己令人战栗的一生。

两天后，伤痛欲绝的父亲仍然带着女儿离开了庄园，从此不知去向。只是在他妻子的坟茔旁边，又添了一座新的坟堆。

这座坟堆并没有墓碑。

后来这座庄园几经易手，先后有四五户人家都住进去过，却没有谁能住得长久，原因很简单：庄园里总是发生一些离奇的怪事，怪到足以让人吓破胆。

住在庄园里的人经常会发现他们的物品无缘无故地失踪，或者无缘无故地被挪动位置。在安静的夜里，人们时常能听到凄厉的叫声，有时来自屋内，有时来自屋外。更恐怖的是，他们总能在不同的角落找到飞禽走兽的尸体，而且这些尸体无一例外地都被放净了血，有不少还切掉了头或是掏空了内脏。有时候，庄园的门窗上会被鲜血涂抹上含义不明的奇怪图案，仿佛是某种警告。

再后来，有一个五岁的小女孩做了一个梦。这个梦吓得她在寂静的深夜里发出了把全家人都吵醒的惨叫。

"有一团……有一团烂乎乎的东西，好像一个被石头砸扁的大胖子，脸色和雪一样白，但是声音像个小孩儿……他说他喜欢小路，要我把小路借给他玩！"

女孩颤抖的诉说让大人们面面相觑，不知所措。小路是女孩最宠爱的一只鹦鹉，在前一天忽然失踪，不知去向。

"声音像个小孩儿？男孩、女孩？"女孩的父亲追问。不知怎么的，关于这座庄园第一代主人的传闻忽然涌上心头，让他一阵阵背脊发凉。

"听起来像是一个男孩，就和……就和我们去年见过的小园哥哥差不多大。"小女孩努力踮起脚尖，比画出一个八岁左右的男孩的高度。

父亲沉默了。他打手势让妻子陪伴着女儿，自己带着两个仆人，点起火把，来到了庄园的某处角落。这里有两座坟墓，据说是第一位庄园主人的妻子和儿子，出于对死者的尊重，后来的买主并没有移动它们。

在火把的照耀下，人们用充满惊恐的目光凝视着那座没有墓碑的荒坟。一只鹦鹉张开翅膀，扑倒在坟堆上，它的脑袋已经不见了。

"恶灵，"一家之主喃喃地说，"这是恶灵在作祟啊！"

我们还有另外一个小故事。

由于这座山庄不断传出闹鬼的流言，十多年之间连续换了好几位主人，渐渐庄园就荒废了，再也无人居住。有一天，两个胆大的贼溜进了山庄，想要看看能不能找到什么值钱的东西。他们轻松推倒了腐朽的大门，踏着吱吱嘎嘎的地板和遍地的灰尘，细细搜遍了每一个房间，并没有发现任何值得一拿的物品。山庄已空，只剩下阴郁的空气在流动，密密的蜘蛛网在不断生长。

在离开之前，其中一个贼凭借他当年盗墓的经验，发现主宅旁边的一个土堆有些可疑，于是动手把它挖开，期望能够找到主人埋藏的珍宝。两个贼一齐动手，很快把土堆挖开，里面果然埋了些东西，但这些东西却让两个贼你看看我、我看看你，都说不出话来。

土堆里堆放着好几十个残破的人偶，有木头做的，有布做的，它们的共同特点是颜色都很怪异，全部呈现出一种无比肮脏的紫黑色，就好像是当年一个个都被鲜血浸透过一样。

第一幕　暴　雪

童舟有一种错觉，觉得自己来到了殇州，不然的话，怎么会有那么大的雪？眼前是一片纷纷乱乱的刺眼的白色，既看不清前方的方向，也看不清脚下的道路——就算有，也早就被厚厚的积雪掩埋了。她每走出一步都异常艰难，因为跨出去的脚会迅速陷入没到膝盖的积雪中，而不断变化的风向有时候像是在推着她行走，有时候则像是在把她玩命地往回拉。四周是高峻的冰壁和深不见底的雪谷，稍微迈错一步，就有可能滑入万丈深渊。

而她绝不能停步，这并不仅仅是因为停步反而可能被风吹跑，还因为寒冷，这场冰风暴席卷了突如其来的寒冷。身上的衣服就像是纸做的，寒风穿过每一处缝隙直接刺激到皮肤，让她觉得自己的血液都快要凝固了。

"喂，你不是秘术师吗？"她对着身边的狄弦大喊，"有没有什么秘术可以让雪停下来？"

"老子是秘术师，不是神仙！"狄弦也大吼一声。在呼啸的风声中，他们连说话都必须运足力气。

狄弦是一个伪装成人类的魅，在九州各地游荡已久，不过多数时候待在雷州的销金谷。此人似侠非侠、似盗非盗，听说过他的人并不多，但这一部分人却都知道狄弦的优势：专门帮助各色人等解决各种难题，从皇宫大内的谜案到街坊四邻的小龃龉来者不拒，前提是只要你舍得给钱。这个人说起来貌似很风光，但最近日子过得很惨淡，原因是被一个叫童舟的同类缠住了。这个狡猾的女魅借助上一代的赌约不断逼迫狄弦娶她为妻，这让狄弦相当头痛，却又不得不暂时把她带在身边。

童舟在由虚魅凝聚为实魅的过程中出现了一些偏差，导致体内有一股无法控制的精神力经常折磨她——这也是她赖上狄弦的原因，因为狄弦的精神力足够帮她压制体内的隐患。为了避免自己成为童舟的长期药罐子，狄弦也四处寻觅可以一劳永逸地为童舟解决问题的方法。半个月前，他突发奇想，要到雷州西北部的雾琅山捕捉产于当地的罕见生物——雪魈，取其血为童舟治疗。然而路上花了七八天，山上转悠了七八天，雪魈没有见到，雪暴倒是没错过。现在两人在雪里迷失了方向，错过了最近的可以投宿的山村，狄弦自称运用秘术感应到天空星辰并借此修正了方向，但童舟强烈表示怀疑，并且产生了以小人之心度君子之腹的联想："喂，其实你是想把我骗到这冰天雪地里冻死，好借机甩掉我吧？"

"老子要甩掉你还用得着那么费劲？"狄弦气哼哼地说，"我至少有一百二十种办法让你死无全尸……不许干扰我了！我被你骚扰得找不到星辰之力了！"

童舟将信将疑地闭上嘴，费力地跟在狄弦身后，怀着听天由命的悲壮情怀艰难跋涉着。她渐渐觉得浑身开始麻木，仿佛已经和身外的冰雪世界融为一体，只剩下冰的温度。好在狄弦伸过来一只手，一股热力从掌心传过来，她才感到四肢有了些暖意。这时候她的眼睛突然捕捉到了一丝亮光。

"左边！左边！我看到有灯光！"她急忙喊了起来。

狄弦也看到了那道在白色屏障中显得既微弱又醒目的灯光。他右脚用力一跺，秘术流转到腿上，热气散发出来，令脚边的积雪迅速融化。他拉起童舟，加速奔向那道希望的灯火。

没错，那的确是人点燃的灯火，而且靠近之后可以看得很清楚，漫山遍野的白雪之中，竟然立着一栋像模像样的庄园，灯光就是从那里传来的。这可着实是救星，两人三步并作两步赶到庄园门口，摇响了大门边挂着的门铃。

然后两人就开始等。山庄里灯火通明，童舟敢发誓自己还闻到了阵阵饭菜香，眼前已经在幻觉中看到了一只令人垂涎欲滴的熏鸡在冒着腾腾热气，可是狄弦不停地摇铃，却始终没人出来应门。

"这家住的都是聋子吗？"已经饿得前胸贴后背的童舟抱怨说。

"照我看，明显是他们不想接待客人，"狄弦回答，"我已经用秘术放大了铃声，声音再大都可以引发雪崩了。"

"那就看他们能装聋作哑到什么程度了。"狄弦还来不及阻止，忍无可忍的童舟就已经出手。她猛地一拳砸在那扇结实的木门上，"轰"的一声，木门应声倒下，重重砸在雪地上。这一招果然灵验，很快一个管家打扮的人气喘吁吁地跑了出来，看着倒在地上的大门，一时间竟然说不出话来。

"真对不起，敲门稍微手重了点儿。"童舟很淑女地微笑着。

活过来了。小半个对时后，童舟坐在温暖的炉火旁，一边揉着撑得发胀的肚子，一边惬意地想着。名叫向钟的管家在一旁作陪，脸上的愠色仍然没有消退。

"那扇门我会赔给你们的。"狄弦说着，往桌上放了一枚金铢。

"不是那扇门的事，"向钟说，"我们家现在实在不方便待客，两位休息够了就请上路吧。"

"那么大的雪，我们出去很快就会冻僵的，"童舟细声细气地说，"请至少让我们留到雪停了好吗？"她一边说，一边有意无意地用手敲着桌子，仿佛是为了提醒向钟别忘了那扇可怜的大门。向钟会意，脸色别提有多"好看"了，他正想再说点什么，狄弦却插嘴了。

"不就是贵宅有些看不见的东西在作祟吗？"狄弦说，"捉鬼这种事，我最擅长了，如果你赶走我们，那就等于损失了两个能帮你们解决问题的专业人士。"

"你怎么知道？"向钟脱口而出。

"贵宅从大门到马棚都贴满了符纸，而且在餐室这种并不适合敬神的地方也摆上了镇邪的神像，只要不是瞎子，都能看得到。"狄弦耸耸肩。

"您真的能……把'那些东西'捉住？"向钟看着狄弦。

"真正的专业人士不会随便打包票，"狄弦高深莫测地说，"但是请相信一点，如果这件事我都解决不了，那么世上也没有其他人能解决了。"

"请您稍等一下，"向钟犹豫了片刻，"等我先去向我家主人通报一声。"

向钟回来之前，狄弦站在窗口，在纷纷白雪中大致看了一眼这座庄园的格局。这座山庄孤零零地修筑在半山腰以上，周围几里地内都并没有村庄。能够看得出来，山庄曾经占据了很大的地方，现在却只留下大片大片的荒地，实际能使用的地方，基本就是这栋三层楼高的住宅，附近几座用作马棚之类的低矮平房，以及占地不大的花园和果林。此外还有一栋新建起来的相对简陋的两层小楼，看来是给仆从们居住的。

可想而知，这里曾经也是富裕大户的主要领地、鹰飞犬逐之所，现在却徒有庄园之名，充其量算是个有钱人家消暑越冬的别院。当然了，仅以剩下的这些建筑来看，仍然不是穷人能买得起的，这一点从主宅内部气派的装饰可以看得出来。

"这家主人挺奇怪的，"狄弦对童舟说，"从屋内这些新的装饰痕迹和陈设可以看出来，此人相当有钱。既然如此，干吗要买下这座半山腰上的废弃庄园呢？"

"我不知道，"童舟咕嘟咕嘟喝着茶水，"动脑筋是你们男人的事情。"

"你就会把脑筋放在怎么缠着我上！"狄弦哼了一声，正想再说几句，耳边却传来一阵脚步声。回过头时，向钟已经推门进来了，看得出来，他脸上的神情显得有些失望。

"我家主人感谢狄先生的美意，"向钟说，"不过他说，我家的家务事自己可以料理。他还说，身体不便，不能亲自迎客，非常抱歉。请两位暂时在客房住下，有什么需求尽管叫我，雪停后再上路也不迟。"

"那就多谢他留客了，"狄弦点点头，"请带我们去客房吧！"

客房在二楼，或者反过来说，整个二楼都是客房，而且内部陈设相当不错，房间极为宽敞气派，床上铺的是昂贵的宛南锦绣，连照明用的都是贵得要死的鲸油灯。童舟隐隐意识到，主人对客房如此用心，也许这栋庄园最主要的作用就是待客？

她又回想起之前向钟的反应，本来是想要把两人赶走，但听到狄弦自称能"捉鬼"后，口风却软了下来，同意两人留宿。看起来，主人的确是遇到了极大的困扰，所以也在狄弦身上保留了一丝希望。可他究竟遇到什么难题了呢？九州大地上，真的有神鬼妖魔之类的东西存在吗？

她在心里揣测着，但倦意慢慢涌了上来，同冰雪和寒风搏斗了一天，确实让人疲惫不堪。她连衣服都顾不上脱，倒在柔软的床铺上沉入梦乡。

睡到半夜，她忽然被惊醒了，在窗外呼啸不停的风雪声中，她隐隐分辨出一点儿其他的异响。那声音很轻，窸窸窣窣的，好像是有什么东西在摩擦着地板。童舟竖起耳朵仔细聆听，凭借着魅更加敏锐的听力，她发现这奇怪的声音来自门外，似乎就在二楼的走廊里。

童舟有些好奇，起身推开了房门。时值深夜，走廊上的灯火已经熄灭，但窗外的雪光透过窗户映照进房，仍然带来一点点光线。借助着那一丝微光，童舟发现走廊上有一个动物正在缓慢地爬行，看体形接近于一只狼！那动物的嘴里叼着一团黑漆漆的东西，一股隐约的腐臭味从它身上散发出来。

童舟的第一反应是不管三七二十一，打了再说。但她的拳头刚刚挥出一半，狄弦的声音已经在耳边响起："别动手！"

她只能硬生生地收回了拳头。这时候她的眼睛已经逐渐适应了黑暗，终于能看清地上爬行的是什么了，这一看让她的心脏猛抽了一下。

那并不是狼或者其他的动物，而是一个人，一个少年！这个看来不过十三四岁的瘦弱少年，以匪夷所思的姿势伏在地上，摊开四肢，在黑暗的走廊上如野兽般爬行。而最让童舟吃惊的是他嘴上叼着的东西，那赫然是一只早已死去的、正在缓缓散发出腐臭气味的黑猫。

无论是怪异的爬行姿态，还是嘴里那只令人作呕的腐烂黑猫，都没有令少年苍白的脸上现出任何表情。他的整张脸显得麻木而死板，对走廊里的狄弦和童舟视若无睹，就这样大摇大摆地穿过走廊，向着通往一楼的楼梯爬去。

走廊的另一头又响起了急促的脚步声，这一次出现的是管家向钟。他急速地穿越走廊，追上那个爬行的少年，把少年拎起夹在了胳膊下，很快消失了。

"那是什么？"一阵死一般的寂静后，童舟忍不住问，"是食尸鬼吗？"

"照我看，恐怕是活人被恶灵附体。"狄弦慢悠悠地说。童舟打了个寒战，正想再问，向钟疲惫不堪的声音响了起来："没错，恶灵、恶鬼、游魂……随便怎么说，总之我家小少爷是被什么东西附体了。二位请早点休息，我家主人明早会来拜会两位。"

第二幕　痴　儿

那个奇怪的少年离去后，童舟的心里却始终不能平静，很久之后才再次入睡。半梦半醒间等来了天亮，隔壁响起敲门声，她知道那是主人如约而来了。看来觉睡不成了，但她此时也无心睡眠，昨晚看到的那一幕形成一个巨大的问号，让她迫不及待地想要知道真相。

"狄先生远来，我因为家里有些俗务要处理，没能亲自迎接，真是十分抱歉，"主人是一个四十来岁的清雅中年男子，言谈十分礼貌，"在下向烟梧。"

"向烟梧？名字挺风雅的，"狄弦点点头，"你还是用这个名字比较好听，比起'向刚'之类的名字好多了。"

向烟梧身子一僵，挥手屏退身边的其他人，命令向钟把门关上，随即他死死盯住狄弦："恕我眼拙，不记得过去在哪里曾见过你。"

"你不记得是正常的，因为你并没有留意过我，只是我见过你而已，"狄弦说，"在雷州的蛇谷，我亲眼见到那个叫向刚的人，因为假装魅遭拆穿，被谷主赶了出去。"

"蛇谷……"向烟梧的面色沉了下去。蛇谷是雷州一处隐秘的山谷，那里曾经建造过一座只属于魅族的城市，后来却毁在了人类手里。

"只听说过魅冒充人的，原来还有人冒充魅？"童舟很是惊奇。

"这位向先生是一个只在黑道中才享有赫赫声名的收藏家，或者说直白点，古董贩子，"狄弦说，"表面儒雅风流，内心阴险狡诈，不过在收罗古董方面的确有旁人难以企及的能力。他当年试图混进蛇谷，也是想要得到魅族手里可能持有的珍稀品——倒是一个很有毅力和冒险精神的人哪！所以总体而言，这个人并不招我讨厌。"

向烟梧干笑一声："狄先生见多识广，我很佩服。不知道你驱邪的能力是不是和你的见识一样高。"

"不敢当，不过我已经可以判断出，困扰着你儿子的一定是大麻烦，"狄弦说，"就冲你敢于孤身冒充魅混进蛇谷城的胆量，能够把你吓到的东西不多。"

"这世上能让我担心的事情的确寥寥无几，"向烟梧轻叹一声，"遗憾的是，我儿子就是其中之一。"

狄弦对向烟梧的描述是精确的，这是一个只做大生意的人。他从来没有固定的店铺铺面甚至正经的商号，在大多数时候也根本不做生意。然而每隔两年，他就会召开一次"茶会"，邀约自己的几位固定买家——个个都是大买家——前来品茶，同时把自己这两年新搜罗到的珍稀藏品拿出来展览出售。这个两年一度的看货会，已经成为九州财力最强的几位古董买家的最重要聚会，而能够被向烟梧邀请参加茶会，更是面子的象征。虽然遗憾的是，每次能获得邀请的贵宾寥寥无几。基本上可以这么说：向烟梧先生的茶会，是全九州最重要的古董交易会。

因此向烟梧对交易地点的选择也十分考究，既要不引人注目，还要有条件供人享受，并且每次都颇费心思地打造出一场盛宴，让来到的宾客满意。这一回，他花钱购买了位于雾琅山的这座废弃山庄，把主宅内部装饰一新，宛如宫殿，只等着客人们如期来访。但就在万事俱备的时候，意外的麻烦却找上了他。

"很难想象我这样的人也有一个儿子，并且还把儿子当成我生命中的重中之重吧？"向烟梧自嘲地笑一笑，"但我的确几乎在任何时候都把儿子带在身边——混进蛇谷城的时候除外。现在他莫名其妙地受到侵害，比我自己被人捅上一刀还要难受。"

"他受到了什么样的侵害？"狄弦问，"除了半夜叼着只黑猫练习爬行，他一定还做过些其他事情吧？"

"请跟我来吧，"向烟梧说，"亲眼看看他现在的状况。"

狄、童二人跟在向烟梧身后，上到主宅的三楼，狄弦刚一看到孩子的房门就乐了："我看你干脆直接用符纸建一座房子得了，这阵势连我都吓了一大跳。"

向烟梧没有笑："只要能救得了泓儿，就算把我自己挂在门梁上我也情愿。"

"但你也并没能阻止他昨天半夜里溜出来，对吗？"狄弦目光炯炯，"你那么有钱，为什么不索性多派几个人全天十二个对时把他看好呢？"

"因为他一见到人就会这样……"愁眉不展的向烟梧推开了门。门刚一推开，就听见风声呼啸，几个乱七八糟的包括陀螺、木头鸭子等在内的硬物飞了出来。好在三人都眼疾身快，迅速闪开了。在这一刹那，童舟往屋里看了一眼，那个面色苍白的少年正坐在地板上，右手不停地抓起东西往外扔，左手还抱着一只硕大的布老虎，双目好似死鱼眼睛，紧盯着他们。

向烟梧关上门，重重喘了口气，童舟这才注意到，房门上有一块活动的木板，估计是用来给这个发了疯的少年送饭的。想到"发了疯"三个字，她脱口而出："这小孩儿……不就是发疯了吗？"

"不太像，"狄弦说，"那种眼神……太安静了，寻常发疯的人，很难有那样镇定的神态。甚至当他用东西砸我们的时候，都没有一丁点儿情绪的波动。"

"而且，即便是我让人盯紧他的行踪，他也会……莫名其妙地抓住牺牲品，让人百思不得其解他是什么时候溜出去的，"向烟梧愁眉不展，"这也是为什么我相信这是恶灵作祟。"

狄弦弯腰从地上捡起一个少年扔出来的陀螺，转向向烟梧："不过我有个问题，你儿子究竟几岁了？为什么还在玩那些幼儿玩的玩具？"

向烟梧的神色略显难堪："从年龄上说，他已经十三岁了，可是心智……从来没有长大过。只是我惦念着亡妻的好，从来都舍不得放弃这个孩子……唉。"

按照向烟梧的说法，他的儿子向希泓从五岁之后，心智就停止了生长，说白了，就是常人口中的白痴儿。但他和亡妻感情深厚，不忍心抛弃这个儿子，反而一直精心照料，盼望着有一天他能开窍。所以一直以来，不管他到什么地方搜罗奇珍异宝，在什么地方开展两年一次的交易，都会把向希泓带在身边。

为了今年的交易，他特地买下了这座山庄，因为山庄长期以来都被一些稀奇古怪的传言包围，寻常山民都不怎么敢靠近，正符合向烟梧"无人打扰"的要求。当然了，这也充分说明他足够有胆量，对于那些神鬼怪谈一向有嗤之以鼻的胆量。

但他没有料到，偏偏就是从不信邪的他撞上了邪。从他搬进这座装修一新的庄园后，儿子向希泓的状况就开始一天天地不对劲。过去，虽然这个长不大的孩子性情显得有些孤僻，却也从来不会拒绝和人接触。而现在，他开始越来越抗拒旁人的接近。

向烟梧刚开始以为这是儿子来到一个新环境后的不适应，并不太在意，儿子不想见人，就让他自个儿待着好了。结果两天之后，向烟梧发现，自己一直养着的一只观赏用的黄雀不见了。这只黄雀一直被关在结实的鸟笼里，不太可能是野猫所为，倒像是被人抓走或者放走了。

半天之后，黄雀的尸体被从向希泓的房间里找到，发现时，黄雀的血已经完全被吸干了。向希泓的嘴角沾满鲜血，一脸漠然地看着惊呆了的父亲。

"从那一天起，泓儿就越发怪异。他一次次地在半夜偷偷溜出房门，第二天总会扔出不同的小动物尸体。以前为了让他不至于太寂寞，我想方设法地为他搜罗了许多小动物供他玩耍，可是现在，那些动物一只只地被他杀死。现在我没有办法，只能任他下手，可等到那些鸟雀、兔子、猫狗、乌龟之类的小动物都死光了，他又会对什么下手呢？我简直不敢想象。"

"他每次都只杀一只吗？"狄弦问。

"差不多，也许是他每天……只需要那么多血，"向烟梧艰难地说，"可他以前从来不是这样的。虽然他的确脑子不够聪明，可无论到了哪儿，他都是个听话的乖孩子，怎么会突然之间变成了吸血的妖魔？我不得不开始相信那些关于这座山庄的恐怖传言。"

"什么传言？"

"那已经是二十多年前的往事了，"向烟梧说，"那时候，这座山庄里住着一个男人和他的一对儿女。他的儿子暴虐成性，经常以残酷的手段虐杀动物，就和……就和泓儿现在所做的一样。后来那个儿子在癫狂之下竟然挖掘了他母亲的坟墓，结果盛怒的父亲失手杀死了他。父亲带着女儿搬走后，再住进这座庄园的人，都声称他们遭到了恶灵的骚扰。据说那个恶魔一样的儿子阴魂不散，仍然在捍卫着他的领地。他的灵魂甚至会钻进他人的梦里，呈现出腐尸的模样去恐吓人。"

"但是你并不相信，所以买下了这座庄园，"狄弦说，"看起来，这个恶灵很有意思啊，它对别人都不过是骚扰，唯独对你，直接附体到了你儿子身上。是为了惩罚你的托大和骄傲吗？"

向烟梧苦笑一声："我哪儿知道？如果你能给我一个答案，我将感激不尽。"

"我试试吧，"狄弦回答，"捉鬼这种事，谁也不能打包票。"

第三幕　管　家

暴风雪渐渐平息，虽然天空仍然在缓缓地落着雪花，但山里的路况已经大为好转，在这天傍晚的时候，向烟梧的第一位客人来到了。那是一个精干而不苟言笑的年轻男子，看起来年龄不过二十出头，但向烟梧对他却十分尊敬，因为他所代表的，是富可敌国的南淮黎家。

"南淮黎氏年轻一辈的杰出代表，黎淮清，"狄弦在二楼客房的窗口看着黎淮清在向烟梧的陪同下走进主宅，"其实你要嫁人的话，嫁给这些年轻有为的美男子多好，干吗老是缠着我这样人老珠黄的风中残叶不放……"

童舟索性不接茬，把话题带开："你真的要捉鬼吗？这世上真的有鬼？"

"鬼无处不在，"狄弦回答得很狡诈，"只要你心里相信有鬼，那在任何地方都能见到鬼。"

"如果我不相信呢？"童舟追问。

"那就得想办法弄明白，鬼皮下面藏的是些什么，"狄弦屈起手指轻敲着窗台，"世上本无鬼，鬼都在人心里。"

童舟琢磨了一会儿："你的意思是说，那个小孩儿的鬼附身，其实是人为的？"

"现在还不能那么说，"狄弦说，"总得把这个可能存在的人先找出来。"

这一天狄弦并没有靠近向希泓所住的房间，却花了大把的时间在庄园里四处闲逛。向烟梧为了这两年一次的大交易的确花费了许多心思，光是服侍的仆从就有好几十个，以至于要为此单独修一栋临时住宅。在这个荒无人烟的半山腰上，这样一座庄园，尤其是那栋富丽的主宅，不免让人恍然有点儿土皇帝的感觉。

而向烟梧存放货物的，只是三楼一个很小的房间，这倒是不足为奇，他卖的是古董珍玩，而不是粮食家畜，价值不在于大小。不过考虑到他已经花下的成本，也可以判断出那些货品相当值钱。这个房间由几名一望而知功夫不错的武士轮流看守，保证任何时候都有不少于六名守卫。狄弦尤其注意到，当黎淮清到来之后，护卫又增多了几名。他把这一切看在眼里，晚饭后敲着墙壁把童舟唤过来。

"这些还只是明面上的，"狄弦说，"我相信背地里还藏着些秘术师，而他带来的这些仆从，多半也是有功夫的，至少那位管家绝对是个高手。"

"你不去捉鬼救人，那么关心人家的财宝干什么？"童舟斜眼看着狄弦，"难道你想分一杯羹？"

"那倒不是，"狄弦关上房门，"我只是先要了解一下这个小孩儿发病的环境。从医学上讲，个体的病症和周围的环境之间不是彼此孤立的。"

"你又来装医学家……等等，你的意思是不是说，这个小孩儿突然变成这样，也许和向烟梧的大生意有关？"

"这只是个猜测，但这样的猜测往往被事实证明是正确的，"狄弦说，"从来无利不起早，鬼也不例外。我怀疑孩子的发疯和这次的交易有关。"

"随你怀疑呗，"童舟坏笑一下，"反正你负责动脑子，我负责跟着你蹭饭。"

"我可得警告你，"狄弦严肃地说，"天下没有白蹭的饭。老子就算要养人，也只养有用的。现在老子就有任务交给你，快点去办！"

童舟不情愿地答应一声，听完狄弦交代的话，眼睛都直了："喂，这么危险的活计你交给我去做？万一被发现了怎么办？"

"那你就一口咬定是你自己做的，别把我供出来，"狄弦板着脸，"这叫舍车保帅！"

童舟怀着满腹牢骚离开客房，但牢骚归牢骚，狄弦交代的命令总归还得去办。她耐心地等到亘时，正是前后两天交替的时候，整座山庄已经安静下来，只能听到雪花扑簌簌落地的声音。

童舟尽量轻手轻脚，让自己的脚步声淹没在落雪中，悄悄来到了距离主宅大约百步的鸡舍，那里养着好几十只待客用的鸡。现在童舟就打算做一只偷鸡的黄鼠狼，从鸡舍里弄出一只鸡来，然后狄弦将会用这只鸡做一个有趣的实验。

但让她意外的是，鸡舍外竟然有两条大狗看守，让她不能随便靠近，否则这两条狗很可能狂吠起来，让她暴露了行踪。偏偏童舟和一般的魅不大一样，对秘术一窍不通，因此也想不出点什么招能对付这两条狗。

早知道应该在吃饭时藏两块肉什么的，她气鼓鼓地想，这事儿分明应该由狄弦亲自来办，现在那厮在热乎被窝里睡得正香，倒把自己发配到这儿来干这苦差事，半分也不懂什么叫怜香惜玉。

正在心里抱怨着狄弦，她忽然听见远处传来一阵脚步声，抬眼一看，她立即把头埋低，屏住了呼吸。

怎么会是他？童舟一开始觉得不可思议，但很快想起狄弦之前对她说的话，也就并不怎么觉得奇怪了。

无利不起早，她想，应该是无利不夜游才对。狄弦虽然总惹人讨厌，但他对事物本质的判断往往都十分精确。这根本不是什么恶灵作祟、鬼魂附体，这是有人在装神弄鬼。

童舟屏息静气，看着向家貌似忠心的管家向钟走进了鸡棚。两条恶犬显然认识他，因此发出的是温柔的低吠。向钟拍拍两条狗的头，大摇大摆走进鸡群，很快提着一只被拧断脖子的死鸡走了出来。

"这下子就水落石出了，"童舟很兴奋，"一切都是向钟在背后玩的鬼把戏。他自己杀害了那些动物，然后再栽赃给小孩儿。反正小孩儿心智不全，向钟只需要会一点儿离魂术，就可以在小孩儿入睡后给他下达一些奇怪的命令。这样的话，小孩儿就可以在梦游中完成向钟的指令，操纵他就是那么简单。而且这也解释了为什么小孩儿被盯得那么紧还能够'莫名其妙'地抓住牺牲品，因为本来就不是他干的。"

"向钟玩鬼把戏是一定的，不过未必'一切都是'。"狄弦说。

童舟一愣："为什么不是？我亲眼看到向钟拿着一只鸡离开鸡棚的。"

"你亲眼看到的肯定是没错的，小孩儿梦游也可能是真的，但那未必是全部，"狄弦手里摇晃着茶杯，"我对这个庄园当年的传说很感兴趣，也许并不都是自己吓自己的无稽之谈。你去好好睡一天休养精力吧，正好雪停了，我到附近的村庄里去溜达一圈。"

"打探当年的那些传说？"童舟反应很快。

"但愿那些当年的知情者没有被恶鬼诅咒死，"狄弦打了个呵欠，"鬼爪子不应该伸得那么长。"

"多此一举，我睡觉去了。"狄弦的呵欠仿佛有传染力，让童舟也感受到深深的倦意。她回到自己的房间，一觉睡到了黄昏时分，起床时听到走廊上一片嘈杂，看来是新来了不少客人。按照与向烟梧的约定，两人会尽量和前来选货的客人保持距离，所以童舟并没有出门去饭厅，而是摇铃召唤仆人来送饭。

"今天又来了不少客人吧？"童舟问仆人。

"其实就来了一拨客人，不过您如果听到外面吵得厉害的话，那是因为晋北的富商欧阳公子排场太大了，"这个仆人看来相当多嘴，"他光是妻妾就有六房，能不吵闹吗？"

童舟哑然失笑，想想向烟梧接待这些千奇百怪的来客也真够不容易的。幸好从客房的规模来看，他的宾客中不包括夸父——这世上也不会有夸父对单纯的奢侈品感兴趣——否则他只怕还得专门修建一栋给夸父的楼。

等她吃完，仆人刚刚收拾了碗碟出去，狄弦就哆嗦着回来了，于是仆人不得不再送一次饭。看来虽然雪已经停了，山间的气温仍然冻得人够呛。童舟毫无同情之心地看着狄弦坐在椅子上慢慢催运秘术，直到他身体暖和到可以开始大吃大嚼为止。

"不许跟我说晋北的欧阳公子养了六个老婆所以多我一个也没问题，"童舟先发制人，"打探出了点儿什么没？"

"收获不小，"狄弦说，"关于那父子三人的故事是真的，而其后历代庄园主都被恶灵所困扰的传闻也是真的。那些村民里有曾被雇到山庄里做仆工的，告诉我不少细节。比如他们亲眼见到庄园的大门被用鲜血涂上奇怪的符号，也亲眼见到血液流尽了的猫狗尸体。不过当中最有趣的一个故事，和我们眼前这个孩子很相似啊！"

"真的有恶灵附体？"童舟瞪大了眼睛。

"我已经说过了，所谓恶灵、鬼魂之类，不过是一个代称，"狄弦咽下嘴里的一块肉，"当然那个故事的确有意思。据说，在前后三家人都不堪恶灵骚扰而离开后，第四家图便宜而不信邪的人家搬进了山庄。结果一段时间之后，他们家的女儿开始做噩梦，梦见那个死去的恶魔小孩儿变成了腐尸去找她。她还梦见那个小孩儿杀了她的宠物，结果宠物的尸体在那座坟墓上被找到了。"

"难道那家人也有一个向钟那样的管家？"童舟这句话差点儿把狄弦气得噎住。他摇摇头："朽木不可雕也……今晚再去给我抓一只鸡来。"

这次轮到童舟吐血了："开什么玩笑？向钟的小动作不是已经被我发现了吗？干吗还要我半夜出去受冻？"

"就凭现在是你求着我娶你，而不是我求着你嫁我。"狄弦冷冰冰地说。

童舟在心里把狄弦诅咒了几百遍，眼看着夜色渐深，夜风渐起，已经停了的雪花又开始不安分地从天而降，遂决心做一个新时代的独立女性，坚决不唯男人马首是瞻。她自我安慰着：根本就是多此一举的事情，只要想办法把向钟揪出来就行了，让我再到雪地里去经回冻，纯属狄弦的脱了裤子放屁！总而言之一句话：老娘不去！

这样不间断的自我安慰像离魂术一样，念着念着自己就相信了。于是童舟心安理得地沉入梦乡，在北风的歌唱中睡了个好觉。醒来后，她本来已经做好了打算被狄弦好好训斥一顿，却没想到早饭之后，狄弦带着满脸的赞赏来到她的房间。

"看来即便是再劣的马也偶尔能有跑出好名次的时候，"狄弦的赞美仍然在任何时候都听起来更像是嘲讽，"没想到你竟然干得比我预期的还要出色。"

童舟一头雾水："我干了什么了？"

"别像个五岁小孩儿似的，听表扬还非得让大人再复述一遍你的光辉事迹，"狄弦怪笑着，"不过这次你确实干得不错，居然能想到对欧阳公子最心爱的雷貂下手，够狠的。"

童舟明白了："欧阳公子的雷貂也被吸血了？可是……那不是我干的。"

"什么？不是你干的？"

"的确不是我干的，"童舟的脸从未像此刻这样看上去诚实无欺，"除非我也和向家的少爷一样梦游了。"

第四幕　第一个死者

欧阳公子是个有钱人。按惯例，有钱人必然喜欢养如下两种事物：妻妾和宠物。而欧阳公子比一般有钱人更富裕一些，所以他一口气养了六房妻妾，宠物也是一般人难以企及的。

雷貂是雷州特产的一种小型貂类，行动迅若雷电，极难捕捉。但一旦捕捉驯化了，却又乖巧可人，懂得百般讨主人欢心，是只有富贵人家才养得起的名贵宠物。欧阳公子养的雷貂通体雪白，性情温驯，是随着他所娶的四夫人一起进入家门的，公子对它宠爱有加，却没想到抵达山庄的第一夜，就出事了。

欧阳公子晨起之后，按惯例发出一声呼哨，准备招呼他那只从来不需要关在笼子里的雷貂过来抚玩一番。但连续两三声呼哨后，却没有任何反应。他一下子意识到不对，连忙起身招呼带来的侍从寻找。

贵客的宠物失踪，这可是大事，管家向钟也连忙指挥全家仆人一同寻找。所谓人多力量大，不久之后一名向家的仆人发现了雷貂的行踪——

它已经被钉在了山庄的大门上——那扇被童舟打倒又重新立起来的大门上。在积雪的反射下，这只雷貂的皮毛显得更加雪白，就连那张可爱的小脸也是一片雪白，要走得很近才能发现，雷貂其实已经身首分离，被切成了两截。

"这么说，真的不是你干的？"狄弦以手托腮，皱起了眉头，"这可就相当耐人寻味了。"

"你确定不是向钟干的？"童舟问。

狄弦用夸张的姿势指了指自己熬红的眼睛："你以为我昨天晚上干什么去了？一直死盯着向钟呢！昨天虽然只来了欧阳公子，但随从很多，他要分派的事务也多，所以根本无暇去做戏。何况今早找到雷貂尸体的时候，我留神看了他的表情，他其实是所有人中被惊吓最甚的人。你真该欣赏一下那张半秒钟之内白了的脸。"

"难道有第二个人装神弄鬼？"童舟猜测着。

"但愿如此，"狄弦说，"现在只能静观其变了。客人越来越多，对我们而言既有好处也有坏处。一方面主人和管家都无暇顾及我们了，行动会更方便些；另一方面人那么多，我们自己恐怕也顾不过来。"

"顾不过来就不顾呗，"童舟说，"反正我看到有钱人就觉得妒火中烧，如果他们能被恶灵吓得缩手缩脚，我其实是会在心里暗暗高兴的。"

"你的心理到底有多阴暗啊！"狄弦摇摇头。

不过至少在这一天，心理阴暗的童舟并没有如愿以偿地看到太多热闹。作为有资格被向烟梧请来参加茶会的贵宾，欧阳公子的气度毕竟不凡，虽然他大概在心里极度郁闷痛惜，表面上却始终从容镇静，反过来劝慰暴跳如雷的向烟梧不必太过歉疚。

但夜间的护卫明显加强了。不只是向烟梧的手下，欧阳公子的从人也都开始轮班值夜，还得有专人照顾四夫人——最宠爱的雷貂惨死，让她大受打击。这一年的茶会，开始被一种前所未有的阴沉气氛所笼罩。狄弦却似乎很喜欢这样的气氛，在他看来，越是阴沉压抑的氛围，越容易激发出人们的交流欲望。事实上，在这一个本来令他很困倦的白天，他却并没有回房睡觉，而是游走于庄园中，和各色下人有一搭没一搭地闲聊，让童舟不得不佩服他的精力。

这一天又来了第三家宾客，来自宁州的羽族收藏家羽飞轩，加上之前到达的黎淮清和欧阳公子，向烟梧邀请的四位宾客已经到了三位。这三人相互之间似乎都很熟识，傍晚的时候一起聚集在一楼的大厅里，烤着火聊着些与生意不相干的闲话，看起来好像只是来度假休闲的。但一旦人到齐了，"茶会"真正开始上演，他们彼此之间的钩心斗角、杀价竞价也就在所难免了。

"做人就是得活得虚伪啊！"童舟评价说，"这些人在生意场上多半都是恨不能一口把对方生吞了的主儿，现在却要挂着客套的笑容互致问候，聊两句天气……这种时候我反倒觉得你更可爱些，从你嘴里钻出来的话虽然难听，但好歹都是实话。"

"可惜我说尽了实话也没办法赶跑某些人，"狄弦长叹一声，"这说明某些人的脸皮比生意场上的大爷们更厚。"

"某些人"板起脸："快滚回房间去，老娘要睡觉了。"

狄弦看来确实是困了，几分钟之后就从隔壁毫不客气地送来响亮的鼾声。童舟被吵得头昏脑涨，而她其实也并没有睡意。欧阳公子的雷貂让她对这座闹鬼的山庄产生了更加浓厚的兴趣。如果说之前的一切都只是管家向钟利用小少爷设置的布局，那么欧阳公子那只被害死的雷貂，又会是谁下的手呢？管家显然是想借助恶灵的传闻吓唬一下向烟梧，自己好从中施展一些阴谋，可被杀的雷貂又能说明什么呢？鬼魂真的出现了？

这个念头让童舟先是身上一寒，继而又有一种莫名其妙的兴奋。光是一个向钟施展骗术并不好玩，再多一点儿变数才有意思。她并没有意识到，自己也慢慢沾染了一点儿狄弦的毛病，变得好事起来了。

这是童舟在这座庄园里度过的第四个夜晚。第一夜，她目睹了叼着黑猫爬行的向希泓；第二夜，她意外察觉到了向钟的阴谋；第三夜她睡着了，结果欧阳公子的雷貂不幸丧命。看起来，每天夜里似乎都会有点儿事发生。

她在床上翻来覆去，猜测着杀害雷貂的凶手，猜测着今晚又会有什么小动物被吸干血液，直到夜深才睡着。蒙眬中，她听到窗外风声大作，似乎新的一轮暴风雪又要来到。那些凄厉的风声掩盖了其他的声音，让她无从察觉某个时刻走廊上响起的轻微的脚步声。

起床后，童舟在迷迷糊糊中隐隐有点儿期待，很想看看昨晚又有什么可怜的猫、狗、虫、鱼、乌龟、王八丢掉了性命。结果一推开门，她发现外间的气氛凝重得吓死人，仆人们一个个噤若寒蝉，似乎连话都不敢讲。狄弦此时正好从楼梯处上来，赶紧把童舟拉进了房里。

"发生什么了？这次是什么玩意儿被吸干血了？"童舟问。

"是一个很大很大的玩意儿，"狄弦说，"向钟死了，而且就死在我们的向希泓少爷的房间里，而且你说对了，他的血也被吸干了。"

死人了，而且死的是向家的管家。童舟忽然觉得这件事一点儿也不好玩了。而且恰恰死在小少爷的房间里，更是显得诡异难明。

"我们的结论是，管家就是利用离魂术摆布小孩儿，制造恶灵假象的幕后之人，对不对？"她问狄弦。

"似乎是这样的。"

"那现在管家死在小孩儿的房间里，能说明什么？"她接着问。

"至少不能说明我们之前的推测是错误的，"狄弦拍拍她的肩膀，"不过是产生了新的变数而已。从那只雷貂开始，变数已经产生了。"

作为局外人，童舟并没能目睹那具尸体的模样，但也听狄弦大致转述了现场状况。尸体是在天亮后被发现的，其时女仆按照每天的时间表去叫醒小少爷向希泓用早餐。鉴于这位小少爷近期脾气古怪，她并没有直接推门，而是小心翼翼地先敲了半天门。

但门里没有任何反应。过了好一会儿，女仆大着胆子推开门，眼睛刚看清屋内的状况，就差点儿惊呼出声。

她第一眼看到的是向钟，向家的管家向钟。向钟背对着房门，坐在椅子上，头略微偏向一侧，双手下垂，动也不动。而小少爷向希泓则面朝着门坐在床上，面部的表情仍然如过去若干天一样僵硬阴冷，但眼睛里却多出了一样东西，正是这样东西吓坏了女仆。

那是一种深深的、渗入骨髓的恐惧，从来没有在他的目光中出现过的巨大恐惧。

那种目光让女仆几乎想要转身逃窜，但她终于没有逃，而是走进房间查看了一下向钟，这一看终于让她忍不住歇斯底里地尖叫起来。

向钟圆睁着双眼，面孔扭曲，黯淡的眼珠似乎还带着难以置信的恐慌，裸露在衣服外的皮肤呈现出毫无血色的惨白。他的喉咙上有一条非常整齐的深深的切口，还残留着一点儿血迹。

女仆的叫声惊动了许多人，狄弦当时离得太远，虽然立即冲进房间，房里却已经有了其他人在。他没法赶在其他人之前仔细查看现场的情况，只能粗略地看上几眼，随即快速离去。

"那你发现了些什么？"童舟问，"不会是那个小孩儿真的发狂了吧？"

"我不相信，但现场找不到其他证据，"狄弦很沮丧，"那些外行一拥而入，把地上踩得乱七八糟，连房间里的东西都碰得东倒西歪，根本无法再寻找其他的脚印了。"

"小孩儿怎么样了？"童舟又问，"不管事实真相如何，光是向钟的尸体就足够把他吓得够呛了吧？"

"事实上，他已经在极度惊吓之下完全失去了对外界的反应，"狄弦说，"无论怎么问话，他都无法回答了，谁也不知道他什么时候能复原。唯一的好处在于，向烟梧用不着小心翼翼地躲得远远地监视他了。"

"这算什么好处……"

谁也没想到这一年的"茶会"会以这样的一桩惨案拉开序幕。之前虽然欧阳公子的宠物雷貂被杀死，但那也终究不过是一只动物而已，仅仅是一场让人不快的恶作剧。而今天早晨，整个庄园的气氛都改变了。

死人了。所有人的心头都笼上了阴云，但这些见惯大场面的人又谁也不甘示弱，尤其当最后一位宾客、来自越州的河络行商明珠霍桑到来之后。贵宾齐至，意味着"茶会"即将正式开幕，那可绝不会是一场品茶聊天的聚会，而是看不见刀光的激烈战场，是彼此针锋相对你死我活的斗智。能被向烟梧在"茶会"中放出来的藏品，每一件都是价值连城，哪一件更值得去争抢，哪一件可以在低价位爆出冷门，考验的不只是对古董珍玩的鉴赏能力以及各家的财力，更重要的是心理。向钟之死，就是对四位贵宾心理的第一次考验。

"茶会每两年才有一次，已经花费了那么多心血，不能因为死一个人而停下来，"向烟梧也斩钉截铁地说，"我会加强护卫，尽快找出凶手。"

傍晚的时候，四位贵宾和向烟梧一起坐在一楼的大厅里闲聊。狄弦和童舟虽然也出于礼貌受邀——"这是两位在此躲避风雪的朋友，和我也算是有缘"——但两人很知趣地坐在角落里，不去和生意人们扎堆。童舟饶有兴致地打量着他们。

南淮黎氏的黎淮清和晋北的欧阳公子都算得上是美男子，但两人的气质却有很大分别。黎淮清是一个精干的年轻人，浑身上下都涌动着一种只属于年轻人的生气。与之相对，欧阳公子已经年近四旬，虽然容貌保养得上佳，还是难掩一股懒散的气息。

河络行商明珠霍桑已经五十多岁了，花白的胡子一直拖到胸前。他那满脸的皱纹估计是笑出来的，无论谈到什么话题都笑容可掬，好似一个慈祥的老爷爷，让人很难想象他当年亲手杀害二十余名同胞、叛出河络部落时的凶残。而事实上，他也非常谨小慎微，别看他脸上笑得起劲，在这次请来的四位宾客中，他是唯一一个谢绝了引路人，完全自己摸过来的人，并且连到达时间都没有通知。据说他的日常生活也是一贯如此，从来不愿意让人知道他的行踪。

羽飞轩则是一个面色阴沉的枯瘦老者，看样子更接近于一个精明的师爷而非老板，但谁也不敢小看了他。羽族向来是个轻视商业的种族，羽飞轩能够把自己的商号做到遍布东陆，显然有着过人的头脑和毅力。

除此之外就是主人向烟梧了。虽然连续遭逢灾难，他仍然显得很有城府，与几位客人谈笑风生，半点儿也不失主人的身份。这让童舟既佩服又纳闷。

"这个人绝对是个天生的生意人啊，从他的血管里直接流出冰水我都不会觉得奇怪，"童舟低声对狄弦说，"我实在难以相信他会对一个废人一样的儿子那么上心。"

"这方面是有点儿小道消息的，"狄弦诡秘地一笑，"我听说，向希泓这孩子之所以从五岁开始就变得痴痴呆呆无法成长心智，和他目睹了母亲的死亡有关。而他母亲的死亡，又牵涉一个重大的秘密。这个秘密具体是什么我不知道，但可以肯定的是，对向烟梧十分重要。他那么尽心尽力地养大这个孩子，就是希望有朝一日能医好他，从他嘴里掏出那个秘密。"

"原来是这样，不愧是个生意人。"童舟顿时一脸的鄙夷。

"倒也不能这么说，毕竟他还是保留了人性的底线，"狄弦说，"他完全可以找一个高明的秘术师对他施展读心术。但对于这样的痴儿来说，强行使用读心术固然可以阅读他的记忆，同时也有极大可能毁坏他的脑子，把他彻底变成没有思维的行尸走肉。向烟梧没有使用这一招，说明他总算还是个人。"

"谁知道他是不是没本事找到一个足够厉害的秘术师？"童舟虽然嘴硬，也明白以向烟梧的财力，聘请到一位秘术大师并不困难，心里的厌恶感稍微减弱了一点儿。

"差不多了。"向烟梧忽然站了起来，四位宾客也跟着站起来了，先前笑谈风声的愉悦表象一扫而空，取而代之的是紧张和肃穆。童舟一阵兴奋，知道第一天的"茶会"要开始了，只可惜自己无缘见识。

"我们回去吧。"狄弦站起身来，拉着童舟向楼梯走去。向烟梧冲他点点头，带着客人们走向另一侧的楼梯，该楼梯通往地下密室，也就是所谓的"茶室"。

"请等一等。"欧阳公子忽然说。所有人都是一愣。

"这两位朋友既然机缘巧合遇上了茶会，为什么不索性请他们二位也去看看热闹呢？"欧阳公子指着狄弦和童舟，"每一次的茶会都是我们几张老面孔，似乎也怪无聊的。"

其余三位客人略显犹豫，显然欧阳公子的提议出乎他们的意料，但更显然的是，他们不会在欧阳公子面前示弱，既然竞争对手都敢于邀请局外人去旁观，他们自然也乐得表示慷慨——反正没什么损失。

倒是主人向烟梧踌躇了很久，狄弦给他打个眼色，示意他同意，然后和童舟一起跟了上去。

"这是唱的哪出戏？"童舟有点儿不解地小声问狄弦。

"那位欧阳公子在怀疑我们俩呢，"狄弦也低声作答，"他想要观察一下，如果你我二人一夜都和他们待在一起，还会不会有新的凶案发生。如果没有新的凶案，我们俩就是怀疑目标了。"

"一夜？"童舟绝望了，对于是否会成为被怀疑对象，她倒是不怎么在乎。

第五幕　茶会与第二个死者

顾名思义，茶会当然要有茶。人们这几天在山庄里喝的茶已经属于上品了，但却比不得在这间"茶室"里喝到的。

"越州兰朔峰的雨前青芽，三烘三晾制成，再以煮沸的雪水沏泡，真是人间极品哪！"欧阳公子赞不绝口，果然是个懂得享受的人。

"我可以保证，每一天在这间茶室里喝到的茶水都不会重样。"向烟梧微笑着说。

欧阳公子拍手叫好，河络明珠霍桑也面露笑容，羽人羽飞轩和南淮黎淮清却都只是礼节性地点点头，说明后二者对品茶并无特别讲究。童舟更是没觉得这茶有什么特别之处，觉得和城里随处可见的两个铜锱管够的大碗茶也差不多。

倒是这间密室引起了童舟的浓厚兴趣，它并不是以前的主人留下来的，而是向烟梧新建的，四壁都由特制的材料筑成，可以最大限度隔绝外界的秘术，以防无关人等偷听或偷窥。狄弦更是悄悄告诉她，这房间里的机关超过了十处，每一处机关后面都藏着高手，可以确保茶会不出任何意外，除此之外，站在茶室里为客人们烹茶、倒茶的侍者和侍女，也都个个身怀功夫。在这样保护严密的茶室里，就连一直脸上带笑、身体紧绷的明珠霍桑也明显放松多了。

喝过了头一轮茶，向烟梧拍拍手，从茶室内部的墙上裂开一道暗门，一名藏在墙后的侍者小心地捧着一个黄布包裹的物品走了出来。四位客人的呼吸粗重起来，他们知道，茶会的正式节目要上演了。

向烟梧接过包裹，侍者退了下去。黄布包解开后，里面露出一柄黑漆漆的铁锤，看起来毫不显眼。向烟梧把铁锤放在桌上，坐回到椅子上，宾客们则站了起来，围在桌旁。四位客人不约而同地掏出了河络制作的凸光镜，近距离地细细观看。

狄弦和童舟这两个外行人只能在旁边干瞪眼。狄弦再见多识广，也不可能对什么学问都精通，当童舟问他"这把破锤子到底是什么"的时候，他也只能摊手表示不知道。这下童舟可抓住把柄了，一连声地嘲笑他，狄弦却始终悠然自得。

"古董嘛，我确实不怎么懂，但世间万物都有蛛丝马迹可寻，"他喝了口茶，"有些事情不需要会鉴赏，靠猜也能猜个八九不离十。"

提议邀请狄弦来此的欧阳公子转过头来："狄先生有什么高见吗？"

"高见谈不上，低见有一些，"狄弦放下茶杯，"这把锤子嘛，首先做工并不精致，其次也不是由什么奇异的星流石之类的材料制成，可见它的特殊之处在锤子之外，在于它身上所蕴含的历史积淀，比如说，或许它曾经是某位工匠大师的铸造利器，又或许曾有人用它杀死过什么了不起的大人物。"

欧阳公子赞许地点点头："请继续说下去。"

"这样的话，我们就可以来好好想一想，历史上有哪些非常有名的锤子。我在一瞬间想到了好几样，比如当年的河络铸造大师铁锤蒙克，既然外号就叫'铁锤'，也许他使用的锤子会很有名；我又想到了一百年前那场华族和蛮族的战争，最后在铁线河结盟的时候，铁匠出身的蛮族大君乌力吉把自己当年做工时用的锤子送给华族皇帝，表示缔结盟约的诚意，那把铁锤后来不是随着宫廷政变而失踪了吗？当然了，还有一把最著名的锤子，是燮朝初年的民间义士徐言用来刺杀暴君姬野的，虽然刺杀失败，但那把锤子也可算得上是光耀千秋了。"

"真是了不起，"明珠霍桑说，"那依照你的判断，这把锤子到底是哪一把呢？"

"这就得分析一下你们四位看它的目光了，"狄弦耸耸肩，"你们四位的目光都显得一般的热切，也就是说，看出这是个值钱的玩意儿，却又并不是那种值得全力以赴去争夺的。于是我首先排除掉了铁锤蒙克的猜想，这位大师只在业内享有名声，寻常百姓都没有听说过，应该不会太值钱，不值得专门拿到茶会上来。"

"而刺杀姬野的锤子，又未免太有名了，我虽然对古董业并不在行，也能推想到，如果我是一个收藏家，那就算打破头也会想要收藏这把锤子。而四位表现出来的热情……并没有那么高。因此我只能猜测，这大概就是那把失踪的铁线之盟的证物吧！"

四位贵宾面面相觑，主人向烟梧已经用力鼓起掌来："太精彩了！狄先生，幸好你没有身在这一行，不然我们几个恐怕都要丢掉饭碗了。"

大家一齐笑起来，气氛变得轻松了少许。这之后的竞价过程也印证了狄弦对货品价值的判断：名贵，但并非顶级藏品。茶会所遵循的是循序渐进的原则，越好的东西会越晚亮相。对于这把打头阵的铁锤，客人们并没有经过太多犹疑，很快结束了竞价，由羽飞轩购得，价格是一千金铢。

接下来的几件货物，价格就慢慢涨上去了，第四件古火山河络的陶碗已经到了两千金铢，让旁观的童舟咋舌不已。

"我再次确认了一件事，"她悄悄对狄弦说，"我就是嫉妒有钱人啊，嫉妒死了！两千金铢买个只能给猫喂食的破饭碗！"

"这个破饭碗一转手就远不止这个价了，"狄弦拍拍她的肩膀，"这就是为什么他们是有钱人，你是个嫁都嫁不掉的穷光蛋。"

童舟正准备反击，茶室外传来一阵急促的敲门声。这样的重要密会，毫无疑问向烟梧会提前告诉下人们不要来打扰，而一旦他们真的来打扰了——那就必然是出了大事。向烟梧脸色一变，拨动三道锁后把门打开。

"老爷，出事了！"一个面无人色的仆人几乎是连滚带爬地抢进来，"少爷的房间里又死人了！"

"别慌，慢慢说！"向烟梧临危不乱，"什么人死了？"

仆人望了欧阳公子一眼，语气中更加显得慌乱："是欧阳公子的……车夫！"

于是轮到欧阳公子面色大变了。虽然事情和其他三位客人无关，他们也适时地切换出一脸的关怀和凝重，跟随向烟梧与欧阳公子奔出茶室。

新提拔来顶替向钟的管家将剩余的古董收藏好，并锁好茶室。

"看来我们俩不用被怀疑了，"童舟一边快步行走一边对狄弦说，"不过这四位客人似乎也没有嫌疑了。"

"我们俩没有其他手下，这四位可不一样，所以他们的嫌疑并不能排除，"狄弦说，"我感兴趣的是，连续死去的这两个人究竟是为什么而死的，为什么都那么喜欢那个房间？"

为什么都那么喜欢那个房间？这是个问题。在遭受到严重的惊吓后，小少爷向希泓已经被搬到了另外一个房间，并且昼夜有人在旁边看护——反正他现在痴痴呆呆的，已经做不出什么反应。但奇怪的是，这一次的死人事件又发生在小少爷已经不在了的空房间。

死的是欧阳公子的车夫，确切说，车夫之一，因为光是他的六位夫人就得分乘两辆马车。该车夫就是为其中三位夫人驾车的，现在他离奇地死在了向希泓的房间里，而且死状和向钟一样凄惨：喉咙被切开，血被放光了。不同的是，这一回该房间里只剩下他一个死人，小少爷已经不在那里了。

车夫本来是住在那栋临时搭建的楼房里的，但出事时，没有任何人留意到车夫的行踪，还有人说从晚饭之后就没有见到过他了。这本来是个无关紧要的小人物，很难引起他人的特别关注，等到关注他时，已经成了死人。

这一次狄弦本来有机会事先把所有人拦在门外，以便获取现场的第一手资料，童舟也想到了这一点并在路上提醒他，但奇怪的是，他却并没有这样做。

"用不着了，"他对童舟说，"我有一点儿新的想法。你只管去跟着他们看热闹，我去去就来。"

童舟一头雾水，看着狄弦匆匆向主宅外的方向走去。她只能和其他人一起来到向希泓的房间，听着人们事不关己的点评与猜测。欧阳公子的脸色很难看，这完全可以理解。童舟想，这不只是因为损失了一个车夫，更重要的在于，从雷貂到车夫，似乎有什么力量在专门针对着他。

而且当前有一个非常紧要的问题，直接关系到欧阳公子的名誉，几位老成持重的客人都不肯轻易说出来，童舟却是出言无忌："这个车夫……是自己死在房间里的呢，还是先被杀了才拖到这里来的呢？"

这当然是个很关键的问题，但就这样直接地说出来未免不大好，幸好狄弦这时候上楼来了，几句闲话岔过去，然后不由分说把童舟拎回房。

"我热闹还没看够呢！"童舟很不情愿。狄弦屈指敲敲她的脑门："不动脑筋！不该说的话不要随便说！"

童舟不解："我说错什么了？"

"如果车夫是自己走进房间去的，就说明车夫有问题；如果是先被杀再移进去的，主人家的嫌疑可能最大，所以这个疑问说出来谁的脸上都挂不住。别忘了，这帮人是来做大生意的，虽然死人也是大事，但对他们而言，能不撕破脸就得尽量绷着，懂了吗？"

童舟勉强明白了，她忽然想到点什么："对了，你刚才走开干吗去了？"

"天机不可泄露，"狄弦一笑，"总之我有了一些很重要的发现，那或许是血妖留下来的痕迹。"

童舟吓了一跳："真的有吸人血的血妖吗？"

"真的有，"狄弦严肃地点点头，"而且它一定还会再出来吸血。"

"那你知道它藏在哪里吗？"童舟跃跃欲试，"要不要我去把它揪出来？"

"暂时没那个必要，"狄弦说，"好戏才刚刚开场，咱们接着看戏就好了。"

车夫和向钟的连续死亡事件终于让向烟梧坐不住了。他决定彻底清查一下儿子住过的这间房间，弄清楚为什么连续两个人都死在这里。他查得很细，不但找遍了每一处缝隙，连地板都掀开查找了，但令他失望的是，除了陈年的积灰和干瘪的昆虫尸体之外，什么东西都没能找到。这就是一个普普通通的房间，并无任何特异之处。尽管如此，他还是命令把这个房间锁死，禁止任何人进入。

另一个坐不住的人是欧阳公子的四夫人，先是死了雷貂，又连续出现了两个死人，让她再也无法在这座弥漫着血腥气味的庄园里待下去了。欧阳公子很无奈，只能命令她的贴身女仆陪着她离开山庄，先到附近的山村里借住。

不过，接二连三的事故也并没有干扰到茶会的继续进行，有钱人毕竟分得清事情的轻重。车夫死后的第二天夜里，茶会继续，这回童舟说什么也不想去坐着当木偶了，所以狄弦只能一个人去参观。

但童舟还是睡不着。这两天虽然尽量节省着力气，但身处这样一座危险而诡异的庄园，心绪仍然难免受到阴郁气氛的干扰，引发精神力的波动。白天的时候，她靠狄弦的功力才压制住了一波体内精神力的高涨反噬，到了夜间，忽而想着身边的离奇命案，忽而想到自己悲惨而不确定的命运，更是辗转反侧思绪如潮。

大约到了凌晨艮时之中的时候，她才朦朦胧胧有了几分睡意，但还没能入梦，耳中就传来一阵阵若有若无的争吵声，听声音是从走廊尽头的楼梯处传来的。魅的听力一般都比较灵敏，这些声音就像锥子一样，总是往耳膜里钻，她索性起身去看个究竟。

声音是从三楼传来的，那里应该是主人和小少爷的睡房。现在主人向烟梧正在地下的茶室里主持着"茶会"，能在楼上发生点状况的，恐怕只有……她心里一紧，三步并作两步蹿上楼去。

果然，她看见了向家的小少爷向希泓，但此刻的向希泓，和她之前所见过的任何一种状态都不相同。他就像一只狂躁的野兽，在走廊上不断地撞击着一扇紧闭的木门，两名仆人在一旁试图劝阻他，但明显劝而不得其法。童舟刚一走近，就看见一个仆人满脸都是指甲抓出来的印痕，而另一个仆人正痛苦地捧着手腕，上面有一个血肉模糊的长长伤口，还能看得见牙印。

"少爷……少爷他发疯了！"两名仆人愁眉苦脸地对童舟说，"半夜三更的，突然从床上跳起来，冲着这儿就扑过来了。"

第六幕　提线木偶

童舟仔细观察着向希泓。他的脸上充满了急不可耐的烦躁，双膝跪在地上，不断地用肩膀撞击着那扇门，如果不是因为身体瘦弱、力量太小，恐怕早就被反弹的力道弄到肩膀脱臼了。他执着地、锲而不舍地撞着门，两眼血红，喉咙里还不断发出近乎饿狼一样的咕噜声，在寂静的深夜里，足以让见到的人胆战心惊。

童舟想了一会儿，上前拎住了向希泓的衣领，完全没有理智的少年回过头就向她的手腕上张口咬去。但童舟的反应远比两个仆人更快。她手腕一抖，立即把向希泓摔出去数丈之远，但由于力量用得巧妙，少年并没有受伤，只是轻轻摔倒在地上。两个仆人见到小少爷被摔，一时间拿不定主意应该先把向希泓扶起来，还是先把童舟赶走。

"看看你们少爷的走路姿态吧，"童舟对仆人们说，"还像是一个大活人吗？"

两个仆人充满惊恐地看着向希泓。他被摔出去后，仿佛完全不知道疼痛，立即又向着那扇木门爬了过去。可那是怎样的爬行姿态啊，四肢扭曲、上身歪斜，双膝时而抬起时而干脆在地上摩擦拖行，头还在不停地摇晃。

"简直就像……没有骨头一样！"一名仆人评论说。

"你还不如说像一个提线木偶。"童舟喃喃地说。这句无意识的话却立即提醒了她一点儿什么，她对仆人说："快把这扇门打开！"

两个仆人对望一眼，脸上显得很为难。童舟一拍墙："快点！如果你们想救他性命的话。难道你们看不出来，如果这扇门不打开，这小破孩就会活生生把自己撞死？"

这句话看来效果不错，仆人开了口："可是……我们没有钥匙啊！"

"这到底是什么房间？里面有什么？"童舟问。

"这是一间画室，听说山庄最初的主人喜爱绘画，专门弄了这间画室。后来的历代主人都觉得画室修建得不错，而且采光上佳，就一直保留了下来。老爷最近空闲时也会在此作画。"仆人回答。

童舟不再多问，运足力气，抓住门锁用力一拧，在两名仆人的瞠目结舌中，门锁应声断成两截。向希泓撞开门，连滚带爬冲了进去。

童舟向两个仆人做出"嘘"的动作，然后轻手轻脚跟进去。她有些困惑地看着眼前的场景。向希泓已经迫不及待地以笨拙的姿态在地上铺开了几张纸，撅着屁股开始挥毫在纸上涂抹。他握笔的姿态虽然很别扭，下笔倒是很快，不一会儿工夫就涂满了一张纸，可惜童舟左看右看，竟完全看不出他画的到底是什么，眼里只见到一道道弯曲的线条、一团团混杂的色块。

向希泓画完一张，把画满的纸扔到一旁，扯过另一张白纸，又开始继续作画——假如他那些无人能看得懂的涂鸦可以被称为"画"的话。

在童舟迷惑的注视中，向希泓一口气涂抹了三四十张白纸，他呼哧呼哧大喘着粗气，浑身的衣服都被汗水湿透了，看起来疲惫不堪。终于，他点下了最后一个墨点，把画笔扔到一边，随即身子摇晃了一下，栽倒在地板上昏迷过去。他的衣服上沾了不少墨汁，再被汗水一浸，更是显得花里胡哨。

童舟一张张翻看着那些画，努力想要辨别其中的真意，却最终发现这是徒劳的——向希泓好像真的就是在乱涂乱抹，像一个心智未开的婴孩。但童舟又隐隐觉得，那些线条、色块的排列有一定的顺序，似乎又不大像是纯粹的捣乱。她沉思了一会儿，把这些画按作画顺序整理起来，自己揣着，回过头对两个仆人说："把画室整理回原状，先把少爷送回房，然后找工匠换把锁。这件事不要说出去，我会亲自去告诉你们家老爷的，此事牵涉厉鬼作祟，切记按我的吩咐做。"

两名仆人都知道童舟的身份是向烟梧请来替他捉鬼的，听到她这么吩咐，虽然心中还有疑惑，仍然答应下来，毕竟谁都不敢去招惹"厉鬼"。一名仆人把向希泓抱起来送回房去，另一名开始收拾画室里的一片狼藉。

童舟则带着向希泓的涂鸦回到房里，只觉得自己的背上似乎也被冷汗浸透了，她回想着少年之前提线木偶一样的怪异动作，越想越是心惊，这下子彻底睡意全无了。等啊等啊，天快亮的时候，"茶会"才结束，狄弦和几位客人谈笑风生地走了过来，看来他越来越受到这些古董商人的重视了。他看见童舟冲他招手，微微一愣，加快步子进了房间。

"又有什么情况了？"狄弦问。

"这栋宅子里藏了一个秘术大师，"童舟神色严峻地说，"这个秘术师的精神力强到可以强行运用精神游丝操控人体，就是通常被称为'提线木偶'的那种秘术，向家的小孩儿就是他操控的对象！"

在听童舟讲述这一夜所见所闻的过程中，狄弦一直在翻看着那些出自向希泓之手的奇怪涂鸦。他看得很慢、很仔细，从第一幅看到最后一幅，又折回来重新看起。

"这些画到底是什么意思？你能看明白吗？"童舟问。

"我看不明白，但我可以肯定一点，这些画并不是胡乱无意义的涂抹，"狄弦说，"你可否注意到，虽然这些画无论是整体还是局部我们都看不明白，但如果把不同的画并列在一起看，就能发现它们的共同之处。"

"共同之处？"童舟疑惑地接过那些画，在狄弦的提醒下，她也很快注意到了关键所在，"还真是！你看这几块色斑，在好多张纸上都出现了相似的甚至于一模一样的，这并不是无意义的乱画。难道是什么图形密码？"

"这就需要慢慢解读了，"狄弦小心地把画放入抽屉，"再说说提线木偶吧。你能确定他是被精神力所操纵的吗？而不是向钟所用的离魂术？"

"不是的，"童舟摇摇头，"离魂术只是一种精神暗示，给人下达一些隐藏在意识深处的指令，就像我们第一次看到小孩儿在走廊上爬行的模样。他虽然在完成他人的指令，四肢仍然是受到自己头脑支配的。而今天凌晨……他的动作极度不协调，几乎无法站立，行动起来东倒西歪，完全就像是有很多根线在拉动一样。"

"提线木偶……"狄弦眉头一皱，"那是很厉害的精神力啊，就算是我也还没能达到那种境界。"他闭上眼睛，默默地运着功，最后有些沮丧地睁开眼睛："无法定位。他的精神力现在弥漫在了整座庄园里，我只能知道他的存在，却无法精确找到他的位置。"

"我也能感觉到。他为什么会这样扩散自己的精神力呢？那样会消耗很大的。"童舟不解。

狄弦忽然眼前一亮："他也在找寻某些东西！"他站起身来，在房间里来回踱步，"也许他的目的并不是为了戕害小孩儿或是和向烟梧作对，或许只是想要找到什么东西。他操纵着小孩儿画画，就是想要发出一些信息。"

"可那是些什么信息呢？"童舟说，"而且为什么要挑这一天晚上？之前向烟梧已经在这里待了那么久……"

她忽然住口，一下子想到了些什么，狄弦也同时想到了："和茶会有关！他要寻找的东西和茶会有关！"

在画完了那些画之后，那个神秘的精神力之源似乎对向希泓失去了兴趣。至少在天亮之后，当向希泓从昏睡中醒来，他没有再做出什么古怪的举动，也不再像被向钟用离魂术控制时那么痴痴呆呆，神智开始逐步好转。向烟梧很是欣慰，当然他并不知道前一天晚上发生的一切。

在几乎每天夜里都发生怪事之后，前一天夜里也是最近十分难得的安静的一夜——如果排除掉被封锁住消息的怪画事件的话——所以大家的情绪也都不错。生意人常年商海拼杀，精力也比童舟这等废料更加旺盛。差不多睡个两三个对时，到中午就能起床，继续下一个白天的虚伪社交以及夜间的最后一次茶会。茶会共三天，前两天已经有将近三十件古董珍玩被四位客人瓜分，从那把最便宜的一千金铢的锤子开始，总价值超过了二十万金铢。

而最后一天将只有一件物品拿出来竞价，这就是每两年一度的向氏茶会精髓所在，往往那一件藏品的价值就能超过之前所有物件的总和。甚至可以说，前两天的茶会有点儿例行公事的意味，客人们相互谦让，都没有把自己真正的实力展现出来，第三天才是倾力相搏的时刻。所有人的目标，都在第三天的藏品上。而这件东西到底是什么，也是只有到了第三天夜里才会揭晓，但狄弦偏偏就试图提前打听出来。

"你最好是告诉我，"狄弦说，"我相信最近的闹鬼事件和你的茶会有很大关系，而且阴谋说不定就是直指最后一件藏品。"

"这么说来，不是恶灵作祟？"向烟梧问。

"人和恶灵，原本就没有太大的区别，某些时候人比恶灵更可怕。"狄弦答得耐人寻味。

"那么在人的面前，就没有什么值得畏惧的了，"向烟梧很自信，"最后一件藏品嘛，请狄先生今晚自己去看吧。"

"或者，你可以把茶会暂停一两天，让我有时间先把那个潜藏的'恶灵'揪出来？"狄弦问。

"没这个必要，"向烟梧斩钉截铁地说，"鬼也好，人也好，终究不过是在外围做一些无关紧要的骚扰，却绝对没有办法影响到茶会。这座庄园看起来人不多，似乎屡屡让对方得逞，事实上，不过是因为我把主要的防御力量全部放在了茶会本身上面。他就算能杀死我十个八个管家马夫，也没有办法染指任何一件藏品。"

"这点我倒是听说过，"狄弦说，"你的茶会是防御最严密的，从来没有什么大盗飞贼可以在茶会上拿走你的东西。不过……"

"请不必说了，"向烟梧摆摆手，"茶会是我最重要的事，对我的客人们也是如此。其他三位也就罢了，明珠霍桑一向行踪飘忽不定，出了名地难找，这一次我派出了四十多个人，都没能把请帖送到他手里，最后还是他主动给我来信的，而这也是他将近十年来第一次在他人面前亮相。茶会必须按期完成，否则我也对不住客人们。"

狄弦摇着头走开。

第七幕　大　餐

这一天午饭时间一过，狄弦又不见踪影了。好在童舟早就习惯了他的神出鬼没，也懒得去找。她只是心里隐隐有点儿遗憾：茶会进行到最后一天了。等到茶会结束，向烟梧和客人们就会离开这座山庄，让它重新回到空宅的状态。这几天在这里好吃好喝还有仆人伺候，其实生活蛮惬意的，童舟真希望能多赖上几天。狄弦虽然赚钱也挺多，但大多都散给了九州各地的同族，没法让两人好好享福。当然父亲临终前就做好的安排让她不得不紧跟狄弦，以便让狄弦维系她的性命。能活下去就是最重要的事了，享福什么的，她想都没想过。

世界真是不公平啊，童舟想，有些人生来锦衣玉食、万事不愁，可以把成千上万的金铢扔到一些锤子、饭碗、破铜烂铁上；有些人却不得不为基本的生存而挣扎。自己活了快二十年，每一天都被笼罩在莫名的忧患中不能自拔，有时候真恨不得狂性发作，一拳把自己砸成肉饼算了，也省得不断从噩梦里惊醒过来。

童舟自怜自伤、自怨自艾，甚至一度开始羡慕欧阳公子那六个衣食无忧的姬妾，当然这样的羡慕并没有维持太久。下午的时候，忽然有附近山村里的乡民前来报告：村里意外地起火了，因为被恶灵惊吓而寄居在山村里的四夫人没能逃出来，和她的两名仆人一起被困在了火场里，烧得尸骨无存。

这时候即便站在山庄里，也能在漫天飞雪中看见远处直冲天际的浓烟和隐隐的火光。那样的大火，如果被困在了屋里，那是绝对无法活命的。但是三个大活人怎么会在起火时毫无反应？童舟断定，这恐怕不是什么天灾，而是有预谋的杀戮。

可怜的欧阳公子，童舟想，先死了宠物，再折了马夫，眼下连夫人的命都赔上了，难道这座山庄对他而言注定是个恶灵肆虐的不祥之地？

"我马上派人去看看，"向烟梧对欧阳公子说，"此外，如果您愿意的话，今晚的茶会可以往后延……"

"不必！"欧阳公子恨恨地一跺脚，"茶会照常进行！"

傍晚时分，向烟梧派出去的人回来了，并且带来了一个惊人的消息：四夫人的尸体没有找到，火场里只发现烧得焦黑的女仆的死尸。这个消息可能有多种解读方式，比如夫人可能被绑架了，比如火灾可能是夫人自己策划的，诸如此类。反正事不关己，童舟倒是浮想联翩地在心里猜测了好一阵子，直到狄弦回来。他的头发、眉毛都白了，可见雪下得不小，身上还背了一个不小的包袱。

"这么大雪你去哪儿了？"童舟问，"下午的火灾听说了吗？包袱里装的是什么？"

"不只听说了，当时我离现场还很近，"狄弦一句话回答了两个问题，"可惜我的动作慢了一步，没能阻止那场火灾。不过这样也好，更加印证了我的判断。"

"你的什么判断？"

狄弦站在窗口，看着窗外鹅毛般的落雪："我对于整个事件的判断，包括恶灵究竟是谁，几位死者——包括那只倒霉的雷貂在内——是怎么死的，杀人者的目的是什么。"

童舟张大了嘴："你全都知道啦？你下午是又去那些村子里打听去了吗？"

"不是全都知道，不过离全都知道也不远了，这就得靠这个包袱里藏的宝贝了。"狄弦把包袱放在地上，包袱里传来一阵金属撞击的声音。

"这里面是什么？"童舟满腹狐疑。她发现在狄弦面前，自己好像永远都只有不断提问的份儿。

"要捉鬼，当然要有武器，"狄弦神秘地一笑，"你先回房去吧，我要打磨我的武器了。对了，趁现在多补补觉，晚上我们一起去参加最后一天的茶会，我保证你不会失望的。"

总在关键时刻故意卖关子！童舟噘着嘴回房，心潮起伏，压根儿就睡不着，晚饭之后狄弦仍然没有其他动静，她索性下楼到一楼的大厅里坐坐。路过狄弦的房间时，她听到里面有一阵奇怪的响动，就好像大力士折弯铁棍时所发出的声音。她想要敲门，想了想又忍住了，心里咒骂着狄弦下楼而去。

欧阳公子看来是心情不好，并没有坐在大厅里，主人向烟梧大概也忙于布置最后一夜的茶会，没有现身。黎淮清、羽飞轩和明珠霍桑正坐在大厅里悠闲地谈论着什么。羽飞轩首先看到童舟，礼貌地向她打招呼："童小姐！今晚来参加茶会吗？"

"我不能叫参加，充其量算是旁观，"童舟说着，也在三人身边坐下，"茶会里的那些东西，把我卖了也买不起，只能在旁边随便看看了。有钱就是好啊！"

黎淮清一笑："像童小姐这样能坦诚说出'有钱就是好'的人可不多，我遇到过很多……不怎么有钱的人，总喜欢说钱是个坏东西，有钱人都会变坏。"

童舟摇摇头："我可不那么想。金钱本身没什么错，错的只是人而已。有些人固然是一文不名的穷光蛋，照样满肚子坏水，好比狄弦。"

三位客人一起笑出声来。羽飞轩问："说来说去，冒昧地问一句，我看童小姐和狄先生夫妻不像夫妻，情侣不像情侣，到底是什么关系呢？"

童舟自然不肯放过这个抹黑狄弦的机会："我是他的未婚妻，但他不愿意娶我，千方百计地要悔婚，所以我只能一直赖着他不放了。"

这番话说得三人一愣，过了好久，明珠霍桑才说："你为什么一定要嫁给他呢？你们人类中的青年才俊也很多嘛，你们不是有一句谚语叫'不要在一棵树上吊死'吗？"

我要是人类就好了，一切不过是可怜巴巴地为了活命而已，童舟悲愤地想，身而为魅，真是不幸。她只能随口糊弄过去，正想转移话题，眼角的余光看见一个人影从楼上走下来，不由得住了口。

那是住进山庄之后就不断倒霉的欧阳公子。一时间大厅里的气氛有些尴尬，人们似乎并不方便满脸笑容地打招呼，却也更不便张口就是安慰的话。

欧阳公子反倒是一脸的平静。他步履稳健地走到四人面前，提出了建议："我觉得我们不必一定要等到夜深了。反正今晚只剩下最后一样，倒不如早点开始，早点了结，各位觉得怎么样？"

羽飞轩、黎淮清和明珠霍桑相互对视一眼，都点了点头。

于是童舟再次坐到了那间经过特殊改造、堪称武装到了牙齿的茶室。虽然想象着茶室的每一面墙壁外都有卫士在虎视眈眈，未免有点儿受人窥视的不快感，但同时她的心里也在好奇，想知道那最后一样珍贵到要死的古董究竟是什么。

四位参与茶会的客人和狄童二人围坐在桌旁，脸上神态各异。到了这种时候，之前一直显得轻松随意的客人们也难掩紧张，即便是主人精心准备的绝品好茶，喝在嘴里恐怕也难以辨别出点滋味来。童舟居然也有了一点儿眼巴巴期盼的感觉，迫不及待想要等着主人把东西拿出来。

她无意中一回头，看到了狄弦的表情，不由得微微一怔。狄弦此刻竟然也像一张绷紧的弓一样，全副的注意力都集中起来了，正在全神贯注地寻找着什么、等待着什么。这让童舟有点儿纳闷：自己和狄弦不就是来瞧看热闹的吗？他有什么好紧张的？

"那么，到了我们茶会的最后一天了，"向烟梧坐在主位上，开始发话，"诸位过去也都参加过茶会，知道主人的惯例——把最精华的留到最后。过去几天里，四位各自得到了一些大家想要得到的东西，但很显然，那些还不足以填满大家的胃口。所以今晚，请不要放过这最后的、最美妙的大餐。"

"这话说得我都饿了。"童舟嘀咕了一声，看着向烟梧做出过去三个夜晚中已经重复做了几十次的动作：他郑重地拍了拍手，墙上的暗门打开了，一名侍者托着一个金色的匣子走了出来。这个匣子并不大，但看侍者的步态，可知匣子本身十分沉重，竟然是用纯金铸造而成的，装在里面的东西也可想而知无比贵重。

四位参与茶会的宾客身体都不约而同地微微前倾，注视着向烟梧从侍者手里接过匣子。他把这个沉重的匣子放在桌上，双手缓缓地打开匣盖。所有人的视线都集中在了匣子上，童舟不自觉地小小喘了口气。就在这时候——

一名一直站在众人身后伺候茶水的侍女，突然手腕一抖，手里的一壶茶打翻了，滚热的茶水从壶嘴和壶盖处倾倒出来，泼在了向烟梧的手上。向烟梧骤然间被狠狠烫了一下，下意识地缩回了双手。与此同时，侍女双手齐出，抓向了匣子里的东西。

找死！这是童舟第一时间的反应。她甚至都没有想到要出手去阻止。这个侍女无疑是用了什么巧妙的方法改头换面、瞒天过海，竟然能混进茶室里来，但凭她一个人想要把"最后的大餐"夺走，无疑是痴人说梦。从她刚刚动手开始，一直严密监视着的侍卫们就已经有了反应。当向烟梧捂住自己烫伤的手臂、假冒的侍女把手伸进匣子里的时候，三面墙上的暗门都及时开启了。侍卫们一拥而出，迅速把住了大门，这个笨到试图明抢"大餐"的侍女，根本就是自寻死路，完全无路可逃。

但还有动作比周围的侍卫更快的角色，那就是一直以来都气度潇洒的欧阳公子。但在这一刻，他却半点儿也不潇洒，而是骤然间右掌一挥，拍击出一道耀眼的雷光，向着侍女袭去。那是裂章系的雷电术，而欧阳公子显然在这一招上习练已久，雷电带着巨大的轰响，眼看就要把侍女劈成焦炭。

然而更加出人意料的事情紧接着发生了。侍女仿佛一直都在等待着欧阳公子出招，对方的雷电刚刚击出，她的右手就已经抬了起来。但此时她的右手已经完全不是一只人手应有的颜色了，而是掌心向外，呈现出一面镜子的光泽。她把手伸进匣子里原来并不是为了抢夺宝物，而是为了掩饰她使用秘术变化手掌的举动。这面镜子的作用只有一个，那就是反射电光，无论那道雷电反射到谁的身上，恐怕都难逃一死。

童舟在这一瞬间忽然想到，现在大家所处的这间密室，使用的是可以反射秘术的材料筑的墙。而这也就意味着，当这道雷电被镜子反射而出后，会在室内造成多重折射，那样的话，恐怕所有人都得死。

坏了，童舟绝望地想，看热闹看出人命来了！

向烟梧也在那一瞬间反应过来了，他对着欧阳公子大喊一声："住手！"但已经太晚了。欧阳公子全力出手，想要再把那道雷电收回去，似乎已经不大可能了。

就在这生死系于一线的紧张时刻，狄弦却站了起来，他正对着雷电飞去的方向大喊了一声："空！"

这一声喊完，一个小小的黑球出现在侍女身前。那道雷电撞上了黑球，侍女已经幻化为镜子的右手也伸入了黑球，然后，什么都没有了。

雷电消失了，侍女的右手也消失了。那个黑球在空中旋转了一阵后，慢慢变小，直至消失。而狄弦也重重喘了口气，一屁股跌坐在椅子上。

这是谷玄系最高级的秘术，"无限之空"，雷电和右手都被"空"所吞噬，化为了真正的虚空。

欧阳公子的雷电术、侍女的反击、向烟梧的大吼和狄弦的无限之空，说起来复杂，发生的时间却不过是短短的一刹那。当危机解除的时候，侍卫们已经冲了上去，七手八脚制伏了那个侍女。侍女眼见到狄弦化解了她这致命一击，顿时面如死灰，竟然连一点儿反抗都没有，很快被一根绳子牢牢捆了起来。

无限之空看来很耗精神力，虽然狄弦只是变化出一个很小的黑球，仍然累得满头大汗。他用衣袖擦了擦汗，慢慢喘匀了气，看着被捆起来的侍女，摇了摇头："你未免太残忍了吧，你想杀的，不过是他一个人，却想要拿这里所有的性命来殉葬，甚至包括你自己的。"

侍女恶狠狠地瞪着他，并没有回答，她脸上的妆已经被擦去，露出了本来面目，一个三十岁左右的相貌平庸的女子。这张脸不算太陌生，茶室里的人们或多或少都还对她有点儿印象。

这个假扮侍女混入茶室、意图利用反弹雷电术杀害室内所有人的凶徒，竟然是欧阳公子四夫人的贴身女仆。

第八幕　二十年前

惊魂稍定之后，向烟梧把打开的金匣重新关上。此时此刻，这最后一件"大餐"反而退居到了次要位置上，所有人都把视线集中在救了所有人性命的狄弦身上。

"我们的竞价稍后再进行吧，"向烟梧说，"不妨先请狄先生解释一下，这里到底发生了什么。我们在生和死的边缘打了个滚，却还对事实真相一无所知。"

"这是一桩谋杀未遂案，"狄弦说，"她来到这里，并不是为了茶会中这些价值连城的珍宝，而是为了杀一个人。她挑选茶会的时机来杀人的原因很简单：除了茶会之外，她再也找不到其他的机会可以接近那个人，甚至连他究竟会在何处藏身都完全不知道。"

听了这话，人们纷纷扭头，望向面色惨白的河络明珠霍桑。狄弦点点头："是的，她假扮成欧阳公子的女仆，混入这座山庄，目的就是要杀死明珠霍桑。她的身份我并不清楚，也许是和霍桑有仇，也许是受人之托。"

"是受人之托，"欧阳公子插嘴说，"在我到达山庄之前，就得到密报，有一个被怀疑是天罗的杀手乔装混进了我的手下。当时我猜测她的目的也许是在茶会中抢夺某些东西，所以从到达山庄开始，我就一直在留意，可我没想到她的目的并不是抢夺宝物，而是杀人，更没想到她会假手于我。我现在甚至怀疑她是故意让我知道她的存在的，以便让我一直处于紧张中，一直疑神疑鬼，并且在最后时刻用我的杀招出手。"

欧阳公子显得很懊恼，狄弦摆摆手："她假手于你倒并不是事先早就盘算好的，实际上虽然她确实足够残忍，一开始也并没有想到要用这一手杀光所有人，并且把自己也赔进去。这只是她无可奈何的选择而已。自从进入这座山庄，她就一直受到巨大的干扰，始终无法集中注意力，对于一个秘术师而言，不能保持精神力的纯粹也就意味着毫无杀伤力。所以最后，她只能做出这样的选择，在整座山庄唯一可以保证她不受外界秘术干扰的地方下手，那就是这座墙壁材质特殊的茶室了。"

"干扰？她受到什么干扰了？"向烟梧问。

"恶灵，"狄弦缓缓地说，"从来到这里后，她就不断受到山庄里的恶灵的困扰。这得归功于你，向先生，你天才地挑选了这个山庄作为茶会的地点，让她无法逃脱恶灵之手。"

"我更糊涂了，"向烟梧摇着头，"这座山庄和她又有什么关系？"

狄弦扭过头，看着一脸凶相的女子："还记得这座山庄最初的传说吗？一对夫妻，带着一双儿女住在山庄里……我们眼前的这位姑娘，就是当年的那个女儿啊！所以我们的恶灵一直都在惦记着她，她刚刚随着欧阳公子来到山庄，就被恶灵盯上了。"

人们沉默了很久。恶灵山庄最初的主人又回到了她的出生之地，的确能让人产生很多感慨。但人们更为吃惊的是，从狄弦的话语来判断，所谓的"恶灵"，或者说恶鬼、亡灵、鬼魂，无论用哪个词汇，本质都不会变——它竟然是真实存在的？对于所有人来说，这几天发生在山庄里的事件，都把他们折腾得够呛，此刻有机会水落石出，他们的好奇心都被勾了起来。

"你所说的恶灵，到底是什么？"年轻的黎淮清首先发问。

"我觉得我们最好是亲眼去见它一下，这样能得到最直观的印象，"狄弦说，"各位，如果有兴趣的话，不妨一起跟着我去看一眼。"

说完，他当先站起身来，其他人毫不犹豫地跟在他身后。来到二楼时，狄弦先回到自己的房间，出来时手里抱了一摞纸，童舟认出那是那天晚上向希泓在被操纵状态下所画的画，还有一块似乎是被硬生生掰弯了的铜镜。童舟立刻想起了那天狄弦带回来的那个大口袋，看来里面装的都是镜子，可为什么狄弦要把它们统统掰弯呢？

狄弦带着人们上到了三楼，来到那间曾经是向希泓的卧房、发生过几起命案的空房间。当所有人都走进房间时，童舟才发现，这间紧挨着楼梯的卧房其实很小。上一次进来时，卧房里放了很多向希泓的用品，她以为是东西多造成的错觉，而现在她才注意到，这个房间真的很小。

"各位有没有注意到，这个房间挺小的，和这栋宅子里的其他房间不太相配？"狄弦问。

"的确如此，"向烟梧说，"这栋楼里的房间，都修得很大很宽，我当时挑选这个房间给我的儿子，就是因为他一直害怕过于空旷的地方，房间小一点儿反而对他好。不过你这么一说，也的确挺奇怪的，为什么单单这个房间那么小呢？"

"这个嘛，让我们的暴力小姐来解答吧，"狄弦冲着童舟打个手势，"来，对着这面墙来上一拳，用点力，就像你那天来到山庄敲门时那样。"

童舟隐隐猜到了狄弦的意思，也顾不上去为"暴力小姐"的称谓而发火，一言不发地来到墙壁前，握紧拳头猛然击出。一声轰响后，墙上出现了一个大洞，但却并没有因此而让大家见到楼梯。

从洞里面看过去，能看到另外一堵墙——这是一个隐藏的房间，或者说，一个被封闭了的房间。房间里蛛网密布，遍地尘土，显然已经有很长时间没有人进去过了，直到现在，童舟的猛力一拳打破了它的寂静。

"还记得十多年前的那个传说吗？"狄弦说，"有一个女孩在梦里见到了恶灵，她当时就睡在这个房间里。这座房间本来是整栋房里唯一一个结构特殊的卧房，是一个大小套间，可以让小孩儿睡里间，姆妈睡外间，这是最早为那个被认为是残忍暴虐的男孩所改造的。当后来的人们梦见恶灵后，他的家人把这座房间封闭起来了。他们肯定没有想到，这个举动竟然真的在无意间封住了'恶灵'。"

几名仆人拿来了工具，把墙上的洞拓宽，狄弦当先跨了进去。他略略施展了一下秘术，房内的蛛网和尘土消失了。狄弦径直走到房屋中间，轻轻搬开一块已经朽烂了的地板，从地上捡起了一个东西。

借助着仆人点起的鲸油灯，人们看得很清楚，狄弦手里拿着的，是一个肮脏不堪的布制人偶。童舟走到他身边，仔细看着这个身上衣服已经破烂不堪的人偶，突然尖叫了起来。

"它的眼珠子在转！"她叫道。

的确，这个布制人偶的眼珠子真的在转，那当中流露出来的，是人一样的眼神，饱含着惊恐、畏惧、不安和愤怒的眼神。

"我就不必把这个布偶的外皮撕开了，如果撕开的话，你们就能够看到，布偶的里面藏了一个人，一个小小的婴儿，一个畸形的、永远长不大的婴儿，"狄弦的声音有些凝重，"或者说得确切一点儿，一个畸形的、永远长不大的魅。他就是我们一直在寻找的那个恶灵。"

"这是一个魅？他就是恶灵？"童舟只觉得这一个对时里发生的意外超过了过去几天的总和，"究竟是怎么回事？"

"许多年前，这里所居住的那对夫妻，只有丈夫是人类，而妻子是一个魅，"狄弦说，"她一直没有告诉丈夫她的真实身份，我想一方面是担心人类对魅一贯的歧视；另一方面，更重要的是，她有一个绝大的秘密，不能让自己的丈夫知道。这个秘密就是，在凝聚成形的时候，她所收集的精神游丝受到了外界的干扰，具体原因已经无从知晓，但后果是清楚的——她成型了，得到了女性人类的外貌，但却不只是一个人，在她的腹腔内，还藏着·个永远长不大的畸形儿——那就是她的弟弟。她不是一个人，而是一对连体人。他们的精神可以互相感应，但姐姐可以嫁人生子，弟弟却只能深藏在黑暗之中。"

连体人！童舟看着狄弦手里的布偶，只觉得浑身的汗毛都立起来了。这个所谓的恶灵，原来只是一个永远长不大的可怜的畸形儿，而他能拥有施展出"提线木偶"的精神力，也不足为奇了，因为魅的精神力原本就强于人类。而由于他的身体几乎就是废品，反而会让他的精神力更加纯粹而强大。

"由于弟弟藏在姐姐的体内，他维系生命所需的一切养分都来自于姐姐的身体，这也是为什么姐姐一直都体弱多病。而也正是由于这样的体弱多病，姐姐在嫁为人妇、生下两个孩子之后，身体更加虚弱。她或许是清楚自己命不长久了，所以一直在苦思着自己死亡之后，怎么样让这个原本一直寄生在她体内的弟弟活命。"

"可能也就是在这个时候，她发现了一件事，这件事固然令她震惊，却也让她无意间找到了能让那个畸形儿活下去的方法。她在无意中发现，自己的女儿有着非常严重的残虐的性格，这种性格掩藏在女儿温顺可爱的外表之下，不留意观察是绝难发现的。"

"等等！你的意思是说，残暴嗜血的其实是女儿，而不是那个儿子？"向烟桔打断了狄弦的话。

"没错，儿子不过是个可怜的替罪羔羊而已，"狄弦说，"也许是因为他太胆小了，也可能是太善良了，他从来不敢告诉父亲，杀害那些小动物的都是姐姐。他所能做的，只是把那些他不忍多看的尸体掩埋掉，但正是这个举动反而为他招致了误解。父亲把罪责推到他身上，可悲的是知悉真相的母亲也并没有为他开脱，因为母亲要利用女儿。"

"她开始悄悄地陪女儿做一个游戏，用动物的鲜血去浇灌那些布偶。这个充满血腥味的游戏非常合女儿的胃口，她完全乐在其中。做母亲的也乐得看到女儿喜欢这样的游戏，那对她的下一步行动至关重要，因为她的身体在一天天衰弱，已经很难维系下去了，但她无论如何也要保住自己体内那个血肉相连的至亲的性命，毕竟他的躯体很小，只需要少量的养分就能存活，前提是，得找到能养活他的人。"

童舟点点头："我明白了，她剖开了自己的肚子，把这个畸形儿取了出来，然后把他套在了一个布偶里，交给了女儿。这个'布偶'，和以前游戏用的真布偶不同，真的能够吸取鲜血，女儿想必玩得十分开心。"

"没错，那就是母亲的打算，"狄弦叹了口气，"她趁着丈夫出门寻药的时机，用游戏的方式为自己不能独力存活的弟弟暂时找到了活命的方法。"

"但她却完全没有考虑到自己的儿子和女儿，没有想到他们在这样血腥的阴影下怎么生存。"羽飞轩尖锐地说。

"因为她是一个魅，"童舟低声说，"人类、羽人、河络和夸父，都是一个种族生活在一起的，你们永远无法体会魅的孤单，也无法体会一个亲人对魅的重要性，因为除非是像她那样万中无一的凝聚时出现意外，根本没有哪个魅能拥有自己的亲人。"

狄弦摆摆手打断童舟，以免她多说下去说漏嘴，暴露了自己的身份："总之，她选择了这个做法，全然不顾自己的女儿是否会因此成为一个恶魔。而父亲浑然无知，还请了女佣来调教儿子，也被女儿略施小计吓跑了。这样的生活对女儿来说十分快乐，直到父亲告诉她，他们即将搬家为止。毕钵罗是一个填满了人的大城市，那样自由自在的空间、那么多可以供她施虐的小动物都将不复存在，这对她来说是一个致命的打击。"

"所以她想到了刨开母亲的坟墓的办法，想要让父亲见到被扒开的坟墓，因而舍不得离开。这是一个不得已的方法，但她却忘记了很重要的一点——她那个总是跟在她身后'多管闲事'的弟弟。在那个雷电交加的雨夜，儿子发现了被糟践的母亲的坟墓，并且试图把母亲的遗骨重新收集起来，父亲却误会了，以为那是儿子干的，失手误杀了他。这就是二十多年前那场悲剧的真相。"

"在那之后，父亲还是带着女儿离开了，而弟弟的意外死亡也让女儿受到了不小的打击。离开了这个完美的替罪羔羊，她所钟爱的一切也都难以开展了。一气之下，她抛弃了那个会吸血的布偶，把它藏到了弟弟房间的地板下面，然后跟随着父亲离开了这座山庄。二十年后，宿命安排她回到了这里，身份已经换成了杀手，受人之托来刺杀明珠霍桑。她也许并不愿意回到这里，但没有办法，除了借助茶会的机会，没有任何人能找到霍桑，这是她唯一可能接近霍桑的地方。"

"请稍等一下，"一直沉默不语的明珠霍桑忽然说，"虽然我很感谢你救了我的性命，但我还是有些疑惑，对于二十年前的这个故事，你为什么能知晓得那么清楚？即便是一直居住在这附近的山民，也不过是了解一些道听途说的传闻而已吧，而你所述的一切，简直就像是亲眼所见一样。"

"我的确是亲眼所见，只不过是二十年后亲眼所见罢了，"狄弦耸耸肩，把向希泓那些癫狂的涂鸦一张张展开，"这些图画，都是我们的小少爷在这个魅的精神操控下画出来的，抱歉我没有及时通知主人，因为关心则乱，我担心反而误事。"

向烟梧点点头表示理解，但很快又皱起眉头："可是这些图画……我完全看不明白。"

"看不明白是很正常的，"狄弦说，"眼睛不一样嘛。"

"眼睛不一样？"

"别忘了这是个畸形的魅，"狄弦说，"我拿到这些画后，仔细研究了很久，发现那些色斑色块和线条的运用都是有规律的，只是和我们惯常所见的图形相差太远。考虑到当时小少爷完全受到恶灵的操控，实际上画出来的都是恶灵眼中所见，于是我有了一个猜测：会不会是恶灵的眼睛和我们不同呢？比如说，他的眼睛可能更加弯曲，所看到的世界自然和我们的不一样。后来我又想到了各位在茶会里所使用的河络磨制的凸光镜，忽然有了主意。"

他从身上掏出一块被秘术折弯了的铜镜，找好距离摆放在一张画的旁边，弯曲的铜镜中竟然一下子出现了清晰的、人人都能看得懂的图画，尽管该图画拙劣粗糙，连五岁小孩儿的水准都不如：一个女人正用刀剖开自己的腹部，腹腔里有一个小小的畸形儿。

"我到附近的村子里几乎把每一家人的铜镜都买下来了，然后一面面地折弯尝试，终于找到了合用的曲度。用这面镜子，恰好可以以常人的视角来看清每一幅画，各位从第一张看到最后一张，大概也就能明白。"

的确，这些图画虽然画技很差，对历史的讲述却十分清楚。人们从画上看到一个女孩正在割掉一只老鼠的头颅，一个男孩在旁边偷看；一个女人和一个小女孩一起，用鲜红的液体浸透一具布偶；一个男孩在地上掘土，旁边是一只死猫的尸体；一个女孩抓着一只青蛙，放到一床被褥里去……

这几十张画基本上清晰地勾勒出了当年山庄中一应事件的真相，而最后的几张更是说明了在原来的主人搬走之后，这个无法动弹的魅是怎么求生的。在女儿用鲜血喂养他的过程中，他逐步开始学习掌握自己体内的强大精神力，并且开始控制一只黑猫为他捕食。

"这就说明了为什么后来山庄里会继续闹鬼，"狄弦说，"一直都是这只黑猫在为他觅食。喏，你们可以抬头看看，天花板上有一个洞，正好可以供黑猫出入。而他也对新搬来的人充满了畏惧，不断地利用黑猫去吓唬他们，甚至直接侵入孩子的头脑制造幻象。那个梦里遇到恶灵的孩子，其实见到的就是魅眼中的女儿。"

"黑猫？"童舟一下子反应过来了，"我们来到这里的第一天晚上，见到的……"

"没错，我想就是那只，"狄弦说，"向先生搬迁到此的气势很宏大，来了无数的人，即便是这个魅，也不敢轻易去吓唬人。但管家向钟听说了此地的传说，想要借机装神弄鬼一番，却在无意间杀死了那只活了二十年的老黑猫，断了魅的食物来源。而要在短期内找到一个合用的替代品又谈何容易。"

狄弦向惊疑不已的向烟梧讲述了童舟是如何发现向钟搞的花样的。向烟梧默然无语，过了好一会儿才重重一拳砸在墙上："向钟是我的侄子，他父亲也就是我哥哥的死与我有关。我一直以为我重用他就能化解他心里的仇恨，没想到……"

"他提到你的时候，从来只叫你主人，而没有喊过叔叔。"狄弦说。

"照这么说，在欧阳公子到来之前，所有的'闹鬼'，其实都是向钟干的？"向烟梧问。

狄弦点点头："没错，之前的一切都是向钟干的，他用离魂术迷惑了小少爷的心智，让小少爷看起来像是被恶灵附身。但这一切在欧阳公子到来之后发生了改变。已经断绝了食物来源的魅忽然感受到了一股熟悉的精神力——那是他过去的主人，他姐姐的女儿。这之后几天里的具体情形，我也只是推测的，最好是把那位女杀手带过来，"狄弦说，"真相都藏在她的脑海里。"

向烟梧吩咐下去，很快，五花大绑的女杀手被带了上来。她看见墙上的破洞，脸上不由得现出悔恨的表情，而当见到那个破破烂烂的布偶时，眼神里充满极度的憎恨。

"如果你能早点想到这个房间是被封闭起来了，也许就能早点找到他，杀了他，以便消除他对你的干扰，真是可惜啊！"狄弦说。

"看来你什么都知道了，"女杀手瞪着狄弦，"没错，这里就是我过去的家。我以为这个布偶早就应该灰飞烟灭了，却没有想到，来到这里的第一夜里，他就侵入了我的精神。当时我完全没有防御，迷迷糊糊之中，竟然捏死了四夫人的雷貂，并且捧着雷貂一直走到了这个房间门口才猛然清醒过来。"

"于是你索性把雷貂钉在大门口，把一切都推给恶灵，是吗？"狄弦问。

女杀手点点头："这之后我开始努力运用自己的精神力和它相抗，但它的召唤一刻不停，让我疲于应对。我虽然加入天罗，杀人靠的却是秘术，如果不能集中全部的精神力，是不可能杀死这个河络的。于是那天晚上，我悄悄潜入小孩儿的房间——那里是我过去藏这个布偶的地方，想把它找出来。但我还没能找到，那个管家就开门进来了。我没有办法，只能杀了他，并且依样布置成恶灵吸血的样子。"

"就是那些人血让你露了馅儿，"狄弦说，"我是不肯相信世上真的存在着恶灵的，所以当发现人和动物的血流干后，我的第一反应就是——那些血到哪儿去了？如果不是真的恶灵吸血，那么这些血液一定得被倾倒在某些地方。考虑到杀人者事后逃生的方便，我想，如果我是凶手，我会使用皮囊之类的东西来盛放血液，先从窗口扔到雪地里，脱身后再去处理。所以在车夫死去的那天晚上，我第一时间并没有进房间，而是迅速赶到了雪地里，果然在那里发现了皮囊。于是我只需要守株待兔，就能发现是谁干的了。"

女杀手恨恨地说："原来你早就发现了我。"

"可我当时还不明白你杀车夫的动机。管家之死，我隐隐约约想到了，也许是假鬼撞上了真鬼。但是杀车夫是怎么回事呢？直到我看到那些画，我才明白过来你这些日子所忍受的折磨。我想，你是刻意把主人的视线引到那个房间，想要让他进行一次彻底搜查，把布偶找出来吧？遗憾的是你们都没有识破这个密室的真相，所以最终徒劳无功。这时候你没有办法了，只能命令一直被你胁迫的四夫人，让她装病搬出山庄，这样你才能跟随她获得暂时的安宁。"

"我杀车夫不光是为了逼主人家寻找布偶，"女杀手说，"我处理管家的血液时，被他看到了，虽然他也许并没有认出我，还是得杀了他才能安心。"

狄弦点点头："这样我就更明白了。你随着四夫人离开山庄，布偶发现他所熟悉的精神力又消失了，而那几乎是他唯一的活路。我不知道他的心情究竟是悲伤还是愤怒，但他采取的行动却很清楚：寻找整座宅院中心智最不全、最容易受到精神力侵扰的那个人，操控那个人画出简单的画，寄希望于当年的主人看到这些画，重新记起他，救他一命。"

女杀手此刻也注意到了那些画，虽然被绑着不能动弹，但仍然能看到正被弯曲的铜镜所映射出的那幅画：二十年前年幼的她，正在将一杯鲜红的血液灌进布偶的嘴里。布偶的画极粗糙，画面上的女孩和布偶甚至都没有脸，但她仍然一眼就能看明白画的是什么。她怔怔地盯着这幅画，脸上的表情十分复杂，眼神里的憎恨之色却更浓了。

"你选择了在最后一天茶会的时候动手，在此之前你先逼迫四夫人换上你的衣服，杀害了她，再制造大火把尸体烧焦，于是你从世界上消失了。而这样做还有一个目的，就是通过这一连串的打击，让欧阳公子对你起杀心——我甚至怀疑欧阳公子知道你的存在，就是你自己故意透露给他的。接着你乔装成伺候茶水的女仆，混入茶室，打算利用欧阳公子的秘术杀害所有人，这样明珠霍桑也难以幸免了。你其实差一点儿就成功了，我也是在最后进入茶室之后，才想明白你最后一步打算做什么的。幸运的是，我恰好会一点儿能克制你的秘术。"

"你赢了。"女杀手只说出了这三个字。她的面色愈加惨白，额头上的汗水滚滚而下，童舟猛然意识到，那是布偶又在呼唤他的主人了。二十年来，他的主人从来没有距离他那么近过。六七天没有进食，这个魅虽然躯体极小，生命也应该慢慢走到尽头了，但他仍然执着地凝聚着自己全部的精神力，呼唤着曾经养育过他的主人。

快来吧……我在这里……主人……我在这里……我一直在等你回来……

"别再折磨我了！"女杀手蓦地发出一声尖锐的惨叫，倒在了地上。她痛苦地扭曲着、翻滚着，用额头猛烈地撞击地板，鲜血混合着陈年的灰尘染红了她的脸。

"我再也不要见到你！"她怒吼着，"滚远些！杀了我吧！杀了我吧！"

随着最后一声凄厉的长叫，女杀手的身体一阵痉挛，慢慢不动了，嘴角流出了鲜血——她咬断了自己的舌头。没有人知道她究竟是自杀，还是极度痛苦中的无意识所为，但无论如何，她死了。

几乎是与此同时，童舟忽然感受到，那股一直盘旋在山庄中的强大的精神力迅速衰减，几秒钟之后就消失殆尽。她心里一震，望向狄弦手中的布偶，那双畸形的眼珠已经黯淡下去，永远失去了光泽。

"活着的时候不能如愿，死了就永远和你的主人在一起吧。"童舟喃喃地说。不知怎么的，她觉得自己的眼眶有点儿湿润。

落幕　宿　命

雪停了。这一次是彻底停了。高山的阳光照耀在积雪上，反射出刺眼的光芒。山路上缓缓跑过几辆马车，那是参加茶会的客人们在陆续告别。此外还有两个身影正在深一脚浅一脚地步行下山。

"奇怪了，这回你怎么不抱怨咱们穷得没马车坐了？"狄弦奇怪地望了童舟一眼，"这可不符合你惯常的美德。"

"没什么值得抱怨的，"童舟淡淡地说，"能活着就好了。"

狄弦愣了一下，随即微微一笑："你是不是想到了那个畸形的魅？"

童舟没有否认："我曾经总是觉得自己活得很辛苦，总是觉得命运对我实在不公平，但看了那个布偶之后，我忽然觉得，无论怎样，活着就足够好了。至少我渴了能喝水饿了能吃饭，生气了可以揍人，不用像它一样，一辈子都躲在布偶的套子里艰难求生。"

"你长大了一点点。"狄弦严肃地说，那口气活像一个慈祥的父亲。

童舟"呸"了一声，忽然压低了声音："不过这一趟咱们赚大了，向烟梧居然把'最后的大餐'送给咱们了，转手一卖，八辈子十辈子都不愁没钱了。"

"你明知道我们不可能卖掉它，说这些有什么用。"狄弦哼了一声。

"说的也是，"童舟吐吐舌头，"不过向烟梧也的确有本事，盯准了我们魅族的城市不放，它活着的时候进不去，被摧毁了之后，还是弄到了这样东西。历史上过去不曾有、将来也不会再出现的魅城的城主徽记啊，就算和传说中的天驱宗主指环相比，也绝不逊色。他如果不送给咱们，而是放在茶会上竞价，怎么也得好几万金铢吧？"

"但他还是送给了我们，可见我对他的评价没错，"狄弦拍了拍身上的包袱，"向烟梧虽然诡计多端，但身上还是有一些可爱的地方。但愿经历了这一次的事件之后，他能忘掉他亡妻的那笔财富，真心真意地养好他的傻儿子。"

这个话题有些沉重，童舟不愿意接下去，于是转移了话题："对了，再把那个徽记给我看看好不好？"

"没走出五里地，你已经看了十次啦！"狄弦很恼火，"老子白夸你长大了！"

但说归说，狄弦还是打开包袱，取出了那个金灿灿的黄金匣子。童舟打开匣盖，小心地拿出徽记，摊在手心里，在阳光下细细地端详着。这是一枚做工极其精湛的徽记，用黑色的天外陨铁铸成，形状恰如有一条长长的毒蛇盘起身子，紧紧缠绕着一朵妖娆的花朵。蛇谷城，历史上第一座，却很可能也是最后一座属于魅族的城市，如今早已湮没在人类的刀兵之下，只留下这枚城主徽记，诉说着一个种族永远无法摆脱的命运纠葛。

“花与蛇，魅族的宿命，”狄弦忽然愁容满面，“说真的，这真是个烫手的山芋，放在哪儿都不合适。”

“你不是认识很多魅族的精英嘛，比如瀚州苏犁部落的头人达密特，”童舟说，“把这玩意儿交给他保管其实也不坏。”

“我倾向于不要让太多的魅知道它的存在，”狄弦说，“那段历史已经过去了，这玩意儿只会徒劳地增添仇恨的记忆。仇恨太多了，头脑就会变得不清醒，而其他种族有不清醒的资本，我们魅族没有。”

“那你说怎么办？”童舟噘起嘴，“难道你打算扔了它？”

狄弦接过徽记，放回到匣子里，合上匣盖。他的脚步越来越慢，显然是陷入了沉思之中。最后他突然说：“为什么不呢？要不然干脆扔了它！”

童舟吓了一大跳，但阻止的话语到了嘴边又硬生生收住了。过了好一会儿，她犹犹豫豫地说：“不然的话……真的扔了吧。”

狄弦斜眼往看她：“你舍得吗？”

“舍不得又能怎么样？”童舟哼唧着，“反正咱们也没法把它拿去卖了，放在手里反而老是惦记着，心痒得难受。”

狄弦停住了脚步。他看着手里的黄金匣子，沉思了一会儿，突然一笑，用力把匣子扔了出去。匣子在半空中划出一道完美的弧线，很快隐没在雾琅山万年不化的皑皑白雪中。

“你知道吗，你刚才的动作简直太帅了，”童舟说，“让我一下子就想到了那些传奇小说里帅得惊天动地的爱美人不爱江山的主人公们：‘羽然，我这辈子唯一的心愿就是娶你为妻，这枚天驱指环，我不要了。’”

“哦？我有那么有型吗？”狄弦咧嘴一乐。

“除了一点做得不太好，”童舟慢吞吞地说，“你把城主徽记丢了我不反对，可你为什么要把装它的匣子也一块儿扔了？那可是纯金的，也能值好多好多钱……”

狄弦一下子跳了起来："你这个笨蛋，刚才为什么不阻止我！"

童舟一摊手："第一，你的动作太快了，我根本来不及阻止你；第二，智者千虑必有一失，我也终于可找到个把柄一直嘲笑你到死了……"

"闭上你的鸟嘴！赶紧陪我去把匣子捡回来！"

第二个故事
魅灵之书

一

说起雷州的销金谷，那是一个大大有名的地方，其名声并不仅仅来源于附近盛产的优质煤矿。过去有名是因为有很多真材实料的铸剑师和知名工匠在这里结庐铸剑，冶炼各种兵刃，如今九州有许多知名的兵器都是从销金谷流出的。"销金谷"这三个字，一度成为天下工匠心目中的圣地。

现在有名则是因为相反的理由。历史走到了一定的位置，就忍不住想要扭扭腰转个身，带给人们一些意外的惊喜。不知从何时起，销金谷开始渐渐变成了一个藏污纳垢的场所，无数骗子在这里开设兵器铺，出卖着连砍根草绳都费劲的劣质兵器，令过去的风骨荡然无存。这里的天空笼罩着黑烟，遍地污水横流，废铜烂铁堆积如山，每隔十天就几大车几大车地往外运。

当然，这里仍然会有真正的精品存在，前提是你有一双识货的慧眼，能把它们从无数标榜着削金断玉、祖传正宗、河络技艺、天下无双的谎言中甄别出来。否则的话，任何一个没有经验的人来到销金谷，都会立刻淹没在无穷多的拉客者的唾沫中。

这个初春的下午还刮着微微的寒风，销金谷的谷口挤满了拉客的伙计们，有人类，有羽人，还有河络。他们个个都能把黑说成白，把粪球说成金砖，他们是销金谷对外人布下的第一道网，很多道行尚浅的来访者被花言巧语所蛊惑，稀里糊涂着了他们的道。

今天是销金谷生意较为清淡的一天，伙计们等了一上午，只有几个畏畏缩缩的客人前来，还没进谷就被他们吓跑了。但这是一批有职业精神的伙计，没有半分松劲，吃过午饭后，又来到谷口推推搡搡地抢地盘了。

终于，他们盼来了下午的第一拨客人，那是十来个衣袂飘飘的羽人，浅色的头发和瘦高的身材毫不掩饰地表明了他们的种族。他们的衣服剪裁得体、用料考究，衣袖和领口绣有相同的徽记，看来是来自于同一个显赫的家族。一时间，关于羽人贵族"人傻钱多速来"的种种传闻像炒豆子一样在伙计们的脑海里炸裂开来。他们争先恐后地涌上去，乱糟糟地喊叫着：

"各位爷，走过路过别错过，我们家的铺子是销金谷最好的！"

"羽人见羽人，好比一家人！各位同族请随我来，包你们满意！"

"这些家伙都是骗子，只有我们河络的技艺才是最值得信赖的！"

忽然"砰"的一声，谷口一下子静了下来。原来是一个羽人不知道玩了点儿什么手段，一个拦住他不停聒噪的伙计忽然就飞了出去，撞在一棵大树上，叫都没叫出一声就晕了过去。

"都滚开。"羽人言简意赅地吐出三个字，手里多出来一张弓。伙计们发一声喊，转身逃离，却听到羽人又喊了一声："站住！"

一个手里拿着弓的羽人，说出来的任何一句话都最好不要违逆，于是伙计们又停下了脚步。只听到羽人悠悠然地说："我只叫你们滚开，没叫你们滚远，快回来，我有话要问。这个谷里是不是有一个叫狄弦的人？"

又来了，伙计们不约而同地想，只要是来找这个姓狄的，就没什么好事，全是些奇奇怪怪的货色，惹出些无穷无尽的麻烦。

羽人们按照几个伙计的指点，拐过了无数个弯，在一处角落里找到狄弦的铺子。光从这个铺子的地理位置，就能瞧出主人的与众不同，因为这家铺子正处在山谷里的一处危崖下，上方就是一块看起来摇摇欲坠的万斤巨岩。不知是什么时代的人在巨岩下面支撑了许多长长的树枝，反而让它显得更加危险。

这家铺子的外面也没有什么醒目的招牌，走近了才能看到一个木牌，上面歪歪扭扭地写着"入门须知"。不过这些羽人显然已经很清楚主人的行事作风，并没有去看木牌，而是直接掏出半个金铢，从门洞里塞了进去。金铢在门洞里蹦跳着滑向深处，声音消失后，大门打开了，羽人们走了进去。

"你就是狄弦？"领头的一个中年羽人发问说。在他们的眼前出现了一张宽大的桌子，一个三十来岁体形微胖的人类就坐在桌子后面，刀子一般尖锐的眼神上下打量着这群羽人。

"为什么每个来找我的人都要带上一大票保镖、打手呢？"他喃喃地自言自语，"害怕我吃掉他们吗？"

这句自言自语也算是回答了羽人的问题。中年羽人脸上的表情没有变化，淡淡地说："也许是害怕你跑掉。狄弦跑起路来比羽人飞行还要快，尤其在他收过钱之后，这一点我们也是有所耳闻的。"

"好的不听，专听些捕风捉影的谣言……"狄弦以无比诚实的神情缓缓摇了摇头，"说吧，有什么麻烦事？"

"我们来自澜州喀迪库城邦的天氏家族，想要你帮我们找一样东西。"中年羽人说到"天氏家族"时，加重了语气，能隐隐听出点骄傲的味道。

"嗯，姓天的，羽族十姓之一，很了不起，"狄弦打了个呵欠，"但为什么羽人总以为他们的十大姓拿到外族面前说出来也会吃香呢？我小时候还是我们村的头号地主呢！你们为什么见到我不弯腰行礼叫声'老爷'？"

羽人们个个脸上色变，性急的就想往上冲，中年羽人摆摆手拦住了他们。他盯着狄弦，眼光渐渐凌厉起来："狄先生，你和任何人说话都是这么无所顾忌吗？"

"当然不是，我最擅长的就是审时度势，"狄弦一本正经地说，"当我遇上一群有事要求着我的人时，我会格外无所顾忌，因为我知道，就算我把他们的祖坟刨了，他们也会先让我把事情办完。"

羽人阴沉地一笑："你还没有听我说清楚情况，就确定你能办？"

"当然不确定，"狄弦一脸惊奇地看着对方，"出价太低的活儿我是绝对不会干的。"

显然在被气得七窍生烟之前，没有人能和狄弦谈正事，不过在此之后，他还是会慷慨地给人留下述说的时间的。中年羽人比较有城府，没有像其他羽人那样怒气勃发，等狄弦口头上占足了便宜，很快讲完了事件经过。

正如之前两人的对话中所提到的，羽族一共有十个大的贵族姓氏，这些大姓的家族之间从古至今就没有停止过相互敌视，自然也少不了大大小小的摩擦。对于澜州擎梁半岛上的喀迪库城邦而言，内部争斗最厉害的是天姓与雪姓这两大家族。

最近一段时间，喀迪库城邦的老领主重病缠身，眼见离死不远，而他始终没有子嗣，已经放出话来，要从大姓贵族里挑选出新的领主。为了拥立新任领主的事情，天氏与雪氏产生了严重的分歧。势力更大的雪氏想要推选他们的家主雪焕城为新的城主，势力稍逊的天氏为了打压雪氏，决定推举鹤姓的族长鹤千机，以此形成天、鹤两姓的联盟，这样就足以对抗雪家了。

鹤氏也苦于长期被雪氏压制，对于这一联盟自然表示接受。

天氏既然公开支持鹤千机为新领主，鹤氏自然也要表现出他们的诚意，于是将一件堪称家族至宝的法器送给了天氏。但就在运送的过程中，意外出现了，这件法器被人盗走了。

"什么样的法器？"狄弦问，"既然是家族至宝，肯定功效不凡咯？——我建议你诚实地告诉我，不要耍花腔，我这个人很古怪的，不把一些底细都弄清楚不会帮人办事。"

中年羽人沉默了一会儿，最后还是开口说："好吧，既然委托了你，迟早你也会知道。那件法器其实是由一块谷玄星流石碎片为基础制成的，当它发挥效力时，方圆数丈内的所有秘术都会失效。"

"我没有记错的话，谷玄系的高级秘术里就有这么一招。"狄弦说。

"是的，但是人的精神力是有上限的，何况这一招使用一次就足以令一个秘术师精疲力竭，"中年羽人说，"就效果而言，任何秘术师都无法和这件法器相比。”

“我大致有数了，”狄弦点点头，“虽然贵族争斗这种老套的戏码很无聊，但这件法器相当有意思，我决定……”

刚刚说到这里，他身边的一根架在半空中的金属管忽然传出一阵撞击声，紧接着一块金灿灿的东西从管子里飞出来，“当啷”一声落在他面前的桌上。那又是一枚金铢，但表面上似乎刻有其他的花纹。

狄弦只瞥了一眼那枚金铢，立即把它抓起来握在手心，然后接着说：“我决定，不接。”

中年羽人困惑地眨眨眼睛：“你说什么？”

“我说不接，意思就是，请另寻高明，”狄弦懒洋洋地说，“你们可以走了。”

中年羽人的脸上浮现出一丝怒气：“你是在消遣我们吗？”

“找不找我，是你们的自由；帮不帮你们，是我的自由，”狄弦摇晃着食指，“现在我听你讲完了，并且决定不帮你们，就这么简单。”

“如果是为了钱的话，那很好商量……”中年羽人强忍着火气说。

“为了什么都没得商量。”狄弦斩钉截铁。

几声轻响，年轻的羽人们手里像变戏法一样多出了一样东西，那是羽族特制的硬弓。羽人们张弓搭箭，杀气腾腾地瞄准着狄弦。

“恐怕由不得你不答应了，”中年羽人盯着狄弦，“当然，如果你变成一个死人，自然就没法答应了。”

“听说你们羽人个个都是神箭手，尤其在这么狭窄的房间里，我简直躲都没处躲，”狄弦轻叹一声，“真是叫人害怕呀！”

随着这一声叹息，房里忽然亮起了一溜火光，也不知道狄弦使用了什么古怪的秘术，所有对着他的木质弓箭都燃烧起来，羽人们慌忙把弓箭扔到地上。

“幸好现在你们没有弓箭了，那我就好办了，”狄弦满意地说，忽然提高了声调，“打手，还不快出来！”

喊声未落，从里间的一道门里突然蹿出一个漂亮姑娘，二话不说冲着身前一个羽人拔拳就打。她的出拳速度极快，带着劲风，该羽人还没反应过来，就被这一拳正打在脸上，像一块败絮一样飞了出去。

狄弦的房子里响起一阵杂乱的乒乒乓乓的声音，过了一会儿，响声止息，大门打开了，刚才打人的那个姑娘一手一个，陆陆续续把十多个羽人都扔了出去。守在门口的一个健壮老人忍不住赞叹起来："童舟，你的力气可一点儿也没变小啊！"

"羽人身子骨本来就轻，这算不得什么，"童舟很谦虚地回答说，"什么风把你吹来了，达密特头人？"

"当然是和我们魅族有关的事情，"名叫达密特的老人满脸的焦急，"除了狄弦，我想不到有谁能帮我查清真相。"

狄弦和童舟表面上的身份是人类，但其实都是以人类为模板凝聚而成的魅，伪装成人类活在异族的社会中。而达密特也是一个魅，他在瀚州草原上掌管着一个小小的部落，部落里的成员都是他从各地找到的由于凝聚失败而身体残弱的魅，狄弦每年会给他提供一些金钱用以供养那些魅。现在达密特不远千里从瀚州渡海来到雷州，必然是有大事发生，难怪狄弦一认出他刻在金铢上的暗号就把羽人们都赶了出去。

"发生什么了？"狄弦问着，把门窗都关死。

"瀚州的一个魅部落失踪了，"达密特说，"是一个比我的还小的部落，总共只有三十多个魅，和我的部落一向有往来，我也常给他们送些马匹、牛羊和食物。但就在冬天最冷的那段时间，他们忽然没有了任何音信。去年冬天冷得邪乎，几乎是我印象里瀚州最冷的一个冬季，我担心他们的安危，派人冒着风雪去寻找过，只发现他们的空帐篷，还有已经快要冻死、饿死的牲畜群，却没有发现一个人。等到冷天渐渐过去，我又亲自去找过一遍，还是没有下落。"

"他们的其他东西还在吗？"狄弦问，"衣物、食品、武器之类的？"

"基本上都在，"达密特回答，"所以这样的失踪非常奇怪。如果是马贼的话，即便杀了人，也应该把所有东西都拿走才对，尤其是牛羊和马匹，不会任由它们留在那里活活冻饿而死。"

"所以你怀疑是有人专门针对魅下手？"狄弦目光炯炯。

魅族和人类的不合已经有很长时间了，所以大多数魅都只能伪装成人类，在人类的社会里隐瞒着身份生存下去。人类有一个流传很广的说法，认为魅族就好比毒蛇，在冬天冻僵的时候被人类放在怀里温暖过来，然而一旦苏醒，却会毫不留情地反咬救命恩人一口。因此魅并不受人类欢迎，一旦在人类社会里暴露了身份，大部分会遭到放逐，甚至会丧命。

后来一群魅在雷州的深山里建造了第一个完全属于魅的村庄，村庄慢慢发展成城市，那是魅族历史上最值得纪念的一页。但在几年前，被称为蛇谷城的魅族城市被人类攻破，这一处根据地也就不复存在了。魅们改头换面潜藏到人类之中，提心吊胆地生活着，万一身份被揭破，往往就意味着灭顶之灾。

"我不敢肯定，但看起来很像，"达密特说，"所以我才请你去看看。"

"我们这就动身，"狄弦没有犹豫，"老妈子，你去把我们的东西都收拾出来，值钱的统统带上。"

"干吗？要搬家吗？"童舟一会儿是打手，一会儿是老妈子，却对这些奇怪的称谓并不以为忤，看来已经习惯了。

"那群羽人肯定会带人回来报复的，这个地方住不成了，"狄弦说得轻描淡写，"所以我们得把值钱的东西都带走，我还要布置几个陷阱，给他们留点纪念。"

"这就是我喜欢你的地方！"童舟拍起了手掌。

"别！千万别！"狄弦的摇头动作像是要把脑袋摇下来，"你要真是想嫁人想疯了，我就把你绑在这儿，回头送给那些羽人，算是赔偿损失。"

他迅速一缩头，童舟扔出的一只鞋"啪"的一声撞在墙上。

二

童舟成长于瀚州草原，重新回到瀚州对她而言并不陌生，反而充满了家乡的温情。三人离开雷州时是初春，等到了瀚州，草原上已经春意盎然。在度过了一个无比严寒的冬季后，温暖的气息终于重新回到了草原，绿油油的牧草在春风中疯长，不时可以看到成群的牛羊在悠闲地啃食草料。一阵风吹过，草原上仿佛荡过一圈绿色的波纹，看起来赏心悦目。

"怎么样，成天窝在销金谷里，只能看到废铜烂铁，见不到这样一望千里的草原风光吧？"童舟的口气俨然草原土著牧民。

"那是，草原比销金谷大了几万倍，所以女人的惹人厌烦在这儿也会放大几万倍。"狄弦大声回应。

童舟噘着嘴不吭声了。她每过一会儿就会纵马狂奔一阵子，把狄弦和达密特甩在身后，过一会儿再跑回来与他们会合。狄弦没法骑得太快，不是因为马劣，而是因为他的马背上捆着一个大大的木头笼子，里面关着一只丑陋的大鸟。这个笼子很重，所以马跑不快。

"这是只什么鸟，长得比你还难看？你把它从雷州带到这儿来干什么？"童舟不止一次发问，狄弦都乱以他语，拒绝回答。

三人先来到达密特的部落，这个部落的大部分成员都是凝聚失败或者凝聚不完善的魅，如果流落到人类社会里，会面临着严苛而艰难的生存环境。达密特想方设法在各地找到这样的魅，把他们带到草原上。一方面蛮族人相比华族人更加纯朴淳厚，对魅没有那么深的仇恨；另一方面瀚州地广人稀，一个小小的部落可以很轻易地找到属于自己的角落，沉默地生存下去。

这也是为什么他对那个失踪部落的搜寻十分艰难，因为他手下可用的健壮男人数量太少，面对着浩瀚的草原，实在起不到什么作用。现在不过多了狄弦和童舟两个人，对于狄弦能否想出什么妙法，达密特心里并没有数。

他们带着部落仅有的二十来个壮劳力，找到了那个失踪的部落。如达密特所说，帐篷里的一切布满积灰，已经很长时间没有人动过了。

"除了那些牛羊都带回我的部落放养了，其他东西我都没动过，甚至食物都还留在这里，以防他们万一在某一天回来，"达密特说，"但是现在看来，他们根本没有回来过。"

狄弦在一顶顶帐篷中穿行，仔细查看着失踪者们留下的物件。达密特和童舟等在外面。过了很久，狄弦才走出来，脸上的表情毫不意外："照我看，这些人是遭到了突袭，在完全没法反抗的情况下被迅速架走的，甚至可能是中了迷药。和我之前猜想的一模一样。"

他举起右手，指缝间夹着一根带有石头吊坠的银链子："这是蛮族人中常见的护身符，应该是随时戴在脖子上不摘下来的，但我在一顶帐篷的毡毯下面找到了它，很凑巧，毡毯上有一个破洞，它恰好掉进了洞里。而它很完整，没有丝毫破损，明显不是被扯断的。"

"这说明什么？"童舟不解。

"这说明当时护身符的主人可能是为了睡觉，可能是为了让某一个旁人仔细观看，可能是为了调整一下链子的长短……总之是临时性地在床边解下它，但就在这时候，他遭到了袭击，护身符还没来得及重新戴在身上，主人就已经被劫走了，所以把它落下了。如果是他们主动离开的，就算其他东西一概不带，也没有理由非要把护身符扔下不要。"

"如果是遇袭，他们会在哪里呢？"达密特一脸的忧虑。

"放出这只鸟吧，"狄弦伸手指向马背上的那个鸟笼，说了一句奇怪的话，"我但愿它什么都找不到。"

他把鸟笼解下来放在地上，打开笼门，被关了很久的大鸟无精打采地扑打几下翅膀，慢慢在草原上蹦跳了几下，似乎是在活动筋骨。接着它尝试着飞起来，开始时飞得很低，慢慢越飞越高，渐渐飞到了高空中盘旋不止。忽然之间，它发出一声欢快的鸣叫，加速向着西方飞去。

狄弦跳上马，一鞭子抽下去："快追！"

所有人都上马紧跟在狄弦身后追了过去。大鸟飞出十来里路后，放缓了速度，降落到了地面上。狄弦从马上跳下来，神色出奇地严峻。

"我没有猜错的话，最坏的事情发生了。"他说。

大鸟落到了地上，绕着一块草地不住地奔跑，不时用它那难看的长嘴啄着地面，显得着急难耐。狄弦却一把抓起它，把它重新塞进笼子里，大鸟发出一阵愤怒的嘶鸣。

"就是这里，开挖吧。"狄弦下令说。

牧民们从马背上拿下早已准备好的铲子和铁锹，开始在地上挖掘。不久之后，那片地面被挖开，大约在地下三尺深的地方，一具早已腐烂的尸体显露了出来，接着是更多的腐尸。

"点点数吧，他们大概全在这儿了，"狄弦叹息着，"这种食腐鸟的嗅觉比狗灵敏多了，我没有白把它从雷州带过来。"

达密特阴沉着脸，指挥着牧民们把所有尸体都清理出来，重新挖掘单独的墓坑安葬。草原上的蛮族人原本喜欢天葬，也就是把自己的尸体饲喂给狼群，但这些死者都是魅，更何况狼也不吃腐尸。

"一下子死了三十多个魅，三十多个啊，"达密特又是哀伤，又是愤怒，"我们魅族总共才有多少人啊！"

童舟捂着鼻子，眼看着狄弦似乎完全不在乎腐尸的恶臭，正在低头验看着那些尸体，心里不觉有些佩服。但狄弦忽然招手让她过去，这就让她很不乐意了。然而狄弦的手势是坚决的、不容抗拒的，童舟一百个不情愿，也只能慢吞吞磨蹭过去，用手指死死捏住鼻子。

"见过死人吗？"狄弦问。

"见过，不多。"捏着鼻子的童舟瓮声瓮气地回答。

"觉得这些死人看上去有什么不对劲吗？"狄弦又问。

"凡是死人都不对劲！"童舟没好气地回应说，但还是皱着眉头思考着。这些尸体都已经腐烂，看上去很糟糕，散发出难闻的臭气。当然，假如不算计腐烂，他们一个个有头有脸、有手有脚、有……

童舟忽然"咦"了一声："这些尸体，好像……都没有头发？"

"还算没有笨到家。"狄弦拍拍她的脑袋。

的确，这些尸体都没有头发。头发是一种几乎不会腐烂的物质，可以在尸体身边存留很久，现在这些魅不过失踪了几个月，就算失踪当天就已经死亡，头发也绝对不可能自然消失。但现在，尸体的头顶都是光秃秃一片，头发好像被连根拔走了。

达密特也注意到了这个细节："为什么他们的头发都不见了？"

"只有问下手的人才能知道了，"狄弦说，"我刚才在帐篷里仔细看了，敌人下手非常利落，除了那个意外掉落的护身符，几乎没有任何痕迹留下，而沿路的痕迹也肯定找不到了——过了好几个月了。只能试试能不能从尸体上找到一点儿蛛丝马迹。"

尸体上倒是有不少蛛丝马迹可寻，但正因为能找出的东西太明显，反而不容易判断。死者们的死因一目了然——他们的咽喉处都有明显的刀痕。此外，他们被割掉的不只是头发，还连带了一层薄薄的头皮，这是狄弦仔细查看腐尸的头部之后得出的结论。

"也就是说，这其实很像那些传说中的蛮族武士杀敌的手法，割下被自己杀死的敌人的头皮，用作炫耀？"童舟问。

"的确很像，但不好确定，"狄弦说，"割掉敌人的头皮是过去一些蛮荒地带的真正野蛮人才喜欢做的事情，现在瀚州草原上的蛮族人或多或少都受到了东陆文化的影响，未必有谁还会那么干。更何况，这些人基本都是老弱或者残疾，有谁会拿他们当成需要残忍杀害的仇敌呢？"

"说的也是，"童舟点头表示赞同，"如果我是个手无缚鸡之力的人，肯定看到稍微长得凶悍一点儿的人都要绕着走。"

"我倒情愿你手无缚鸡之力……"狄弦嘀咕了一句。

"也许是他们无意间犯下的大错呢？"达密特忽然说。

狄弦回头看着他："你这话是什么意思？"

"去年冬天最冷的那个时段，草原上忽然传开了一个流言，以致所有大大小小的部落都很紧张，"达密特说，"人们在传言，草原极北方的朔北白狼团，因为冬天太冷了，雪原里找不到足够的食物，所以大量南移，有的就进入了草原腹地。"

童舟打了个寒战。朔北部是草原上最神秘也最让人畏惧的部落，他们能够驯化雪原深处的巨大野狼，用来作为自己的坐骑，称为"驰狼骑"，这样的骑兵拥有强大的杀伤力，普通的马匹闻到狼的气味都会屁滚尿流。

草原上一直流传着这样的说法，那些恐怖的巨狼在找不到食物的时候，就会以人为食。蛮族小孩儿哭闹不休的时候，被父母吓唬一句"拿你去喂朔北的狼"，立马就会安静下来。

"你是想说，他们不小心招惹了朔北的驰狼骑？"狄弦问。

"他们或许还保留着割人头皮的习俗，"达密特猜测着，"至于为什么没有把尸体喂狼，也没有抢走其他的东西，我也猜不透了。但他们的确可疑，因为据我得到的消息，就在这个部落失踪前几天，这片区域出现过狼迹，就算这件事不是他们干的，也许他们有机会目击到这一切。"

"目击到现场倒未必，但要迅速利落地杀死三十多个魅，尤其其中还有会秘术的魅，敌人的人数绝对不会少。朔北部的人最擅长的就是探路与侦查，否则无法在雪原上寻觅到猎物的踪迹，我认为他们有很大可能性会注意到凶手的存在。"狄弦翻身上马，冲童舟打手势，示意她也上马。

童舟站着不动："再见。"

"再见？"狄弦皱起眉头，"你不跟着我去？"

"如果我不小心遇到狼群，被它们吃掉了，那也就罢了，"童舟沉着脸说，"但要我主动送上门去给它们当点心，就是另外一回事了。"

狄弦慢悠悠赶着马来到童舟身前，俯下身子对她说："说的也是，如果现在去找朔北部的人，有很大机会被狼群撕成碎片；如果不去找的话，最多不过是过两个月体内的那股无法压制的精神力发作起来，你发起狂把自己撕成碎片。相比被狼撕成碎片，被自己撕成碎片一定愉快多了。"

"你在威胁我？"童舟瞪着他。

"半点儿都没错，我就是在威胁你。"狄弦温和地笑了。

童舟瞪了一会儿眼睛，终于无奈地回身牵马："总有一天我要揍扁你。"

"昨天还闹腾着要我娶你，今天就要揍扁了我，女人真是不可理喻的生物。"狄弦一摊手。

"我老了，完全弄不明白现在的年轻男女心里在想些什么了……"达密特评价说。

三

朔北部在历史上就和其他草原部落毫不亲近，即便偶尔结盟、和亲，也不过是出于战争失败后的休养生息的考虑。人们都在传言，朔北部的人血管里流淌着狼一样的血液，永远不可能和人走到一起。甚至和平年代的到来也没有能够令他们停止对草原部落的掠夺。现在狄弦和童舟竟然主动去寻找朔北部的行踪，着实有点儿不要命。

如果是在一个月之前，狄弦就算有十个脑袋，也不敢就这样往北走，因为朔北雪原实在是过于严寒，甚至夸父都有可能在这里冻僵。只有朔北那些像狼一样坚韧的汉子，才有可能生存下来。好在现在已经是春天最好的时节，那种冰封万里的严酷已经暂时过去，积雪融化，草地上的零星小花也开始次第开放。

"怎么样，过去没有想到过在极北的地方也能看到这样的景色吧？"狄弦骑在马上，冲着童舟咧嘴一笑。

"拜你所赐！"童舟横他一眼，注意力完全没有放在所谓的景色上，而是神经紧绷地左顾右盼。这里已经完全是无人区了，两天来他们就再也没有碰到一个人，那种极端的空旷容易令人不安。

狄弦禁不住摇摇头："别看了，如果真有狼跑出来，凭我们这两匹马是逃不掉的。再说了，我们到这里来，本来就是为了寻找狼群。"

"寻找狼群，说得那么轻巧，当心见到狼就尿裤子！"童舟撇撇嘴，"草原上的狼不像山沟里的狼，喜欢的就是成百上千地一起行动，一个庞大的狼群可以轻松吞吃一支军队。至于朔北白狼团的驰狼，那更是吃人不吐骨头的怪兽，普通的狼群见到它们都要落荒而逃。真不知道你是不是发疯了，居然主动去找麻烦。"

"未必是找麻烦，我们的原则是先礼后兵，"狄弦悠悠地说，"现在并没有证据证明一定是朔北部杀害的那些魅。"

"万一是他们杀的呢，你会怎么办？马上翻脸替他们报仇？"童舟挖苦地说。

"这个嘛，灵活情况灵活处理，"狄弦毫无愧色，"留得青山在，不怕没柴烧。"

"你的脸皮真是比驰狼的皮还厚！"

三天之后的黄昏，两人的面前出现了一条宽阔的大河。河面上还漂浮着没有完全融化的浮冰，但整条河已经呈现出了雄浑奔流的态势，冰块叮叮咚咚地相互撞击着，反射着斜阳的余晖，就像一片片金色的鱼鳞，随着水流自西向东漂去。看到这条河出现在眼前，两人不得不勒住了马。

"看样子河水很深。"童舟下马来到河边，扔了一块石头到水里，石头打着旋儿沉了下去。

"河水不是什么问题，别忘了你身边是九州最强大的秘术师，"狄弦说起大话来从来不会脸红，"只是过河之后，我们就得真正地小心起来了。"

"为什么？"童舟不明白。

"这条河，在蛮语里被称作'死亡的界线'，"狄弦说，"从此处继续往北，就正式进入了白狼团的地界，寻常的牧民绝对不敢越过这条河，否则他们极有可能尸骨无存。而事实上，这不过是一条单方面的界线，狼群是经常越过河界向南进行掠劫的。"

童舟打了个寒战："那我们该怎么办？"

"先在河边过夜，明天一早渡河，"狄弦说，"狼的眼睛视黑夜如白昼，我可不想在夜里陷入狼的包围。"

他在河边支起了两顶帐篷，熟练的手法让在草原上生活过很长一段时间的童舟都钦佩不已。接着他来到河边，低头看着流动的河水，很久都没有动弹。突然之间，他嘴唇轻启，好像是念出了一句符咒，同时右手往河里一指，一小股河水一刹那冻结成了坚冰，从河里跳起来。

狄弦伸出手，稳稳地把这块冰抄在了手里，然后扔给童舟。童舟双手接过，发现这冰块又大又沉，如果不是她这样力大无比的异类，寻常人怕还接不住。低头一看，不由得目瞪口呆：冰块里冻结着一条肥硕的大鱼，足有小臂那么长，还保持着游动的姿态。

"晚餐换点花样！"狄弦笑嘻嘻地说，"我一想到烤鱼就忍不住要流口水。"

"我现在相信你是九州最强的秘术师了……"童舟看着这条大鱼，也禁不住满脸喜色。

夜幕降临的时候，河边燃起了篝火，烤鱼的气味弥漫开来，脂香四溢。狄弦在附近的草丛里捡来一些黑色的小浆果，挤出汁液来涂抹在烤鱼身上，竟然起到了香料的作用，这让童舟十分惊奇。

"我都从来没见过这种浆果呢，"童舟说，"真奇怪了，你也在草原上待过吗？"

"我待过的地方比你想象的还要多得多，"狄弦随口说，"如果有一天我决定安静下来著书立说，那我写出的书会比邢万里的更加精彩。"

童舟不再说话，大口吃着香喷喷的烤鱼，狄弦也乐得清静。但等到这条大鱼被吃掉一半时，她扭过头看着狄弦，目光炯炯。

"有一个问题我已经问过你很多次了，"童舟说，"但你从来没有回答过我。现在我还是忍不住想要问，你究竟是什么人？你为什么会明白那么多的事情，懂得那么多寻常秘术师不会使用的秘术？你为什么会把人族和魅族的关系看得那么通透，为此不惜帮助人类毁掉蛇谷城？你到底是个什么人？"

"和你无关的事情就不必打听那么多了，"狄弦说，"我不告诉你，是为了尊重你，否则我随便编几段谎言绝对能骗得你找不到北。"

"什么叫与我无关？"童舟怒气冲冲，"我不是给你做饭的老妈子吗？我不是帮你揍人的打手吗？我不是陪着你一起去给白狼团送点心的倒霉蛋吗？我跟着你经历了那么多事，却对你的过去一无所知。很多时候我觉得自己就像一个彻头彻尾的大傻瓜……"她说不下去了，把头扭过去，倔强地不让狄弦看到她的眼泪。

狄弦在心里深深地叹了口气。童舟是他的一位老朋友托付给他的，因为童舟在凝聚成形时体内出现了缺陷，有一股无法压制的精神力在体内乱窜，随时有可能因为压制不住而发狂。而狄弦有着深厚的秘术功力和强大的精神力，能够帮助童舟压制那股精神力。

无奈之下，狄弦收留了童舟，而那股精神力带来的意外副作用是让童舟在武学上，尤其是力量上具备惊人的实力，使她渐渐能为狄弦分担很多。虽然她成天都嚷嚷着要狄弦按照当年和老友的约定娶她为妻，但这未必是她的真心话，真正让她难过的，或许是她连狄弦的朋友都算不上——狄弦从来不会谈及自己的过去，也绝不会敞开心扉暴露自己内心的隐秘。童舟表面上看起来成天和狄弦嘻嘻哈哈打闹不休，仔细一想，却发现自己其实对这个人几乎一无所知，换了谁都会有一种屈辱的感觉。

狄弦想了想，站起身来走到童舟身边，把手放在她的肩膀上。童舟赌气一缩肩，没能甩开狄弦的手，索性不动了。

"相信我，有些事情我不说，只是因为说出来对谁都没有好处，而不是我不信任你，"狄弦慢慢地说，"并不是每个人的身世都可以放到阳光下去晒的。但我答应你，如果以后有机会，我一定把一切都告诉你，绝不隐瞒。"

童舟仍然没有说话，但脸上的表情稍微柔和了一些。她抬起头，无意中向远处看了一眼，忽然叫了起来："那是什么？"

狄弦顺着她的手指方向看去。在河的对岸，在那些篝火的光亮所照不到的深深的夜幕中，不知何时出现了几点隐隐的光亮。那些光亮很小很远，几乎会让人觉得那只是错觉，但目力好的人还是能辨认出来，那些碧绿色的、偶尔闪动一下的亮斑。

"那些是狼的眼睛。"狄弦平静地说，甚至连站立的姿势都没怎么改变，双手悠闲地抄在怀里。但童舟能够感觉到，身边这个男人的精神力在悄然上升，就像一张弓慢慢地拉紧，已经搭好了锐利的长箭。

他们并没有试图熄灭篝火，因为行踪已经暴露，灭掉火也没有用。

但童舟心里同样也很清楚，篝火这种东西，对于普通的野狼来说，也许会有吓阻的作用，但对于白狼团的驰狼而言，完全不会有任何作用。此时风向转为下风，她已经可以从风中闻出一股浓烈的腥臭气息。两匹坐骑已经开始了不安的嘶鸣，这更增加了她的紧张感。

驰狼，朔北的驰狼骑终于靠近了。童舟觉得自己的手心全都是汗，目不转睛地盯着大河北岸的黑暗处。那些隐藏在暗夜里的巨大身躯越来越靠近，渐渐现出了白色的轮廓，夜色都无法遮挡的白色的轮廓。

那些就是驰狼吗？童舟的心脏跳动得很快，让她觉得自己能清晰地听到心跳声。虽然在草原上生活过很长一段时间，但她也从来没有见过这种传说中的巨兽，事实上，很多在草原上活了一辈子的老牧人也没有见过。这是一种从蛮荒深处走出来的凶兽，没有任何人愿意见到它们，因为那几乎就意味着死亡。

那些巨大的身躯慢慢靠近了，已经进入了可以被篝火照亮的范围，童舟一向自命胆大，没想到自己的双腿也会有想要发抖的感觉。真的是狼，白色的巨狼，每一头狼都有牛犊般大小，双目中反射着碧油油的杀戮之光。它们被篝火吸引而来，在风向转变之前已经闻到了人类的气息，那是一种令它们兴奋和疯狂的气味。突然之间，两匹马挣脱束缚，向着南面就要狂奔而逃，狄弦眼疾手快，手上打出两道火光，两匹马全身瘫软倒在了地上。这么一来，想要骑着马逃跑也不可能了。

这一瞬间童舟后悔了，她觉得自己当初实在应该竭尽全力制止狄弦的冒失念头，或者——她很没有义气地想——至少自己坚定地拒绝跟着一起来。现在看着对岸那些已经展露身形的白色驰狼以及身后影影绰绰的巨大黑影，她初步估计至少有好几十头驰狼已经来到了河对岸。如果是在白天河流湍急的时候还好，但这条河估计是冰山融雪形成的，夜晚气温下降后，水流也大大减弱，驰狼们可以轻而易举地蹚过河岸，对两人形成合围。

不管怎么样，老娘不能就这么白白让你们吃掉！童舟心头发狠，右手抓起佩刀，左手抄起一根还在燃烧的木柴。狄弦把她的手按了下去："你在想什么呢？靠着两个玩意儿去和驰狼拼命？"

童舟听着他镇定的语声，心头稍微燃起一丝希望："你是说，你有办法对付它们？靠你的秘术吗？"

"我有比秘术更好使唤的东西。"狄弦诡秘地一笑，偏偏不肯多说半个字来解释一下。童舟心头打鼓，却也只能像赌博一样把宝压在狄弦身上。

两人的镇静似乎也对驰狼产生了一定的震慑。这是一种充满智慧的生物，绝不会冒冒失失地为了一点儿食物而闯入陷阱。它们在河岸边停了下来，隔着河观望着对岸的动向。在它们的视界里，暂时只能看到一堆篝火、两顶小帐篷和两个人，但这未见得不是一个圈套。驰狼拥有常人难以想象的耐性，否则它们也不可能在极北酷寒之地生存繁衍，此刻眼前就有两个猎物，但他们过于无畏的姿态反而让狼群不敢轻易靠近。

狼群蹲伏在岸边，沉默地盯着对岸的两人，甚至没有发出一声嗥叫。过了一会儿，各有十多头驰狼分别向东面和西面跑去。童舟小声问："它们要干吗？"

"绕到远处渡河，看清有没有埋伏，然后围杀我们。"狄弦回答得轻描淡写。

童舟打了个寒战，不敢再问，心里只能祈祷上天狄弦并不是虚张声势，不然过一会儿两人只怕连骨头都剩不下来了。狄弦却仍然显得镇定自若，甚至于又开始动手烤起鱼来，让童舟有些按捺不住把他揪过来痛打一顿的冲动。

过去的时间并没有太长，童舟却觉得自己好像已经等待了一年，她的脑门上全是汗水，既害怕狼群发起冲锋，又似乎觉得这样等着比被狼吃掉还要难熬，不如狼群赶紧冲锋呢。

于是狼群善解人意地遂了她的愿。在潺潺的流水声中，童舟听到一些极细微的声响，那是那些脚掌上有厚厚肉垫的生物走路时才会发出的声响，没有足够敏锐的听觉根本无法发现。她连忙看向周围，发现那些亮闪闪的碧绿色的眼睛已经来到了南岸，并且距离自己不远了。

果然如狄弦所料，狼群分兵对他们进行了包围。就在这时候，对岸的一头驰狼忽然仰头发出一声雄浑的嗥叫。这一声嗥叫就是命令，原本静立在对岸的狼群随声而动，纷纷踏入河水向着对岸疾奔而来。与此同时，已经悄悄渡河的驰狼群分别从左右两路包抄过来，形成三面合围的态势。

驰狼已经越跑越近，童舟这才发现，距离更近之后，这些白色的巨狼比她想象中更加巨大，而它们张开的血盆大口中隐隐透出寒光，无疑是比刀锋还要尖利的牙齿。腥臭刺鼻的气息从三方面将他们完全包围了，童舟实在无法忍受下去，高高举起佩刀，准备拼命。然而一只手从斜刺里伸出来拦住了她。

那是狄弦的手。狄弦用眼神示意她不必慌张，眼看着驰狼们已经奔跑到只有数丈远的距离，连嘴角滴下的唾液都清晰可见了，这才发出一声古怪的呼哨。奇怪的是，一听到这种呼哨声，狼群的脚步就放缓了。

狄弦持续地发出这种忽高忽低、节奏奇特的哨音，狼群也已经靠到了两人身边。童舟已经紧张到觉得自己的胸腔快要炸开了，却发现狼群已经停止了攻击的姿态，反而显得很温驯地围在两人身畔打转，虽然驰狼身上令人作呕的腥臭味仍旧浓烈，但在这一刻，它们看上去更像是一群听话的猎狗。

狄弦停住了呼哨，来到一头驰狼身边，纵身一跃，骑了上去。他扭头招呼童舟："你也挑一头骑上来吧，它们不会伤害你的。"

"你怎么懂得驯狼术的？"童舟惊魂未定地问。

"也许是因为我曾经在该死的朔北待过，并且差点儿把鼻子耳朵一起冻掉。"狄弦轻松地回答。

"你到底是从什么地方钻出来的怪物……"童舟喃喃地说，开始捏着鼻子寻找一头体形稍微小一点儿的驰狼。

四

平心而论，假如一头驰狼缓慢行走的话，骑在它身上应该会是蛮舒服的（不考虑那些臭味），因为驰狼身上的毛很长很厚，简直就像背上背着一个加厚的柔软垫子。然而一旦驰狼奔跑起来，垫子加厚十倍也不顶用——它们跑得实在太快，让你的屁股总是处在颠簸中，很难有机会落下去。

童舟想起过去的若干天里自己一直在向狄弦吹嘘自己精湛的草原骑术，简直觉得无地自容。她几乎要调动全身的每一块肌肉才能保证自己不从狼背上掉下去，而狄弦显得轻松随意，就像骑在绵羊身上一般。她相信狄弦一定和朔北部有过什么故事，这更加增添了她对狄弦过去的好奇心。

驰狼狂奔了一阵后，毫无征兆地停了下来，这种该死的生物竟然真的能够做到说停就停，童舟猝不及防狼狈地摔了出去，幸好草地还不算太硬。她昏头涨脑地爬起来，拍拍身上的泥和草根，正想要骂一句什么，却被硬生生憋回去了。

因为她看到了更多的驰狼。白色的、牛犊般巨大的、摩擦着爪牙的驰狼，足足有好几百头。它们蹲伏在黑暗中，用令人毛骨悚然的目光打量着狄弦和童舟。

更令她不安的是，这次他见到了人，在群狼身后，有很多在黑夜里看不清穿着和面目的人，但童舟能感觉到，他们也正在仔细地打量着自己和狄弦。

狄弦跳下狼背，忽然高声用蛮语喊道："查干巴拉，我的朋友，你在吗？"

查干巴拉？是个好名字，童舟想，在蛮语里，查干巴拉的意思是"狮子"。

这一声喊似乎引起了不小的骚动。人群中传来一些窃窃的低语，过了一会儿，人们分开一条道，而拦在前方的驰狼群竟然也乖乖地让开了，一个骑在狼背上的身影缓缓走了出来。

那一刻童舟觉得自己的呼吸都要停止了，眼前走出来的这头狼，与其说它像狼，倒不如说更像一头狮子。它沉重的脚步在草原上踏出清晰的回音，所到之处，其他的驰狼全都俯下身躯，匍匐在地上表示尊重和敬畏。而随着这头狮子般的巨狼的出现，朔北的狼骑兵们也点亮火把。火光下，童舟看清楚了狼背上的那个人，出乎意料，那是一个矮小而瘦削的男人，看上去大概和狄弦差不多年纪，除了满脸的疤痕之外，似乎并没有特殊之处。

"敢于直接称呼我名字的人并不多，"骑在狼背上的人用低沉的语声说，"你是谁？"

"我是狄弦，你应该还记得我，狼主查干巴拉。"狄弦回答。童舟心里一凛，明白这果然是朔北部的最高统领者，被尊称为狼主的群狼之王。

"狄弦"两个字出口，人群里又是一阵异样的骚动。查干巴拉脸上布满伤疤的肌肉突然小小地扭曲了一下："狄弦？"

这两个字刚刚说出口，他的身躯就像一阵狂风一样，骤然从狼背上消失，童舟觉得自己只眨了眨眼，却发现查干巴拉已经来到了狄弦的身前。

好快的速度！童舟大吃一惊，一时也顾不上多想，挥起拳头狠狠击向查干巴拉的胸口。以她的力量和出拳速度，寻常武士早就被一拳打飞了，但查干巴拉抬起右手，竟然硬生生挡住了这一下。不止如此，童舟还感受到一股异乎寻常的反击之力，让她不自觉地后退了一步。

查干巴拉也有些意外地望了她一眼："力气不错。"

狄弦拦住了童舟："不必动手。我和他有赌约，他不会就这样出手杀我的。"

童舟这才收住架势，想起刚才拳掌相交的那一下，心里实在难以想象，那个矮小的身躯里会蕴藏着那样惊人的力量。可见能当狼主的都是怪物，她想。

"好像距离我们的三年之约，还有两个月零十七天吧？"查干巴拉盯着狄弦。

"但是你也说过，如果我愿意提前来到，以免你在饥渴中等得更久，你会十分欣慰，"狄弦说，"所以我来了，也带来了全新的赌约。"

查干巴拉的眼睛眯缝了起来："上一次，你挡住了我三刀，从我手里换取了驯狼之法，我也等了你三年，这次你又想要赌什么呢？"

"赌一个消息，"狄弦说，"我相信你手下的狼崽子们的眼睛和耳朵，北方草原上无论发生过什么事，都绝对瞒不过你。这一次我想要向你换取一个消息。"

"可以，不过我临时改变了主意，不想再赌你的命了。"查干巴拉说。

狄弦神色不变："那你想要赌什么？"

查干巴拉伸手指向了童舟："我想要赌这个女人。我从来没有见到过哪个女人有她那样的力气，比我的勇士们都更强大，她能为我生下最优秀的战士。"

童舟勃然大怒，张口就想骂人，狄弦及时向她打了个手势，示意她少安勿躁，然后对查干巴拉说："我个人倒是并不反对这个赌约，但那样我占的便宜太大了，对你不公平。"

查干巴拉静待他解释，于是他接着说："这个女人身上染了怪病，如果离开了我，只能活几个月，甚至还来不及为你生下什么最优秀的战士。相比之下，也许还是赌我的命更能让你开心，我的狼主。"

狼主走上前两步，在火把的照耀下仔细端详着童舟的面颊，遗憾地摇摇头："你并没有骗我。既然这样，还是以你的命为赌注吧。我想要得到它已经有三年了。"

"我不会让你白等三年的。"狄弦微微一笑。

童舟慢慢听明白了，狄弦和这个狼主过去曾经有过什么赌约，并且狄弦获胜了。狼主显然并不服气，于是又约了三年之期。眼下狄弦要利用这个赌约，来向狼主换取魅部落被屠杀的真相。难怪他说起白狼团的时候并不显得紧张呢，原来是早就打定了主意要来践约。

但赌约的内容实在让人担心，听起来，狄弦要应付这位狼主的三刀。刚才那一下短暂的交手，童舟已经能感受到对方的力量有多么可怕。一旦他手里拿起了刀，会展现出多么危险的杀伤力，童舟简直不敢想象。

人们牵着白狼群很快退开，童舟也只能跟着退开，给两人留下足够大的空间。查干巴拉已经从坐骑身上下来，站在圈中，看起来比狄弦要矮一个头，但在童舟眼里，这个男人就像一个巨人，浑身散发出令人喘不过气来的压迫感。

查干巴拉扬起了他的武器，那是一把黑沉沉的大刀，有大半个人身那么长，刀刃有着新月一般的弧度，刀背上布满锯齿。童舟仔细看着那把刀，忽然间在突如其来的恐惧中忍不住想要呕吐：这把刀的颜色并不是真正的黑色，而是鲜血凝固后的那种紫黑色，整把刀其实是被凝固的血迹染黑的！

奇怪了，童舟忍着恶心想，所有人都说血液会令武器变锈变钝，这个狼主居然会反其道而行之。

"你准备好了吗？"查干巴拉淡淡地问。

"随时恭候。"狄弦竟然微微鞠了一躬。

查干巴拉嘴角浮现出一丝冷笑，突然之间，他的整个人就像机簧一样连人带刀一同发动了。在那一瞬间，他就像是一股席卷整个草原的龙卷风，刀光闪过的时候，整个圈子都被他的杀气所笼罩。没有任何多余的虚招，没有半点儿花巧的架势，这一刀就这么硬生生地直上直下，向着狄弦的头顶猛劈下去。童舟敢断定，自己一生中也从未见过这么凶猛的一刀，她为狄弦捏了把汗。同时她也明白了，对于狼主而言，刀锋是否锋利根本不重要，就算这是一把纸做的刀，他也能持之把任何一名敌人碾成粉末。

狄弦并没有动，手心里已经画好了秘纹，嘴里默念符咒，他的头顶陡然出现一块巨大的冰块。查干巴拉的大刀劈在了冰块上，立即将冰块竖劈成两段，晶亮的冰碴四散飞溅。但这块冰也把刀锋的威势削减到了极点，当刀尖切开冰块继续下落时，狄弦双手一合，稳稳地握住了刀刃。

"第一刀。"狄弦松开刀刃。

查干巴拉神色不变，并没有后退，而是原地挥出了第二刀。这是一刀横斩，刀光划出一个漂亮的圆弧，直取狄弦的腰际。这一刀距离极近而刀速奇快，圆弧中带有凛冽的杀气，仿佛能把任何挡在前方的物体都切成上下两截，童舟差点儿叫出声来，但狄弦却并没有丝毫慌乱，查干巴拉刚刚收回第一刀，他的脚下就突然生出一根藤蔓，从背后托住他的腰。

第二刀挥出之后，狄弦的身体迅速后仰，藤蔓上发出一道让人难以想象的奇特弹力，把他的身体向后方弹了出去，在查干巴拉续接出第三刀之前，远离了他的身体。

狄弦在半空中翻了个身，落在地上，但查干巴拉的第三刀竟然紧随其后。他好像是早就算准了狄弦会采取身体后跃的躲避方式，第二刀的圆弧并没有划满就已经收刀了，同时用尽全力向前纵越，右手掌心抵住刀柄，把刀尖平推了出去。这一招与其说像刀法，不如说更像剑法的直刺，但实际拿捏得无懈可击，这一推也蕴含了狼主全部的力量精髓，身前就算是一座山，似乎也会在这雷霆一击下轰然崩塌。

狄弦已经避无可避了，狼主的这一招已经把他所有的躲避招式都计算在内，无论他怎么闪躲，都绝对来不及。众目睽睽之下，狼主的这一刀直接刺入了狄弦的心脏部位，穿胸而过。童舟终于忍不住尖叫起来，心里一片空白，完全没有了主意。

但她紧接着发现，狼主查干巴拉的脸上没有丝毫的得意之色，反而显得很沮丧，再仔细一看，被洞穿了的狄弦的身体竟然没有流出一丝血，甚至于看不到伤口。她猛地意识到发生了什么，心头一阵狂喜，抑制不住地流下了眼泪。

"已经两次了，"查干巴拉轻叹一声，"我总是看不穿你的残影术。"

"如果你看穿了的话，刚才补上第三刀，我就没办法站在这里和你说话了。"狄弦的声音从另一边传来。原来他一直靠在那株秘术生长出的藤蔓上，在下腰避开了第二刀之后，就始终没有移动过。实际上，那一下弯腰已经让他无法再做出任何的闪避动作了，但他所变化出的幻影欺骗了查干巴拉，使他放弃了绝佳的机会，追逐着幻影推出了第三刀。

"其实每一次都只是拿命做赌注，侥幸逃生而已，"狄弦说得很恳切，"这世上也就是你一个人，能让我只敢赌三刀。"

查干巴拉虽然是个凶悍的人，但却绝对守诺言，因此童舟总算可以松一口气，并且在狄弦注意到她之前把泪水擦干。而她也发现这两个人的关系实在有趣得很，刚才还在你死我活地拼斗，现在却像老朋友一样站在一起喝着烈酒。

"说吧，你想要打听什么？"查干巴拉说，"只要是我知道的，就不会隐瞒。"

"大概在去年十二月的时候，你的狼群越过了'死亡界线'到草原上寻找食物，就在那一段时间，有一个部落的三十多个人全部被杀了，而且被割掉了头皮，你对此有所耳闻吗？"

查干巴拉的眼神骤然间变得凶恶："你也听说了这件事？"

"不是听说，而是亲手挖出了尸体，"狄弦说，"也就是说，你知道这件事了？"

"我的手下本来打算袭击那个部落，给我的狼找点食物，却发现帐篷已经空了，然后他们在附近碰到过一群奇怪的人，"查干巴拉的话语中杀气毕露，"结果是我损失了几十个战士和二十多头狼。这之后我全力寻找他们，却始终没有再发现他们的踪迹。"

"能让你损失掉那么多人马，可不简单啊，"狄弦皱起眉头，"不过这也解释了为什么今年你的行动会那么高调……那是些什么人？武士还是秘术师？"

"这世上没有什么武士能让我的勇士们遭受那样的损失，"查干巴拉傲然说，"那是秘术师。"

"也就是说，一群秘术师在这个最严寒的冬天不躲在火炉旁边享福，偏偏跑到瀚州来受冻……"狄弦沉吟着，"还能说得更详细一点儿吗？"

查干巴拉喝了一口酒："当时我的族人发现帐篷里空无一人，地上却有大量凌乱的脚印，还没来得及被雪掩盖，于是顺着足印追了上去。他们发现那个部落的人都在雪地上徒步行走，一个个姿态僵硬、表情木然，就好像木偶一样。而在他们身边，有十多个穿着灰色长袍的人，就像是在押运他们一样。"

"那是一种群体离魂术，相当高深而偏门，"狄弦有些吃惊，"这些秘术师来头不小啊！"

"我的人正准备发动攻击，没想到敌人已经先下手为强，他们的秘术狠毒而精准，很快就杀伤了一大半的人。幸好剩下的人都很机警，拼死跑回来向我汇报，我才知道了此事。但等我亲自赶过去的时候，那些秘术师已经消失了。他们使用秘术清除了雪地上的痕迹，并且散布了奇特的味道以影响驰狼的判断，我终于没能追上他们。"查干巴拉显得相当愤怒，看来一直都对此耿耿于怀。

"这之后的日子里，我冒着风雪搜寻了很多次，都始终没有见到他们的踪迹。他们好像就是为了屠灭那个部落而出现的，得手之后就迅速消失，再也不让人见到他们。"

"你那些活着的手下，有没有谁能详细描述他们经历了怎样的秘术攻击？"狄弦又问。

"我们对秘术并不太了解，但他们的秘术的确怪异，"查干巴拉说，"当他们的秘术使用出来之后，地上的雪变成了黑色，并且不断延伸，沾到黑雪的人与狼都立刻全身发黑而死。"

狄弦没有说话，抬起头仿佛在遥望天空中的星辰。

五

回到达密特的部落，已经是十天之后的事情了。刚刚从马上下来，狄弦就从迎面而来的达密特嘴里听到了新的坏消息："宁州白凤村的七个魅也被杀害了，又是头皮被割掉。"

"就是那几个以羽人为模板凝聚而成的魅？"狄弦忙问。

"就是他们，"达密特叹息着，"我早就劝过他们搬过来，到我的部落里来，但他们始终不肯，说是既然拥有羽族的形态，还是待在羽人的地盘比较自然一些。"

"也就是说，这并不是什么孤立的个案了，而是专门针对魅族的，"狄弦神色严峻，"把你的人都派出去，联系一切能够联系到的消息来源，看看这段时间还有没有魅族被害的消息。"

"我立刻派人出去！"达密特没有犹豫。

这之后的半个月时间，狄弦和童舟没有离开草原，始终留在达密特的部落里等候消息。童舟毕竟对草原感情颇深，无论是骑着马四处游荡，还是在牲口圈里帮助部落的女人们挤马奶，都能让她感受到亲切的乐趣，一直悬在心头的精神力的威胁也减淡了许多。但狄弦显然并没有这样的心情，童舟见到他时，总觉得他少了几分往日的潇洒不羁，显得心事重重。

"这可不像你啊，"童舟揶揄他说，"别说现在一切都还没有定论，就算真的是有人刻意屠杀魅，那又怎么样？蛇谷城你都舍得摧毁，又有什么能让你不安的？"

"我这几天吃羊肉吃多了，消化不良。"狄弦板着脸赶跑了童舟。童舟一边笑，一边感到无比好奇，到底有什么事能让狄弦也藏不住心里的不安呢？

在这半个月中，达密特派出打探消息的人也陆陆续续回来了。如狄弦所料，九州各地在过去半年的时间里发生了若干起类似的魅遭到杀害或者神秘失踪的事件，少的只死一两个，多的则像那个草原部落一样，二三十个人一同失踪或者死亡。由于魅本身就大多对外族隐藏自己的身份，所以这些事件如果不是刻意去打听，原本很难引人注目。对于人类来说，二三十个人的死亡根本算不得什么，两个村子展开一场凶狠的械斗没准就会死伤到这个数目，但魅族本来就是九州六族当中人口最少的，连续发生针对魅的凶杀，的确足以让整个种族都警惕起来。

"除了那些没能找到尸体的失踪者，凡是能找到尸体的，头皮都被割下来了，"达密特对狄弦说，"这听起来类似于某种邪恶的仪式。"

"你怎么想？"狄弦问。

"我觉得，大概又有人开始想要屠灭九州的魅族了。"达密特说，"这并不新鲜，我活了六十五岁，类似的事情几乎每一年都能看到。其实我们魅族只是希望平平安安地活下去，直到老死，就这么一点儿简单的愿望。但人类从来没有对我们放心过，他们总是觉得非我族类、其心必异，觉得我们是藏在他们身边的毒蛇，希望能把我们甄别出来，全部杀死。这一次，不过是一个新的轮回而已……你怎么了？"

狄弦扶着额头，好像完全没有在听，听到达密特的问询后才回答："我倒是觉得，这并不像是单纯的屠杀魅族那么简单。"

"为什么呢？"达密特问。

"这些事做得太遮遮掩掩了。"狄弦回答。

"那不是很正常吗？"达密特说，"总比让魅一个个都有提防要好吧？"

"你得反过来想，"狄弦说，"魅不像羽人、河络或者夸父，光看相貌就能分辨出来，要在人群中辨认出魅，本来就是很伤脑筋的事情。如果真的是存了屠杀魅的心思，发动无知愚民一起动手或许效果反而会更好。甚至于……"

"甚至于什么？"

狄弦的脸色有些阴沉："甚至于，割头皮这回事，完全可以作为公开奖励的标准。"

他说到这里，顿了一顿，似乎是想起了什么。达密特等着他继续说下去。过了好久，他才重新开口："我要带着童舟去一趟东陆。我想起了些事，需要去求证。在此期间，你一定要小心，你们之所以没有受袭击，可能是因为人数太多，何况你和你的几个老伙计在草原上一向威名卓著，任谁想要打你们的主意，都得掂量掂量。但以后的事谁也说不准，人的欲望一旦升起，就很难再压制下去。"

"放心，我会照料好这个部落的，"达密特脸上豪气毕现，"这么多同族的性命都系在我身上，我一定不会让敌人得逞。"

"我相信你，你这张脸虽然已经皱得像橘子皮，年轻时的风采仍然依稀可见。"狄弦坏笑着。

"滚蛋！你才几岁的小屁孩？也敢说见过老子年轻时的风采？"

几天之后，狄弦带着童舟渡海南下，来到了东陆中州的泉明港。这是中州最重要的港口，兼具商港和渔港的双重作用，是中州相当繁华的一座城市。但见识过雷州的千灯之港毕钵罗之后，童舟觉得泉明港也不过如此，并且想不太明白为什么狄弦待在这儿不走了。

"我想看看天启城，还想去看看宛州的南淮城……"童舟对狄弦软磨硬泡。

"小姐，你以为我们是旅游观光来了吗？"狄弦一脸严肃，"泉明港北通瀚州，西通雷州，南连东陆，是九州最重要的黑市。我需要在黑市上打探一点儿消息。"

童舟不问了。她很清楚狄弦那令人恨得牙痒痒的臭毛病：做任何事之前都喜欢先卖关子。虽然她很想知道魅的被杀和九州最重要的黑市之间到底有什么关系，但反正问了也是白问，索性不费那个力气了。

相比于草原上充满快意的生活，泉明港让童舟觉得无比不适应，她忽然发现城市是那么狭窄、肮脏、拥挤和嘈杂的地方，简直让人喘不过气来。于是她也无心关注狄弦每天奔走何方，而总喜欢自己跑到海边坐着，一坐就是一天，大海的辽阔总是能让人心情稍微舒畅一点儿。

这一天晚上，童舟带着一身海水的腥咸味回到客栈，狄弦一看到她就乐了："你是不是想吃鱼了？"

"不是，遇到一个女人跳海自杀，活该我想不开跳下去救她，"童舟愤愤地说，"结果跳下水才知道，那个女人是附近水性最好的一个，只是习惯了每次和丈夫吵架就要跳海做自杀状……咦，你居然在喝酒？"

狄弦其实擅长喝酒，酒量相当大，但他总是遇上特定的场合——比如需要用酒精撬开某人的嘴——才会真正喝酒，其他大多数时候他滴酒不沾，或者只会小酌几杯。但现在，狄弦面前摆满了空酒壶，不必走近就能闻得到浓烈的酒气。

"你这是发什么疯了？"童舟皱着眉头问。狄弦曾经说过，他是一个不会真正喝醉的人，因为他有一招独门秘术，可以把喝进肚子里的酒水搬运出去，因此可以和任何人拼酒。但现在，他明显是在真喝，已经喝得满面红光，连舌头都有点儿大了。

"没发疯，就是想喝了，"狄弦嘿嘿一笑，顺手又倒了一杯酒进嘴里，"喝酒可以使头脑灵活，帮助思考问题。喝酒还可以……浇愁。"

"浇个屁的愁！"童舟没好气地说，"你这样心肝都还没长全的货色有什么愁可浇？"

"因为我身上负担太重了，"狄弦捏了捏鼻子，"我宁可我的心肝没有长全，这样我做任何事情都可以无所顾忌了。"

"你到底在说些什么？"童舟很是奇怪，"我看你的确是喝得太多了。早点去睡觉吧！"

狄弦没有回答，趴在桌子上睡着了，不久发出了响亮的鼾声。童舟叹了口气，替他收拾了桌上的一片狼藉，又拿起他的外衣给他披在身上。她实在没有多余的精力再去管狄弦了，浸泡了海水的衣服上沾满盐粒，身上痒得难受，得赶紧回房洗个热水澡，把衣服换掉。让狄弦就这么醉一夜吧！

童舟如愿以偿地洗了个热水澡，大睡了一夜。梦里她见到了狄弦，狄弦难得地一本正经，甚至有些愁眉苦脸地看着她，看得她不知所措。狄弦一直在嘴里嘟嘟哝哝地说着些什么，但她一个字都听不到。后来狄弦好像说完了话，头也不回地转身走了。童舟伸手想要拉住他，但狄弦的脚步很快，很快就走出了她的视线。童舟跟在后面，追逐着狄弦在地上拖得长长的影子，跑得上气不接下气。

醒来后她仍然觉得很累，想起昨晚的梦，忍不住骂了句："狗东西，做梦都不让老娘消停！"然后她爬起床来，忽然看见桌上摆放着什么东西，连忙走了过去。

那是一个普普通通的木头盒子，下面还压了一张字条。童舟先拿起字条，上面用狄弦独家的"狗爬体"歪歪扭扭地写着几行字：

我暂时离开一段时间，你自己好好待着，别去杀人放火破坏治安。盒子里有一块玉，贴在胸口能够帮助你镇定心神，减缓异种精神力的发作。如果我回不来，你就去找达密特，但愿他能再找到什么人帮你。

童舟呆呆地看着这几行字，一时间脑子有点儿转不过弯来，过了好半天她才反应过来：狄弦走了，抛下她一个人走了。

打开盒子，里面果然有一块用红丝线系着的翠绿色的玉石，握在手心就能感受到一种舒服的凉意。她再去检查行李，发现自己的包袱里多了一个钱袋，狄弦几乎把所有钱都留给她了。不知怎么的，她心头腾地蹿起一股无名火，冲出门大吼一声："小二！"

店小二慌慌张张跑过来，童舟一把揪住他："我隔壁的那个浑蛋什么时候走的？"

店小二一愣："啊？他走了吗？"

童舟气急败坏地推开他，回身把自己关进房门，只觉得见到什么东西都不顺眼，都想一拳砸下去。狄弦走了，没有交代任何原因就走了，留下她一个人不知所措。在过去的一年里，她似乎已经很习惯了做狄弦的跟班，不停地和他扯皮，该装傻的时候装傻充愣。眼下狄弦突然消失了，让她一下子找不到方向了。

"小二！"她重新打开门，又大吼起来，"打酒！"

童舟喝了两壶酒，摔烂了两个菜碟，咒骂了狄弦两个对时，终于慢慢冷静下来。狄弦虽然总体上是个浑球，但从来不是不负责任的人，他既然答应了照料自己，绝不会无缘无故临阵脱逃。眼下留下字条不辞而别，必然有着重大的理由。

冷静，冷静下来，童舟对自己说，仔细想想狄弦为什么会撇下自己走掉。此事的起因在于九州各地发生的多起针对魅族的屠杀事件。此前狄弦也处理过各种各样的事件，恐怖者有之，血腥者有之，诡秘者有之，但似乎从来没有哪一件事会让他这样满腹心事，无论是尸体上被割掉的头皮，还是狼主所说的敌人的邪恶秘术，都让他思考良多。现在狄弦在泉明港更是直截了当地插入黑市进行调查，这说明他对事件的性质已经有了自己的初步判断。

而且这一定是相当令他不安的判断。童舟很明白狄弦的心思，他从这种判断中读出了极度危险的信号，所以才离开自己，目的在于保护自己的安全，以便他自己一个人可以毫无顾忌地犯险。

这当然是狄弦对她的照顾，而且隐隐也可以透出，她在狄弦心目中还是有很重要的地位的，但童舟想要的并不是这样。虽然她平时总是口口声声"我是老妈子""让男人聪明去，女人就是要装傻"，但真正有大事临头的时候，她还是希望自己是狄弦可以信赖的生死与共的伙伴，而不是需要保护起来的瓷器。遗憾的是，狄弦仍然没能给予她所想要的信任，这大概是她如此恼火的真正原因。

我要证明我不是废物、累赘，童舟咬着牙想，我要把你揪出来，然后让我正义的铁拳陷在你的脸上。

童舟等到黄昏时分，再次招手把店小二叫了过来。小二白天受惊不轻，在童舟面前战战兢兢，做知无不言、言无不尽状。

"黑市我不是很熟，"小二苦着脸，"不过我可以找人带你去。"

"放屁，没听说过客栈小二不混黑市的！"童舟从店小二的吞吞吐吐中看出点眉目，干脆开始胡言乱语，"你不带我去，我就只能杀了你灭口。"

"喀啦"一声，她手里的茶杯被生生捏碎了，然后"吱嘎、吱嘎"化为粉末。店小二呆了呆，当即拉开门："乐意为姑娘效劳！"

九州的每一座城市都有黑市，这是一个基本定律。泉明港的西城区有一条窄窄的巷子，叫作竹林巷，据传古代有先贤之士在这里栽种竹林，伴竹而居，颇有一些风雅的历史。但现在竹林早没了，整条巷子狭窄而破败，两边的商铺和小酒店天不黑绝不开门，而竹林巷在地下世界也有了一个更响亮的名字，叫作野猪巷。每到太阳落山，野猪巷就热闹起来，律法之外的货品在这里像流水一样流动着、浸润着，无论供求都十分兴旺。那些看起来不起眼的破烂商铺和看上去昏昏欲睡的伙计背后，没准就藏着足以让正经人吓破胆的东西。

一言以蔽之，敢于走进野猪巷的人都很胆大，不过胆大到童舟这样的实在不多见。这位外表看起来清秀可人的年轻姑娘进了野猪巷之后就几乎是在横着走，一家一家地闯进商铺，态度生硬地打听一个男人的下落。这种过于嚣张的态度反而让人摸不清她的底细，没准这是个乔装打扮专门打击黑市的女捕快呢？人们不敢轻举妄动，很快找来了能够在黑市里管事的人。

当童舟砸开第二十三间商铺的门，形容着狄弦的相貌时，有人从背后拍了拍她的肩膀。回头一看，是两个浑身肌肉结实的大汉，正在一脸不善地打量着她。

"两位有何贵干？"童舟满不在乎地问。

"我们要请你离开这条巷子，"一名大汉冷冰冰地说，"野猪巷有它的秩序，不懂规矩的人，学会了规矩再进来。"

"我要是不想学规矩也不想离开呢？"童舟冲着他妩媚地一笑。

"那我们就只能亲手送你出去。"

六

这一天傍晚野猪巷里热闹非凡，几乎都没什么人做生意了，所有人都跑到了巷子里看热闹。那个冒冒失失闯进巷里的年轻姑娘就像一个收买路财的山大王一样横在巷中间，身边一摆"管事儿的"被打翻了。这样的好戏可不常见，野猪巷里的人们毫无同仇敌忾之心，反而全都幸灾乐祸地等待着她再打翻几十个人。

"还有谁要来送我出去吗？"童舟就像一个偶像人物，坐在崇拜者搬来的椅子上，喝着崇拜者提供的热茶，意兴飞扬地挽起衣袖。现场笑的、叫的、闹的混成一片，向来低调行事的野猪巷几十年来都没有这么吵闹过。

这时候现场忽然一下子安静了下来，刚才还在吹口哨鼓掌的人们忽然一下子好似钻到地下一样，都不见了。正在得意的童舟回头一看，一个中年女子正在走向她。

后来童舟向她的朋友们一遍遍地形容，她听了一辈子"风韵犹存"这四个字，始终无法深入理解其中的含义，但见到那个中年女子的时候，她一下子就领会到了。那个女子已经不年轻了，但无论姿容、步态、穿着、气度都无懈可击，童舟虽然是个女人，见到她也难免会觉得眼前一亮。

"我还以为是什么三头六臂的怪物来这里挑事儿，没想到是这么漂亮的一个小姑娘，"中年女子的声音也温婉悦耳，"我的这些手下，可真是没出息，见到年轻姑娘，怎么也应该礼貌一点儿才对。"

童舟反而有点儿不好意思了："我不是故意来捣乱的，其实我只是想打听一个人，问完了就走。你就是这里管事儿的吗？"

"即便是黑市，也是需要秩序的，这里的人都叫我兰姐。"女子嫣然一笑，"你想要打听谁？"

童舟又形容了一遍狄弦的长相："我只知道他要到黑市打听些什么，可具体是什么我也不清楚。"

兰姐脸上的笑容收敛起来："你是童舟？"

"是我！"童舟赶紧说，"是狄弦提到过我吗？你知道他现在去哪儿了吗？"

"他的确提到过你，"兰姐说，"他告诉我，你一定会顺着黑市这条线来找他，所以让我不能告诉你任何事情。"

童舟好似被人兜头一瓢冷水浇了下来。狄弦这个浑球果然不是一般的浑球，连她将要采取的行动都事先料到了，真是做得滴水不漏。看来不用强是不行的。她这么想着，又捏起了拳头，兰姐轻轻摇头："我要是你，就不动这个念头，就算是狄弦，在我面前也不敢轻易动手的。"

她并没有虚张声势。话音刚落，童舟就发现自己的拳头怎么也捏不紧，肌肉始终处于松弛状态，全身的力量仿佛被关进了一个袋子里，虽然挤得十分难受，却完全无法释放出来。

这是一个秘术师！童舟吃了一惊。但她表面上仍然装得若无其事，暗中尝试着重新积聚力量。

"没有用的，"兰姐看穿了她的心思，"你越是用力，力量流失得越快，为了避免给身体造成损伤，还是稍微省点力气吧。"

"好吧，我认输，"童舟倒也爽快，"但是我还是想要问你，狄弦去哪儿了？我一定要找到他。"

"何必这么执着呢？"兰姐继续摇头，"找到他对你没有任何好处，反而会带来更多的危险。"

该死，听起来这个风韵犹存的兰姐知道的都比自己多——我究竟算什么？童舟心里又是一酸，正想要嘴硬，兰姐已经摆摆手："回去吧，别再来了。你要相信狄弦，如果他不想让你掺和进去，你硬要跟着，只会给他添乱——他甚至不愿意让我插手。他的心里其实是想保护每一个魅啊！"

　　童舟浑身一震，兰姐已经凑到她耳边，低声说："比如你和我。"

　　这位黑市的主事老大竟然也是个魅，难怪狄弦会告诉她那么多，童舟心里的酸味没有之前那么强烈了。但回到客栈后，她还是左思右想没有想通。尤其是躺在床上半天睡不着之后，她发觉自己起初的那种愤愤不平正在淡化，取而代之的是担忧。

　　她在担忧狄弦。刚才兰姐在悄无声息间就用秘术制住了她，这样的秘术功底，仍然被狄弦拒绝了。兰姐说得耐人寻味："他的心里其实是想保护每一个魅。"可是到底狄弦面对的是怎样的敌人，强大到他把童舟和兰姐都放在了被保护的位置呢？

　　兰姐一定知道一点儿，童舟想，但她就是不肯说，有什么办法呢？看一眼她的面相、体会一下她突然袭击的手段，就能知道这个女人的厉害，能够维持九州最大黑市的秩序，没点儿本事是不可能的。自己和她比起来，差得还远。

　　童舟很忧郁，在床上翻过来覆过去。她想起自己的养父童维临死时的情景。童舟凝聚成形时，不知为何，选取的模板并不像大多数魅那样是成年人，而是一个不足十岁的小女孩，体内的精神力还时常发作，这让她在草原上的生活十分艰辛。童维看出了她也是个魅，收留了她，并且想尽各种方法消除她体内作怪的精神力，可惜始终没能成功。

　　后来童舟年纪越大，精神力发作越频繁，而童维慢慢走到了生命的尽头。临死前，他把童舟叫到身边，用虚弱的声音对她说："在雷州的销金谷，有一个我们的同族或许能够帮助你压制精神力。不过他脾气很怪。"

　　"大不了我揍他一顿，逼他帮我忙。"童舟捏着拳头说。

童维摇摇头："你打架虽然厉害，但还是奈何不了他的。我只希望，他能够顾念着我和他的交情，不要抛下你不管。这个人是典型的死鸭子嘴硬，少不得要挖苦我几句，再羞辱你一顿，但如果他心里还把我当回事，不管嘴上怎么说，都一定会收留你。这个人不会怕任何困难的，认定了就会去做。"

后来的事实证明童维的判断半点儿没错。狄弦不放过任何一个讥笑童舟的机会，却始终没有赶她走，一直把她带在身边，还一边嘴上不停地抱怨，一边想着办法为童舟寻找治疗的良方。他说起已经去世的童维毫不客气，"这个老白脸死了还给我罪受"，但童舟心里清楚，如果不是惦记着和童维的友情，自己恐怕第一次见面就被狄弦踢走了。而这将近一年的时间里，正是狄弦不断为自己压制那股精神力，让自己减少了很多痛苦。

现在狄弦独自去调查屠杀魅的真相去了。他说得轻松随意，心里一定明白其中的凶险，于是又打算一个人扛起一切。无论多么艰难的事，他都愿意自个儿去扛。

童舟从床上坐了起来。她决定不顾一切，再去求一求兰姐，不管怎么样低声下气卑躬屈膝都不要紧，只要能磨出狄弦的下落。

我们的童舟小姐向来想到就做，于是觉也不睡了，再度跑到野猪巷。到了之后她才想起，自己压根儿不知道兰姐住在哪儿。难道又要在巷子里大闹一场，把兰姐逼出来？

她站在巷口，看着随着黎明的到来终于逐渐变得安静的野猪巷，又挽起了袖子，正准备冲进去大闹一场，突然就听到耳边有人低语："你终于还是回来找我了，没有让我白等。"

童舟悚然回头，兰姐就站在她背后，带着笑意看着她。

"你这是……"童舟有点儿搞不清状况。

"如果你就这么放弃的话，那还真不值得狄弦为你担心，"兰姐缓缓地说，"我本来打定了主意，如果在一天之内你没有再次来找我，我就不会帮你，没想到你天不亮就来了。"

"你打算帮助我？"童舟很是吃惊，"可你不是答应了狄弦吗？"

"不管人还是魅，不守信是无法在社会上生存的，"兰姐狡黠地一笑，"可是太守信了，也没法成为黑市的大管家了。我的确答应了狄弦什么都不告诉你，可是我不准备守信，因为我相信你可以帮助狄弦。"

童舟蓦然间觉得心头一阵温暖："你真的可以相信我吗？"

"狄弦警告了我很多次，不许把你卷进去，他说你是个头脑冲动的小笨蛋，"兰姐边说边捂嘴笑，"可我觉得你很好。"

"好吧，他欠我一顿扁，"童舟哼哼着说，"现在可以告诉我他去哪儿了吧？"

"几天前他来找我，打听一件很奇怪的事，"兰姐说，"他想问黑市上有没有人收购一样东西。"

"什么东西？"

"魅的头发。"

魅的头发？童舟猛然想起那些尸体被割掉的头皮，也明白了狄弦猜测的指向。也就是说，没有人单纯为了屠灭魅族而制造那些凶案，割掉头皮也不是为了象征意义。

这一切的实质是，有人在收集魅的头发。

"巧的是，最近几个月来，黑市里的确有人做这种收购，开价还很高，"兰姐说，"刚开始的时候，很多人试图用人类的头发冒充魅的头发，但对方全都辨别出来了，还给造假的人留下了一些纪念，比如挖掉眼睛、割掉鼻子什么的。"

童舟身上一寒，兰姐接着说："后来就没人敢造假了，虽然魅很难辨认，但还是有些人想办法弄到了魅的头发。你得知道，作为一个魅，我不能对此坐视不管，所以我也做了一些小调查，但随后我发现，不投入大量的精力根本无法追查下去。真正的买家一直隐藏得很深，所有货物都会经过好几道手才会到达他手里。"

"狄弦有没有猜到点什么？"童舟又问，"为什么有人需要魅的头发？"

"他显然猜到了，但坚决不肯说，"兰姐叹了口气，"那就是狄弦，如果他不想说，谁也没法从他嘴里撬出话来。不过我倒是碰巧知道了他接下来打算去哪儿。"

"哪儿？"童舟赶紧问。

兰姐的脸上有些疑惑："他向我打听，这座城里有没有什么羽人聚居的地方，这和魅的头发什么的完全风马牛不相及。我也不必派人跟踪，因为这座城里遍布我的眼线，就在他离开泉明港的时候，我也打探到了消息。他去羽人聚居的地方，找到一家澜州羽人在这里开设的商铺，和他们不知说了什么，然后一起离开了。羽人们说，他们所乘坐的那辆马车是去往澜州喀迪库城邦的。"

童舟忽然想到点什么："那羽人是不是姓天？"

"你怎么知道？"兰姐大为惊奇。

好吧，现在把所有线索放到一起，虽然少得可怜，说白了只有两条：有人在收集魅族的头发；此事和被童舟揍过一顿的澜州天氏羽人家族有关。

童舟在颠簸的船舱里扶着额头，觉得自己的脑子果然是不够用。她可以轻松打倒十多条彪形大汉，却难以揣摩狄弦的心思。但现在，她不得不强迫自己用脑。

这件事情的疑点在于，狄弦的反应太迅速了。往常他调查任何事件，都会花费很多精力，搜集到很多证据，而这一次，简单到只有几个步骤：他见到了失去头发的魅的尸体；他向狼主了解了凶手的一些信息；他确认了黑市上有人求购魅的头发；他得出了结论，然后莫名其妙去了澜州。

狄弦再聪明也不是神，童舟坚信这一点，他如果能这么快得出结论，唯一的可能是：这件事他早就经历过，所以才会那么敏感、那么谨慎。

可是这和澜州天氏有什么关系呢？他们到销金谷找狄弦，是因为他们的法器被盗了。该法器的功用在于，可以令数丈内的秘术完全失效……

秘术！童舟又想到了点儿什么。狼主那天夜里对狄弦描述过凶手的秘术，能让雪变成黑色，并借此杀人。狄弦当时的脸色一沉，显然是这种奇特的秘术又让他想到了什么。秘术、法器、魅的头发，这些交织在一起，总得有点儿解释。

在脑袋疼得炸开之前，童舟搭乘的商船从泉明港来到了澜州，下船就踏入了澜州北部的擎梁半岛。这是羽族在东陆最大的据点，拥有两个实力足以媲美宁州城邦的大型城邦，喀迪库城邦就是其中之一。此时人族和羽族绵延数十年的小规模战争已经结束了很久，但双方的警惕心仍在，童舟不得不雇了羽族的车夫，然后一直躲在马车里进入到城邦首府宁远城，以免走在街上引来众多让人极不舒服的目光。

这是童舟第一次来到羽人的城市，那些巧夺天工的树屋让她即便躲在车里也忍不住看得十分好奇。她问车夫："你们羽人开的客栈，能让人类住进去吗？"

"当然可以，如果你们不嫌接待太冷的话。"羽人用生硬的东陆语回答。童舟反应了一会儿才明白过来什么叫"接待太冷"："没关系，能给个床铺就行了。"

"倒不是针对人类，"羽人说，"我们不爱伺候人。不过也有人类在这里开客栈的。"

"从你身上就能看出来，"童舟小声嘀咕一句，又赶忙转换出一副笑脸，"麻烦你带我去一家不那么冷的人类客栈吧。"

人类的经营头脑无处不在。比如宁州著名的东陆风格城市宁南，有人说城里居住的人类已经比羽人还多；比如车夫带着她来到的这家客栈，保留着原汁原味的树屋建筑，连店主都把头发染成了银灰色——不过这反而显得不自然。

"虽然两族关系不大友好，这里还是有很多人类行商，时常有人想要体会一下树屋的滋味，但羽人的客栈服务实在太糟糕了，"店主用职业性的微笑欢迎童舟，"所以住进我的客栈，可以一举两得。"

"您真是造福大众，"童舟真心诚意地说，"但愿这儿的食谱也能照顾到人类的口味。"

"除了鸟肉被禁止，其他好东西都有。"店主笑得很得意。

于是在啃了几天面饼和干果之后，童舟又吃到了肉，美味的、让人泪流满面的红烧肉。这顿红烧肉让她忘乎所以，吃完饭后过了好久才想起自己还有正事要办。

"对啦，这里有一家羽族的贵族，姓天的，你知道吗？"童舟问店主，"顺便说，你的红烧肉做得真棒。"

"您过奖了，在羽人的地盘待久了没有不馋肉的，"店主手脚麻利地收拾着盘子，"姓天的当然有，整个城邦数一数二的大家族，在城主面前都能说得起话的。不过最近几个月他们有点儿丢面子，他们送给城主的大礼居然被偷走了，不管是天氏还是城主所属的鹤氏，都有点儿面上无光。"

"我也听说过这件事，"童舟说，"不过这两个家族那么大的势力，连个盗贼都揪不出来？"

"他们羽人脑子里一根筋，不适合干这种事，"店主有点儿得意，"这不，这两天他们专程从中州请了个人类来帮忙，还是我们人类脑子灵。"

童舟强行压抑住内心的狂喜，若无其事地打听了天氏主宅的方位。等到店主收拾完碗碟出去，她迫不及待地就想要去夜探天宅，但想想自己在这里人生地不熟，要是在黑夜里迷路了反而麻烦，索性先睡上一大觉再说。

醒来后天也已经大亮了。童舟抖擞精神，按照店主的指点找到了天氏主宅。一般而言，羽人的大家族都会以家族创业初期的一株年木为核心，不断地生长新的树木，搭建新的树屋，不断扩大居处的规模。所以当天氏主宅出现在童舟眼前时，与其说它是一所宅院，不如说这是一片森林。事实上，除了宁州两个最大的羽人家族风氏和云氏之外，其他大多数的羽族大姓都固守着传统，并不修建东陆化的深宅大院，而保留着这种一遇到火攻就会大大吃亏的老式树屋。

童舟并没有着急着混进去。一来这样成规模的树屋让她心里很没有底，不知道进去会碰见点儿什么；二来她知道狄弦是个不安分的家伙，才不会安安稳稳待在树屋里。所以她干脆在大门外随便找了棵树，坐在树荫里耐心等待。时值初夏，阳光晒在头脸上还是挺不好受的。

没想到这一等就等了整整一天。这座城市本来就没有太多人口，随着夜幕的降临，街上更是冷清。童舟打了上百个呵欠，恨不能削几根小木棍撑住眼皮，月上中天的时候，才终于看见狄弦从另一条路口走过来，向着大门走去。他还是那一张让人看了就想生气的臭脸，而跟在他身边的几个羽人一个个在月光下脸色发绿，可想而知多半是陪着他去转悠了某些地方，被他气得不轻。

好吧，至少证明了这个狄弦是如假包换的真货，童舟开心地想，睡意也一下子被驱散了。她闪身躲在树背后，正在思考着自己应该用怎样的方式走过去向狄弦打招呼——如果能让他把两只眼珠子都瞪出来那是最好的——变故突然在那一刹那发生了。

当时狄弦似乎是又说了点儿什么刺激人的话，他身边的一个年轻羽人当场就要翻脸，竟然亮出了弓箭。狄弦自然不会把这些放在心上，他悠闲地靠在一棵参天大树上，边说话边摇晃食指，这说明他打算再接再厉，把这位羽人活生生气死。

然而这位羽人显然运气不错，在他被气死之前，狄弦所靠着的那棵树忽然极轻微地抖动了一下。没等狄弦反应过来，树干上突然裂开了一个大口子，狄弦猝不及防，跌了进去。接着那个大口子迅速合拢，就像一只吃人的怪兽，把狄弦完完整整地吞了进去，连一根头发都没留下。

童舟全力捂住嘴才避免自己尖叫出来，但接下来的一幕更加不可思议。狄弦被大树吞吃之后，羽人们也都惊慌不已，围到树旁查看究竟。而就在这时候，刚才和狄弦吵架的那个年轻羽人却趁着旁人无暇顾及他，悄悄退后了几步，然后突然间挽弓放箭。他在一瞬间连发三箭，每一箭都命中了一个羽人的后心，将三名羽人全数击杀。然后他在树上不知拨弄了什么，树干再一次裂开，他把三具尸体塞进去，紧跟着自己也跨了进去。树干合上了，除了地上残留的血迹，刚才行走到这里的四个羽人和一个魅全都踪影不见，就像水滴蒸发了一样。

藏在树后的童舟钻了出来，过了好久才敢相信自己眼睛看到的是事实。那棵大树上有机关，狄弦被抓了，而四个羽人中有一个参与了此事，还射杀了剩下三名目击者。也就是说，从这一刻开始，狄弦就从这个世界上消失了，没有人知道他的下落——除了童舟。

这时候可顾不上细想了。童舟从藏身处钻出来，三步并作两步跑到那棵树下，在树荫的黑暗里仔细摸索着那棵大树，终于找到一块松动的树皮。她用力把树皮按下去，树身上发出一声轻响，裂开了一道缝，童舟赶紧钻进去。树皮很快自己合拢，于是童舟也消失了。

七

通常人们讲故事讲到这个地方的时候，就会喝一口水，喘一口气，然后故作神秘地望着听众："猜猜看，童舟在这个地道里发现了什么？"

这时候听众们就会发挥想象力了："那肯定是一条很长很长的甬道，走了半天还看不到头。""用水晶铺制而成的，干净得让人窒息。""一路向下，通往深深的地底，尽头处是一条地下河，河上有一艘渡船。""里面肯定有很多牢笼，关押着一些奄奄一息的犯人。""遍地都是尸骨，腐臭的气息令人作呕。""河络地下城！那些坊间的九流小说家编故事编不下去的时候，都会编出一座河络地下城去忽悠人！"

但童舟讲故事讲到这里的时候却语焉不详，让听众们很恼火："喂，你怎么一下子就跳到'我发现狄弦被绑在一根柱子上'，之前呢？那个藏在树里的通道到底是什么样的？"

童舟支支吾吾了老半天，吭吭哧哧就是讲不出来。最后她火了，一拳头砸在桌子上，震翻了好几个茶杯："老娘什么都没看到！我哪儿想得到那个暗门里藏的是一个滑道？一进去没有踩稳，就大头朝下地滑下去了！然后……"

"然后什么？"

"然后我还没爬起来，就有人在我的后脑勺上敲了一下，我被敲晕啦！醒过来之后，已经在一间没有窗户的石室里了。"

"你说狄弦被绑在一根柱子上，那你呢？"

"废话！老娘和狄弦那个废物背靠背绑在一起的！"

童舟醒来时，觉得后脑勺疼得厉害，这一下砸得实在够狠。眼睛慢慢适应了周围的黑暗，她发现自己被绑在一间石室里，一根结实的绳子把她捆在一根柱子上，柱子的另外一面还有一个人，听到童舟醒来的声音，忍不住发出一声叹息："兰姐出卖了我，是不是？"

这正是狄弦的声音。陡然听到这个熟悉的语声，童舟的鼻子一酸，脱口而出的却是恶言恶语："你这个浑球儿！"

"好吧，我是浑球儿，"狄弦宽容地说，"而你是个傻瓜。看到了吧，现在连我都自身难保，你还非要来自投罗网。"

童舟不说话了。此地并不是吵架的好地方，而她稍微冷静一点儿后，也无法不承认狄弦说得很理智。狄弦如果不是预料到极度的危险，也不会非要扔下她一个人跑到澜州来，而且……他多半也预料到了以童舟的愣头愣脑，就算跟来了也一定会误事。现在事实证明，她什么忙也没帮上，跑了老大一段路白白过来送死。她起到的唯一作用，大概就是狄弦多了一个陪葬品，死的时候不至于那么寂寞……

"你说的是对的，"童舟耷拉着脑袋，"我应该听你的话的。"

"算啦算啦，"狄弦倒是听起来很平静，"你要是听话，反而不像你了。那块玉你戴在身上了吧？这段时间有没有犯病？"

这两句温和的关切话语终于让童舟的眼泪流了下来，然后她发现了很糟糕的事情：双手被绑住了，甚至没办法擦眼泪。于是她只能任由眼泪淌过脸颊，落在地上。

千万别流鼻涕，童舟一面给自己鼓劲，一面尽量压住情绪回答问题："还好，这些天一直没有犯毛病，也许你的这块玉真的很灵。好吧，你是愿意现在告诉我一切，还是等死了上路的时候再告诉我？"

"放心吧，我们没那么快死的，"狄弦说，"我不得不承认，我上当了。"

"上什么当？"童舟问。

"这么说吧，综合之前的所有线索，我以为敌人已经完成了某件事，所以想要极力阻止，"狄弦说，"但现在我反应过来了，那件事他并没有完成，所有的迹象都是假象，他的目的只是抓住我。"

"说得真漂亮！"忽然有人鼓掌，"老四，你不愧是当年的兄弟们当中第二聪明的，虽然反应得稍微慢了点儿，但总算还是明白过来了。"

老四？当年的兄弟们？童舟心里猛地一抖，开始意识到了点儿什么。这一系列的事件，被杀害的魅、魅的头发、奇特的秘术……原来都和狄弦的过去有关。而现在看起来，这似乎是一个相当复杂的过去，尤其当鼓掌的人慢慢走到两人身边时。

童舟侧过头，看着这个狄弦的故人。这是怎样的一张脸啊，仿佛脸颊上所有的肉都被刀子一片片割下来了一样，面庞有如骷髅。他走路的姿势也怪异而僵硬，四肢的运动都极不自然。

"这个走路姿势很难看，对吧？"骷髅脸的男人怪笑一声，"这都是拜你所赐，老四。"

"我实在没有想到，你竟然能从驰狼的包围中活下来，十五。"狄弦轻叹一声，"我们这帮兄弟，你是最小的，但也是最坚韧的。"

"只要我不想死，就没有人能杀死我，你也不例外。"被狄弦称为"十五"的骷髅脸男人摇晃了一下手指。童舟这才看清，他的手指泛着金属的光泽。

"我还是太低估你了，"狄弦摇摇头，"我实在应该亲手确认你的死亡才对。"

"你已经做得很好了，"十五说，"除了你，我想不到这世上还有第二个人能把我诱入圈套，以至于让我的四肢都被白狼咬断。可惜你没能做到完美。"

从双方的这几句对话里，童舟理出了一点儿头绪。狄弦曾经有很多兄弟，一共有十五个之多，狄弦排行第四，这个骷髅脸的男人排第十五。但是狄弦似乎和这位十五很不对付，以至于设置了陷阱把他送入驰狼的包围圈。可惜十五并没有死，眼下回来找狄弦的晦气来了。从他那张可怕的脸和金属重铸的四肢，可想而知他所受过的磨难。

这是怎样的一帮兄弟啊？童舟居然一下子暂时忘记了自己还身处险境，心里充满了好奇。十五好像看出了她的心思："你很想知道我们是怎样的一帮兄弟，对吗？"

童舟还没答话，狄弦已经插嘴了："你完全可以放了她。她只是我的助手，笨头笨脑什么都不知道。"

"这一点我倒是相信你，"十五微微一笑，"你是那种对自己的兄弟也不会吐露真相的人。不过我不会放她走的，毕竟你我是好兄弟，我希望你在上路的时候不至于那么寂寞。"

"好吧，既然你已经决定杀了我，能不能先告诉我这到底是怎么回事？"童舟说，"我不想变成一个糊涂鬼。"

"那是一段很美好的回忆，"十五说，"我建议由老四亲自来讲。虽然过去了这么多年，我相信他仍然对那些甜蜜的往事记忆犹新。不过现在不急，等我们出发后在路上讲吧。"

"出发？我们要去哪儿？"童舟问。

"回瀚州。"狄弦说。

十五无疑是个雷厉风行的人，很快童舟和狄弦一起被转移到了一艘海船上。船从澜州擎梁半岛出发一路向西穿越潍海，几天后就能到达瀚州。而童舟从泉明港出发去澜州走的是差不多的路线，她不禁想，不仅仅白跑一趟，最后还要沿原路回去送命，真是岂有此理。正因为如此，不听狄弦把前因后果交代清楚，她可真是死不瞑目。

船行一天后，狄弦和童舟被从底层的船舱里放出来，在甲板上透气。狄弦身上的几处重要穴位被几根透明细线穿过，童舟知道，那是用剧毒的殇州尸麇的骨胶做成的尸麇线，专门用来克制秘术师的。她虽然心痛，却也没有办法，知道离开了狄弦的秘术，就算自己能用蛮力挣脱绳索，两人终究还是无法在茫茫大海中逃生。

"这里倒是蛮适合讲故事的，"狄弦眯缝着眼，吹着凉爽的海风，"听说过《魅灵之书》吗？"

童舟愣了愣："《魅灵之书》？真的有这种东西存在吗？"

听到"魅灵之书"四个字，童舟开始意识到了事态的严重性，同时一种渗入骨髓的寒意从脚底一直蹿升到头顶。《魅灵之书》，一本只存在于传说中的黑暗秘术典籍，据说其中记载了种种常人难以想象的邪恶秘术，足以摧毁九州大地。而书名叫《魅灵之书》的原因也很简单：在传说中，这本书的撰写者是一个魅。

童舟的养父童维去世前曾对她讲过一些与《魅灵之书》相关的传闻。据说这本书的成书年代还在魅族建设蛇谷城之前，在那个时代，人类和魅族的关系已经相当糟糕了，很多魅开始隐姓埋名地生活，不再敢于暴露自己的身份，但人类更加觉得这样的魅族怀有异心，对他们愈加地警惕。

那时候有一位魅族的秘术大师，伪装成人类居住在一个小山村里，虽然他秘术功力深厚无比，却性情淡泊，只是以钻研秘术为乐。他在三十岁那年娶了一个人类做妻子，一年之后，妻子怀孕了，这成为他一生中最幸福的时刻。但就在妻子临盆前，他的魅族身份被人揭穿了，乡民们扛着镰刀锄头打上门来，要求他马上搬走。

令他完全意想不到的事情发生了。一直和他感情甚深的、已经有八个月身孕的妻子知道了他是一个魅，竟然立刻惊怒交集，宣称不能再和他生活在一起。完全慌了手脚的秘术师恳求妻子留在自己身边，拉扯中妻子无意间摔倒在地，导致了流产。而妻子就在这时候说出了改变秘术师一生的那句话。

"这样最好！"痛得满头汗珠的妻子恶狠狠地瞪着他，"无论怎么样，我也不能为一个魅生下孽种！绝对不能！"

秘术师有了醍醐灌顶的彻悟。他默默地离开了山村。当天夜里，整个山村里的人都一夜暴毙。而秘术师独自一人找到了一个荒僻的地方隐居，开始潜心钻研各种黑暗秘术，并最终写成了《魅灵之书》。这本书中所记载的种种秘术，往往都需要极强大的精神力作为基础，一般而言，只有魅才具备那样的精神力，所以《魅灵之书》实际上只是一本为魅而写的书，其目的不言而喻。

"是的，《魅灵之书》是真的。"狄弦说，"这本书从当年的那位秘术大师手中一代代往下传，一代代地不断完善，终于有一位传人认为时机已到，他可以凭借这本书向人类宣战了。那个人，就是我和十五的老师，一直隐居在瀚州。我们一共有十五个魅，按年龄我排行第四，十五是最小的。"

"你们都是他从九州各地搜罗并收养的吗？"童舟问。她惊奇地发现狄弦的脸色变了，呈现出一种极度厌恶的表情，她很难想象这样的表情会出现在狄弦脸上。

"我们也可以算是收养的，但还有更确切的说法，"狄弦阴沉着脸，一字一顿地说，"我们是……"

"我们是被制造出来的！"一个声音插了进来。那是十五。

"制造出来的？"童舟很是茫然，"这话是什么意思？"

"你是一个魅，那你应该很清楚，魅是怎样形成的？"十五反问。

"我们魅都是由飘散的精神游丝慢慢凝聚成虚魅，再由虚魅收集物质材料，最终凝聚成实魅……"童舟说到这里忽然反应过来，"你们是被人用人为的方法吸取精神游丝，然后凝聚成的！"

"是的，那就是《魅灵之书》里面所记载的方法，"十五点点头，"应用这种方法，我们就能源源不断地生产出魅族，让我们的人口得到迅速增长，这样的话，我们相比其他种族最大的劣势——人口差距，就能够一点一点被弥补！"

童舟觉得自己从来没有那么震惊过。从所有的魅族长辈口中，她都能够听到关于魅凝聚的种种说法，而这些说法都无一例外地指向同一个词——艰难。魅的凝聚是一个长期的、艰巨的、充满种种变数的过程，且成功率非常低。许多虚魅在寻找到足够的物质材料之前就因为精神力耗尽而消散了，还有很多魅凝聚失败，最终拥有了一个丑陋而畸形的身体。所以魅族的人口远远低于九州其他的智慧种族，甚至于在蛇谷城之前从来没有能够形成一个完整的社会。但如果真的能够有计划地"制造"魅，那就大不一样了。

"你们真的是被制造出来的？"童舟喃喃地说，觉得自己的脑子有些不够用了。聪明的狄弦，臭脾气的狄弦，秘术精湛的狄弦，竟然会是一个被人为制造出来的实验品？

狄弦默默地点点头，没有说话，眼望着船外飞过的海鸥。童舟很快又想到了什么："可是，如果真是想要大量增加魅族人口的话，怎么会只制造了你们十五个？十五个魅能管什么用？"

"因为这种方法还非常不完善，"狄弦低声说，"老师最后得到的是我们十五个，但因为凝聚失败而被直接放弃的，至少有⋯⋯上千个。所以老师把我们的居处称为'魅冢'。"

童舟惊呼一声，脸色变得惨白。不必问她也懂得，所谓被"直接放弃"是什么意思，想象着那上千个无辜的生命，刚刚被制造出来就面临着毁灭之灾，她一阵没来由的恶心。

"老师要的是完美的魅，这样的魅才能学习《魅灵之书》，继承他的志愿，"十五说，"事实上，在我们十五个兄弟当中，我其实长得最英俊，如果把我放进东陆的士族里，是可以让贵族小姐们失声尖叫的。当然了，拜我的好兄弟老四所赐，现在我成了这个样子，贵族小姐见到我也只有吓晕的份儿。"

他的语声平和中略带讥诮，但童舟可以想象他心里沸腾的怨毒，而她也敏锐地注意到，在提到那上千个被毁掉的魅时，狄弦十分不忍，十五却面有得色。这对兄弟果然不是一路货色，她想。

"你们有了十五个兄弟，后来呢？发生了什么？"童舟接着问。

"我们都被按照婴儿的模板凝聚而成，然后接受老师严酷的训练，"狄弦说，"老师把我们放在各种各样的险恶环境里，并且经常用真实的秘术杀招来训练我们，以便让我们成为他心目中最理想的、可以学习《魅灵之书》的人才，如果不成，宁可废掉。尤其重要的一点，他从来没有停止过向我们灌输对人类的仇恨。"

"我那时候就应该看出你的异心的，"十五叹了口气，"但是你装得太乖巧，我半点儿也没有怀疑过你，所以才会酿成最后的结局。你能猜到老四干了什么吗？"

最后一句话是向童舟问的。童舟想了想："是不是狄弦他……背着你们偷走了《魅灵之书》？"

"如果他真的那么做了，也许反而好一些，"十五的双目闪动着异样的光芒，"可惜他做的是比这糟糕得多的好事。"

"什么事？"

"我已经说过了，好事嘛，"十五的语调依然平静，"我们的兄弟，一向看起来对老师最为忠诚的老四，为人类做了一件大好事。首先，他把他的十四个弟兄诱进了朔北驰狼的包围圈中，结果十四个兄弟有十三个葬身狼腹，侥幸逃生的那一个……变成了现在你所看到的这个样子。"

童舟看着那张几乎没有半片肉的可怕的面孔，心里想着被驰狼锋利的牙齿一口口咬在身上的滋味，只觉得仿佛有小虫子在背脊上爬动。而她也没有想到，狄弦会是一个那么决绝的人，对自己一起长大的兄弟也会下那样的辣手。

"觉得我太残忍、太绝情了，是不是？"狄弦问。

"有一点儿，"童舟很诚实地说，"虽然我完全可以猜到你的动机。你不希望你的老师造就出这十五个疯狂仇恨人类的强大秘术师，你不希望魅族挑起对人类的战争，站在理智的角度，你当然是对的。可我也是一个魅，想到为了保护人类而杀害自己的同胞，总不会太舒服，就像我听到蛇谷城的摧毁有你的一份功劳时。"

"啊哈，原来蛇谷城被毁也有你的一份，"十五听上去很愉悦，"人类实在应该给你发一块'人类之友'的勋章才对。"

"至少我所做的是为了保全更多的魅，"狄弦看着十五，"而你又做了些什么呢？为了引诱我出来，你在九州各地杀害了那么多魅，你心里有感到过惭愧吗？"

"你说什么？那些割掉头皮的魅……都是他杀的？"童舟急忙问。

"是的，他杀了那些魅，"狄弦叹息着回答，"他故意让自己的行迹被白狼团发现，以便向他们演示只有《魅灵之书》上才记载有的秘术；他故意化名收购魅的头发，让我以为他已经掌握了《魅灵之书》上一种极端邪恶的修炼方法。他的目的就是把我引出来，而他最终达到了这个目的。"

"那一次，我们所有的兄弟被派往瀚州北方，按照老师的要求去活捉几头驰狼，因为狼血能够帮助他完成某项秘术，而按照老师追求至善至美的性子，要用就用最好的驰狼血。"十五回忆着，"老四一向擅长观察动物的踪迹，所以我们都跟随着他走，但谁也没想到，他并没有如他所说，带着我们寻找到一小股的驰狼，而是把我们引进了大股驰狼的包围圈，而他自己在此之前已经逃掉了。我们杀死了上百头驰狼，但最终还是陷入重围。我拼死跳进一条冰河，勉强逃生，其余兄弟统统死在了驰狼的爪牙之下。"

"我足足花了一年时间才养好伤，带着满腔的愤恨回到魅冢，但我却发现魅冢已经被完全封闭了，我们亲爱的老四毫无疑问独占了《魅灵之书》，至少布置了二十种令我完全无能为力的秘术机关，让我无法进入。这倒并不出乎我的意料，因为他既然能对我们下手，自然也可以对老师下手。"

"这之后我花了五年时间修炼秘术，利用我在坠入冰河后意外发现的沙金积累力量，开始想要寻找老四。但老四隐藏得很好，我完全打听不到他的下落，没有办法，只能布置一点儿小圈套引他上钩了。"

童舟发问："你指的就是魅的头发吗？那是怎么回事？"

"那是《魅灵之书》里记载的一种能提升自身力量的邪术，"狄弦说，"魅的凝聚就是一个精神力转化为物质的过程，而魅的头发就是精神力的关键。根据这种邪术，收集大量魅的头发，可以提炼出强大的精神力为提炼者所用。这也是我翻阅过《魅灵之书》之后才知道的。正因为如此，当我知道有人在黑市里收购魅的头发时，我才以为有人已经打破魅冢，得到了那本书。"

他转向十五："你究竟是怎么知道这个邪术的？难道你背着老师偷偷翻看了《魅灵之书》？"

　　"老师把这本书看得比他的命还重，我可没机会翻看，"十五咧嘴笑了起来，露出白森森的牙齿，"但我可以看到老师自己在干什么。"

　　"你是说，老师自己也在收集魅的头发？"狄弦眉头一皱。

　　"你以为老师经常扔下我们，独自出去游历是为了什么呢？"十五说，"所以我一直觉得，我才是真正应该继承老师衣钵的那个人，因为我和老师有着共同的理念：为了制造出一个强大的魅，可以牺牲一些无足轻重的同族。"

　　"我明白了，你只是观察到老师收集魅的头发，然后你就猜到那一定是《魅灵之书》上的记录，只要原样再做一遍，一定会引起我的注意？"狄弦说。

　　"只有《魅灵之书》的内容才可能引发你的关注，"十五说，"我故意和那些驰狼骑撞上，故意用老师教我们的秘术杀死他们的人，这样就有了两个可以吸引你的因素了。但那还不够，我还需要让你确信，魅冢外的所有秘术防护都已经被解除了，这就是我盗走那件法器的原因，只有它才能消解一切秘术。当然，只要我们重新回到魅冢，你把《魅灵之书》交给我，我会真的使用它的。"

　　"也就是说，我还能多活几天？"狄弦眨眨眼，"我以为你现在就准备干掉我呢！"

　　"因为你实在是太聪明了，"十五耸耸肩，"就算我能消除掉所有的秘术陷阱，也不能保证可以找到那本书。还是押着你亲自找出来比较好。"

　　"可我还是有一个疑问，"狄弦说，"你为什么那么肯定我会去澜州，以法器的失踪为线索开始我的调查，而不是直接回瀚州去查看魅冢？"

　　"因为你胆怯，"十五用得意的语调说，"当你知道从前被你杀死的兄弟又复活时，你不敢去相信，更不敢去面对。所以你也不敢去查看魅冢，而宁愿多绕一个大弯子。我们在一起待了很长时间啊，我的兄弟，在你勇敢的外表下，只有我能看出你内心的怯懦。"

八

几个月内第二次踏上瀚州草原，童舟的心情却截然不同。上一次带着一些归乡的兴奋，这一次却只剩下了阶下囚的郁闷。十五看来真的从沙金里淘到了不少钱，身边带了不少武艺高强的侍从，让她想逃跑也有心无力。而狄弦始终被尸麂线所捆绑，完全无法施展秘术。

草原逐渐进入了夏季，绿草和野花在疯长，恼人的蚊虫也都钻出来四处飞舞。狄弦和童舟沿路被捆绑着，连腾出手来驱赶蚊蚋都不行，走了半个月，随着队伍越来越深入草原，童舟觉得自己已经快要疯了。如果有可能的话，她希望自己眼前有一个油锅，自己能够跳下去，把每一寸皮肤都用油炸透，只要能止住那可怕的瘙痒。

狄弦比她还惨，因为被尸麂线穿过的皮肉虽然涂抹了伤药，但仍然在一点点流血，血的气味招来了更多的蚊虫。但他显然比童舟更能经受这一切，一路上一声都不吭，对全身的疙瘩泰然处之。

要是放在往常，她多半已经忍不住要嘲笑狄弦两句了，现在她却不忍心那样做，也许是因为她终于得知了狄弦的身世。这样一个骄傲到眼高于顶的人，却是用奇特的邪术"制造"出来的，而他的生命之下，还有上千具尸骨垫背，这样的滋味想必并不好受吧？

童舟忽然有点儿理解了狄弦的乖戾和自傲，他需要一层外壳来掩饰内心的孤独和脆弱。和童舟身体上的缺陷不同，狄弦的缺陷在灵魂里。

她一路上胡思乱想着，越是心里存着这样的念头，就越觉得狄弦看起来和往常不同。随着一行人深入瀚州，她的心里又多了几分好奇。在她的印象里，通常类似于狄弦的老师这样的大魔头——小说里的专业术语——总是会隐居在深山里，因为山这种东西总是能帮人隐匿行踪，几乎所有小说中的遁世高人都藏在一个叫某某谷的地方。但草原如此平坦，如此无遮无掩风吹草低，一个心怀绝大野心的大魔头怎么能不被人发现呢？

"你说什么？魅冢藏在这个大湖里？"童舟看着眼前的溟朦海，有些不知所措。

溟朦海当然不是海，而是一个大湖，只是因为蛮语里把所有类似的淡水湖都称为海，故而得名。溟朦海是北陆的第一大湖泊，一碧万顷，无数逐草而居的牧民都曾来到过湖边，即便蛮族人基本都不善水性，这个湖里恐怕也不会留有什么未经探索的神秘地带了。

"但它有一个天大的好处，永远不会有什么大规模的马队、船队、人群经过，"十五说，"所以在这样的湖里，要用秘术把魅冢藏起来实在容易得很。那不过是一个浮岛而已。"

"而在这个浮岛的底部，湖底深处的淤泥里，埋藏着上千具魅的尸骨，"狄弦淡淡地补充说，"直到现在我都还经常做梦，梦到自己回到了魅冢，那些死去的魅晃动着白骨从泥里站起来，呼唤着我。"

童舟打了个寒战，不再多问。早已等候在溟朦海湖畔的十五的手下推出了一艘小船，童舟发现这真是一艘名副其实的小船，上面最多能坐三四个人。这时另外几名手下从狄弦身上解下了尸麂线，同时也给童舟松了绑。

"只有我们三个能够见到魅冢，"十五说，"不过你们不必想要花招。姑娘，我知道你的蛮力很大，甚至比我手下的任何一个男人的力气还要大，但在我面前，力气是完全没用的。"

他的金属手指随意地从关节处弯曲了一下，童舟再次感受到了兰姐曾经在她身上施放过的那种令人丧失力气的秘术。不同的是，十五的秘术来得更快更迅猛，如果说兰姐所做的像是让堤坝决口，十五则像是把整条堤坝化为齑粉，童舟只觉得全身的力量一泻千里，双腿一软，摔倒在了地上。十五再次轻弹手指，她才感到力量恢复，挣扎着站了起来。

差距太大了，童舟心里一片冰凉，知道自己完全无法奈何十五。而狄弦被尸麂线束缚了那么久，身上的精神力早就散光了，在短时间内想要重新蓄积是不可能的。

"划船吧，姑娘，"十五重新恢复了他那诡异的微笑，"这艘船本来应该两个人划，但以你的力气，一个人就够啦！"

童舟在那一瞬间感受到了命运的无常与滑稽可笑。泛舟于溟朦海上本来是她一直以来的梦想，但她没有船，而那些在岸边出租小舢板的该死的华族人要价太高，她始终舍不得，只能晚上缩在被窝里向天神祈祷。现在愿望成真，终于可以在溟朦海上划船了，却是在如此尴尬的处境下，假如这世上真有天神存在的话，那可是眼睛长到屁股上去了。

十五纯熟地指点着方向，小船渐渐进入了湖心深处。童舟破罐破摔听天由命，一路上努力分散精力，什么都不想，只管欣赏溟朦海的美景，颇有几分自得其乐的快感。

"就是这儿了，停下来吧。"十五说。童舟依言停止划桨，看着眼前一片空旷的水域发呆。十五高举起左手，手心向天，嘴里默念符咒，十来秒钟的停顿之后，就像是重重迷雾终于被风吹散一样，突然之间，童舟的眼前就出现了一个巨大的轮廓，并立即变得清晰。

这是一座巨大的浮岛，底部由无数的圆木构成，呈一个近乎完美的圆形。瀚州的主要地形是草原，树木较少能看到，光是收集这些圆木，估计就足够费心思了。浮岛上有若干间茅草屋，倒是看起来相当简陋。浮岛上一片死寂，既没有动物出没，也没有生长哪怕一棵草、一株花，令人很容易就联想起那些传说中的幽灵岛。

表面上看来，这个浮岛宁静而空旷，突然现身之后，吸引了不少水鸟的注意。一只白色的鸬鹚在浮岛上空盘旋了一阵子之后，开始谨慎地朝着一间茅草屋下落，但就在距离茅草屋的屋顶还有几丈距离的地方，这只鸬鹚仿佛被某种神秘的力量狠狠撞击了一下，"嘭"的一声巨响后，像一块石头般划出倾斜的轨迹，被撞出了浮岛的范围，落在了湖水里。

而另一只红鹤从另一个方向靠近浮岛，忽然间就全身起火，几声凄厉的惨叫之后，被一股碧绿色的火焰烧成了灰烬。十五说的不假，这座浮岛的确是用层层秘术保护起来的。

"现在是这件法器派上用场的时候了。"十五说着，从怀里取出了一枚褐色的东西，看起来像是一块寻常的雨花石，半点儿也不起眼。他把法器托在掌心里，法器开始慢慢旋转，颜色也慢慢变成了透明色。

与此同时，童舟觉得周围的空气似乎令人不易察觉地震动了一下，又好像是有一股若有若无的微风拂过面颊，她觉得呼吸一室，有一种说不出来的难受感觉流遍全身。而浮岛却在这时候嗡嗡震动起来，整座岛都在不住地震颤，空气中噼噼啪啪闪过无数闪亮的火花，气温也陡然下降了不少，童舟低下头吃惊地发现手里的船桨已经不再滴水了——上面残留的水珠都凝结成了冰。

　　旋转的法器越转越快，颜色却已经不再透明，红色、黄色、蓝色……各种驳杂的色泽好像是被吸入了法器一样，使它变得五色斑斓。浮岛的震颤达到了极致，突然一声震耳欲聋的爆裂声，所有的异象在一刹那消失无踪，法器也停止了旋转，呈现出触目惊心的血红色。

　　"上岛吧。"十五扬手示意。童舟把小船划到浮岛旁边，用缆绳系住一根圆木，先扶起看来有些虚弱的狄弦上了岛，十五跟在两人身后。

　　童舟的心脏怦怦直跳。虽然十五已经用法器消除了岛上的一切秘术，她仍然有一种错觉，觉得有无数的精神游丝在岛上游走，像水一样汩汩地流动，仿佛那些都是死去的魅或者正在凝聚的魅的灵魂。这里就是魅冢，一位魅族秘术大师苦心经营的隐居之地，他想要在这里完成他毕生的梦想，可惜未能如愿；在魅冢的下方，湖底的淤泥中，无数的骨骸永恒地静默着。

　　十五缓缓地走在两人身后，每一步都踏得很坚实，似乎是在怀念过去的时光。他忽然伸手指向前方的一座茅草屋："老四，那间屋子，当年就是我们两个住的地方。"

　　狄弦点点头："没错，就是那间。我们总是去偷老七和十四的鱼干，而且每一次出手都风卷残云片甲不留，把他们气得半死不活的。"

　　两人一面行走，一面随意地交谈着，就好像多年不见的老朋友故地重游，共同追溯着过去美好的记忆。但十五那带着金属声的脚步，每一步都在提醒着童舟：如果真存在什么美好的记忆，也早就被淹没在了十五断肢的血腥味中。这两个或许是九州世界中秘术最高强的魅，彼此之间早就不存在什么友谊，所剩的只有刻骨的仇恨。

十五忽然放慢了脚步，指着前方一座圆顶的茅草屋："那就是老师当年的居所啊！"

"老师的尸体就在里面，《魅灵之书》也在里面，"狄弦平静地说，"他临死之前要求我，就把他的尸体留在那间屋子里，他好永远地守护着那本书。"

十五有些奇怪地看着狄弦："老师难道不是死在你手里的吗？"

"你进去看一眼吧，"狄弦伸手推开房门，"老师是不是死在我手上的，你看一眼就能明白了。"

十五盯着狄弦看了很久，慢慢地说："你和这位姑娘先进去。"

"可以，没问题。"狄弦拉着童舟走了进去。

茅屋里散发着一股呛人的尘土味和霉味，童舟忍不住咳嗽了两声。屋里很暗，但十五显然很熟悉屋内的结构，弹指间点亮了屋里的一盏水晶灯。

屋里的陈设很简单，一张床，一张桌子，一把椅子，除此之外没有任何多余的东西。但童舟的视线仍然无可遏制地被那张椅子吸引过去了，因为上面坐着一个人，一个一动不动的人。毫无疑问，这就是狄弦和十五的老师，那个疯狂地以《魅灵之书》为人生信仰的魅。

大大出乎童舟的意料，这并不是一个白发苍苍的老者，甚至不是一个额头上有皱纹的中年人，这个魅看上去甚至比狄弦还要年轻，星目剑眉，脸形堪称英俊。但另一方面，他又和英俊绝不沾边，因为他的皮肤完全变成了透明色，可以通过皮肉清晰地看到骨头，这使得这具躯体显得怪异而恐怖。

"很多精神力足够强大的魅，都不会在外形上展现出衰老的痕迹。"狄弦看出了童舟的不解，向她解释说。

十五没有在意两人的对话。他径直走向老师的尸体，盯着这具无比诡异的身躯看了很久，这具肤色透明的尸体头略向左偏，靠坐在椅子上，双目微闭，仿佛只是在小憩，但尸体上散发出的防腐香料的气味告诉人们，他早就死了，只是依靠着防腐药物凝聚住他一生中最后的形态。转过身时，十五的眼神很是奇异。

"老师是溢出而死的，不是你杀死的！"十五一字一顿地说，"这到底是怎么回事？"

所谓溢出，是专属于魅的一个术语。当魅溢出时，精神力会在瞬间暴涨，发挥出比往常更加强大的力量，但带来的结果是，精神力也会完全失控，最终导致死亡。很多情况下，魅的身体甚至会因此而灰飞烟灭。眼前老师的尸体虽然并没有完全消失，但发生的改变也足够骇人了。

"我从来没有说过老师是我杀死的，"狄弦一摊手，"只是你始终那么认为而已。"

"老师为什么会溢出？"十五问。

"你可以猜，你甚至可以认为是我袭击了老师，逼得他溢出，"狄弦的语调中突然间又充满了他惯常的那种嘲弄，"这样你的心态能更坚定一点儿，你的仇恨之火也可以烧得更旺一些。"

"你放心，无论如何我都会杀掉你，所以老师怎么死的并不重要。"十五的语调仍然努力保持平静，但已经可以听出一丝怒意了。童舟陡然间意识到，狄弦是在攻心，他在用一切方法撩拨十五，让他的心态失去平静。这之前十五不但握有实力上的绝对优势，更重要的是在心态上也始终摆定了从高处蔑视狄弦的姿态，但现在，这种姿态有些动摇了。

但这样有用吗？童舟还是觉得希望渺茫，狄弦的精神力现在应该不到平时的一小半，自己空有一身力气，在这样的顶级秘术师面前发挥不了半点儿作用。

"的确，老师怎么死的并不重要，你只需要知道，是我害死了十三个兄弟，是我害得你四肢尽废就足够了，"狄弦说，"那样你可以站在被背叛者的位置上，无所愧疚地杀死我。但是现在，你动摇了，老师不是被我杀死的这个事实，无疑让你想到了更多。尤其是当你仔细猜测老师为什么会选择溢出的时候，对于那一次驰狼的陷阱，也许你会有更多的联想。"

这话是什么意思？童舟一愣，猛然一激灵：难道狄弦设计把自己的十四个兄弟送入驰狼的陷阱，实际上是老师授意的？他这样做用意何在？

十五的眼睛里闪过了一丝犹豫的光芒，但一闪而逝，他的眼神随即充满了杀意。童舟看出不对，一把将狄弦扯到自己身后，但她也清楚，面对着一个强大的秘术师，自己的这一举动完全没有任何作用。如果愿意的话，十五可以轻松地绕过自己杀死狄弦，而让自己不损分毫。当然了，他多半会选择最简单的处理，同时把两人一起炸成碎片。

"你选择得对，"狄弦嘲弄的意味更浓，"与其纠缠于往事让你分心，还不如不管三七二十一，把我杀死再说。可是你忘了吗？你来到这里最大的目的是寻找《魅灵之书》，而不仅仅是复仇。"

"杀死你之后，我有足够充裕的时间来找它，"十五冷峻地说，"相比起可能存在的机关和陷阱，现在我认为你更危险。"

"你说得对。"狄弦简短地回答了四个字，然后做出了一个让童舟差点儿跳起来的动作。

——他从童舟的背后伸出手，穿过她的臂下，环住了她的腰。

这是在干什么？童舟先是吓了一大跳，继而觉得很糊涂。毫无疑问，这是一个拥抱的动作，狄弦从背后伸出手，抱住了自己。

莫非是鸟之将亡其鸣也哀，狄弦在用一个拥抱表达他人生中最后的善意？童舟被狄弦这么搂着，觉得自己连头发都要立起来了，甚至不知道自己应该转身给他一耳光还是应该话时地脸红一下。

但狄弦并不满足于这一个搂抱的动作，他的双手继续向上，按到了童舟的脖子上，并且两手同时抓住了一样东西。

玉石。狄弦抓住了童舟戴在脖子上的那块玉石，确切地说，抓住了用来拴玉石的那根红丝线。玉石是狄弦离开泉明港之前留给童舟的，并叮嘱她戴在脖子上，可以替她暂时压制体内的精神力，所以童舟一直把它挂在脖子上。

而现在，狄弦抓住了红丝线，在童舟反应过来之前，用力一扯。丝线断裂了，玉佩掉到了地上，裂成了两半，但狄弦似乎完全不在意，而是紧紧抓着红丝线，收回了手。

而就在这一刻，童舟感受到了狄弦的精神力，她一直所熟悉的那股强大到异乎寻常的精神力，就像忽然暴涨的潮水一样，重新从狄弦身上迸发出来，几乎可以和身前的十五分庭抗礼。

"老师把系魂丝也留给你了？"十五的声音里充满了恨意。

"作为他唯一信任的学生，我当然可以比其他人得到更多，"狄弦说话的声音已经中气十足，不复之前的衰弱，"你抓住我的时候，我身上所剩下的精神力不足平常的十分之一，其他的全都贮藏在了系魂丝里，现在它们都回来了。我们之间的差距，或许就只剩下那十分之一了。"

童舟这下子总算明白了：自己又被狄弦算计了。从一开始狄弦就根本没有想要甩掉自己，正相反，他一直都在欲擒故纵，几乎是诱骗着自己一路追随而来，为他送来能够对抗十五最关键的法器——系魂丝。

狄弦无疑深知十五的谨慎，也深知只有自己失去力量，才有可能让对手彻底放心，才有可能得到面对十五的机会。所以他出发之前就把他自己放入了绝境，将绝大部分的精神力吸入了系魂丝里，这样即便被尸麂线穿透，所损失的也不过是十分之一的力量。

但是这个该死的王八蛋并不告诉自己真相，反而把那块无足轻重的玉描绘得十分重要，骗自己戴在身上，童舟心里好不悲愤。万一自己不想戴呢？又或者万一自己觉得那根红丝线好难看——确实不怎么好看——顺手把它扔掉换了根新的呢？可惜世上没有那么多万一，已经发生了的才是历史的真实。狄弦就像走钢丝一样惊险而完美地利用了自己。

"别想那么多了，现在不是生气的时候，"狄弦像是看出了童舟的心思，"大不了回头让你揍一顿，但现在，你最好赶紧找地方躲起来。十五的实力仍然占上风，残损的四肢反而激发了他对精神力的修炼，在这一点上，我不如他。"

九

童舟躲在一间茅草屋的外墙后，探出一点儿脑袋窥看着狄弦和十五的拼斗。两人站在浮岛上的一片开阔空地上，脚下谨慎地踩着步法，手指不断绘制秘术印纹，已经转了好几十圈，仍然没有谁发起进攻。童舟明白，高手相搏，稍微出一丁点儿岔子就意味着重伤甚至于丧命，所以虽然两人到现在为止还没有放出半个秘术，她的心仍然提到了嗓子眼儿。

她所不知道的是，这两个人彼此太熟悉了，光从步法和手指的轻微运动，就能大致猜测到对方所选择的秘术方向。表面上看起来，两人只是在不断转圈，但实际上已经交换了超过四十个回合的秘术对拼，只不过谁的秘术都没有最终放出来，全都被扼杀在了绘制秘纹的阶段罢了。

"转的圈子越多，你越吃亏，"狄弦忽然开口说话，"你的四根义肢都依靠着你的精神力在驱动，这让你的消耗比我更大。"

"不会太大，这十年来，我从来没有一天停止过修炼，"十五说，"就算在这里走上一天，我的精神力仍然强于你。不过你这句话倒是提醒了我。"

"提醒了你什么？"狄弦问。

"你无非是想让我分神，让我急躁，"十五悠悠然答道，"但要让你分神，似乎更加容易一点儿。"

话音未落，他就完成了秘纹的绘制，左臂抬起轻推，一股灼热的赤焰激射而出，冲向了远处的童舟。

童舟感到一股灼热的气浪迎面而来，顾不得多想，立刻趴在地上，那股热浪呼啸着卷过头顶，连头发都烧焦了几根。在热流的冲击下，茅草屋的墙上洞穿了一个大洞，随即屋里屋外都猛烈地燃烧起来。这只是郁非系操纵火焰的初级秘术，但在十五的手下却具有如许的威力。

而狄弦的秘术也同时发动。他使出了亘白系的风刃术，一道道肉眼看不见的风刃向着十五连环猛击，使他不得不用秘术凝成保护罩来抵挡。

"怎么样，着急了吗？"十五咧嘴一笑，"这就是我和你的区别，我只需要牵挂自己，而你却不同，多情的种子。"

他嘴上讽刺着狄弦，手上丝毫不停，在抵挡风刃的间隙，不断用流焰袭击童舟。童舟在浮岛上抱头鼠窜，身后的物体不断被击碎或者点燃，不久之后，所有的茅草屋都着了火，浮岛上烈焰熊熊。幸好用来做底座的圆木材质特殊，加上被水浸泡透了，并没有燃起来，尽管如此，这些圆木也被十五击毁了不少。

"真是个疯子！"童舟百忙中不忘破口大骂，"你就不怕你要找的那本破书被你自个儿烧成灰吗？"

"幼稚！"十五摇摇头，"你以为《魅灵之书》是一本可以被毁灭掉的寻常的书吗？"

十五的精神力已经完全发挥出来了，灼热的气浪令湖面的空气都变得滚烫，童舟觉得呼吸越来越困难。而狄弦不断换用不同的秘术，风刃、雷电、火焰、冰雪……没有哪一种能够穿透十五的保护罩。那是谷玄系的秘术，可以阻挡一切的秘术攻击。

"看到了吗，这就是你和我的差距！"十五咆哮着，"失去四肢只能让我的精神力更加强大！"

他那张没有血肉的脸上布满了杀意，精神力源源不断地涌出。郁非秘术发挥到了极致，让浮岛周围的湖水都开始蒸腾起白气，童舟用尽全力抵挡着可怕的灼烫，只觉得自己置身于炼狱之中，无处不在的热量翻滚着、煎熬着，仿佛她的血液都要被蒸发掉了。浮岛在不停地颤抖，让人立足不稳，恍若地震。

狄弦咬着牙关，突然变招，不再使用风刃。他高举双手，向天空发出一声低沉的吟唱，天色忽然阴了下来，云朵聚集在浮岛上空，紧接着一股寒流席卷而过，天空飘散起白色的雪花。雪在几秒钟之内变成了雪粒，一颗颗砸了下来，浮岛上的灼热开始消散，火势也开始变小。

"你做出了错误的选择，"十五狞笑着，"这种大范围的岁正法术并不是你所擅长的。为了救那个妞的命，你的精神力会加倍损耗的。"

狄弦不答，全力催动秘术，他将从天空落下的雪粒聚拢，其凝聚成数十支冰箭，向着十五激射而出。十五一扬手，冰箭瞬间在半空中汽化，只剩下缕缕白烟。

"我说了，你的精神力已经衰减得足够厉害了！"十五高喊着，"你没有机会了，我要把她烧成灰烬！"

他的手心聚拢了一团红色的火球，扭头开始寻找童舟所处的方位，但目力所及的范围内，竟然都没有见到人。

童舟不见了。

十五原地转了个圈，却始终没有发现童舟的踪影，正在疑惑，突然脚下一阵剧烈的震动，接着一股巨大的力量打在了他的义肢的膝盖上，他整个人都被击飞了。

童舟从地上的破洞里钻出来，浑身湿淋淋的，大口喘着粗气。她本来只是从地面被击碎的破洞处跳进水里，以此逃脱火焰的灼烧，但刚刚入水，一个念头就产生了。她也不管行不行得通，憋足一口气游到了十五的下方，然后全力双拳击出。幸运的是，这个战术奏效了。

十五的两条假腿都被童舟刚猛的拳头打断了，这让他几乎无法移动，狄弦趁机抢攻，勉强扳成均势。童舟大大地松了口气，从地上捡起一根被炸飞的圆木，准备找机会再给十五一下子，这时候她却发现地面上有一个小东西在滚动，眼看就要掉进水里了。

童舟眼疾手快，把这件天氏羽族无比宝贵的法器抄在手里，一个聪明的念头冒了出来：为什么不用它消解掉所有秘术？那样的话，三人都没有秘术，凭自己的力气就能干掉十五了。

但问题也来了：这件法器怎么使用？童舟把这枚石子状的法器捏在手里，左看右看也摸不着头脑，抬头看看战局，十五索性稳坐不动，通过烈焰的轰击又慢慢占据了上风。她情急之下，死命把法器捏在手心，破口大骂："快点显灵，你这个废物！快点！"

"咔嚓"一声，法器应言显灵……被童舟捏碎了。

坏了，闯祸了！童舟赶忙把碎片往地上一扔，正不知如何是好，却听见碎片上发出了汹涌的咆哮声，就像是有上千只猛兽在一起发出怒号，就像是神鸟大风展翅引起的海啸，就像是有千军万马正在冲锋而来。

碎片震颤着，一道令人不安的白光直冲天际，一股旋风从中产生，越刮越大。童舟赶紧躲到狄弦身边，看着那迅速生长的旋风。狄弦和十五也同时停止了拼斗，眼神里所包含的丰富信息让童舟直想一头栽进水里淹死自己算了。

"你干得真不赖，"狄弦不知是真心还是在说反语，"千百年来，这件法器所吞噬的星辰力，都被释放出来了。"

"那会怎么样？"童舟傻乎乎地问，"我们会有危险吗？"

"我们会不会有危险不知道，"狄弦瞪了她一眼，"恐怕整个溟朦海都要被夷平了！"

旋风在疯狂生长，渐渐变成可怖的龙卷风，浮岛完全无法承受那巨大的力量，瞬间被撕扯成无数的碎片，三个人失去了立足之地，都落入水里。童舟左手夹住狄弦，右手费力地在水里划着。她还想寻找那艘小船，但小船早被一个浪头打沉了。

整个湖面已经形成了巨大的漩涡，而龙卷风还在不停扩大，那些被吸取的星辰力淋漓尽致地释放着，在溟朦海中刮起剧烈的风暴。三个人都在水里勉力挣扎，利用秘术稳定住自己，但看形势都没法坚持太久了。湖水掀起滔天的巨浪，把湖面上的一切都席卷其中，浮岛化为万千碎片，在湖水中颠簸跳跃。老师的尸体大概是因为曾经溢出的原因，竟然长时间浮在水面上，看上去格外诡异。但几个浪头一卷，终究还是沉了下去。

"我害了你！"童舟忽然大喊起来，泪流满面地抱住狄弦，"我真是个笨蛋，总是拖累你！"

"别废话，还没有到绝望的时候！"狄弦一面施术对抗风浪一面叫道，"只要还有一口气，就绝不能……等等，那是什么？"

从龙卷风的中心处，忽然有什么东西在上升。童舟眼尖："是骷髅！好多好多骷髅！"

是骷髅。无数白森森的骷髅正在从湖底的淤泥里升起，在水波中蠕蠕而动，触目惊心。这些都是当年失败的实验品，被老师扼杀并抛弃的实验品，在龙卷风的作用下，它们都浮出了水面，像是一支长久藏匿于水下的军队，在白昼的光线下反射着微光。而在所有骷髅的上方，有一本黑漆漆的书正在闪耀着不同寻常的幽蓝色的光芒。

十五大喊了起来："《魅灵之书》！你把《魅灵之书》藏到了湖底！"

那幽蓝的光芒诱惑着十五，但他在漩涡中自身难保，根本无力靠近。

就在这时候，《魅灵之书》发生了令人匪夷所思的变化：它脱离了水面，缓缓升到空中。

蓝光陡然间变得强烈，而龙卷风的风势也变得古怪，它不但没有继续扩大，反而缩小了范围，慢慢席卷向那道诱人的蓝光，旋涡的中心也随之偏移——所有的风势都集中到了蓝色光芒附近，旋涡中心的力量陡然加大，将被卷入其中的白骨一片片撕裂、碾压成碎片，但大旋涡的边缘范围反而在缩小。

"风好像变小了？"童舟吐出嘴里的水，有些讶异。

"不是变小了，而是力量集中起来了，有机会！"狄弦一拍巴掌，"快抓住那根漂过来的木头，用力划，尽全力划，向西边划，这里离西岸最近！"

童舟听令而行，抓住一根浮木，用右臂使出吃奶的劲儿全力划水。狄弦不断用驱风之术改变着两人身边的风向，将浮木吹向西方。大约划了半个对时，终于不再感受到那种席卷一切的旋涡的力量了，童舟松了口气，回过头时，惊讶地发现龙卷风的风柱仍然高翔于天，气势似乎更加惊人，但其中却隐隐透出蓝色的光芒。而附近所有的水鸟都在拼命向着岸边飞去，仿佛已经预见到了恐怖的灾变在靠近。

"那是《魅灵之书》本身的力量，"狄弦说，"十五没有骗你，这本书浸润了成百上千年的魅族的精神与灵魂，本身已经变成了一件独特的法器，羽人的法器被它的力量诱惑了。"

"那结局会怎么样？"童舟问。

"要么所有的星辰力都被《魅灵之书》消耗光，要么羽人的法器把《魅灵之书》吞下去，不过我觉得后者不大可能，"狄弦说，"《魅灵之书》虽然邪恶，终究包含的都是魅族的菁华，不会被任何东西吞噬掉的。"

"那它还会继续害人，"童舟神色一暗，忽然想起点儿别的，"十五呢？他应该已经死了吧？他的腿都被我打断了，又只有一个人……"

"我也但愿他就这么送命，"狄弦长叹一声，"但他是十五，我不相信他会那么轻易地死去。总有一天，他还会来找我，还会回到溟朦海来寻找《魅灵之书》。"

童舟不说话了，抬头望着狂舞的龙卷风。小小的《魅灵之书》当然无法在这种距离里被肉眼看见，但它的蓝色光芒却不断透过旋风的包围闪现出来。龙卷风的声势越威猛，越显出《魅灵之书》的沉静和无所畏惧——假如可以把这四个字用在一本没有生命的书上面的话。但是谁又能说这本书真的没有生命呢？它至少包含了一整个种族的灵魂在里面，虽然这灵魂始终笼罩着挥之不去的血腥气息。

十来天之后，狼狈不堪的两人终于回到了达密特的部落。童舟幸福地大吃了一顿手抓羊肉，夜晚的时候，她躺在草地上，吹着凉爽的夜风，看着天空中闪烁的繁星，感受到前所未有的惬意。

"想什么呢？"狄弦的声音在耳边响起。

"想你，想你的那些谎话，"童舟没好气地说，"这一趟你把我骗得好惨。"

"你为什么不反过来想，"狄弦说，"那正好说明了我信任你。我相信你不会扔下我不管，我相信你一定会来帮我，无论有多么大的危险，这才是我计策的核心。没有这种信任，一切都无从谈起。"

狄弦这番话难得地饱含真诚，让童舟听了大为受用。她斜眼看着狄弦："喂，有一个问题我这几天一直想问你，当年你的兄弟们是怎么死的，真的是你师父下的命令吗？"

狄弦沉默了许久。他在草地上坐了下来，抬头看了一会儿星星，缓缓开口："我当时那么说，只是为了打击一下十五，扰乱他的心神而已。事实上，那件事没有人主使，就是我干的。"

"为了什么？"童舟问。

"那将是我们的最后一次任务，在此之后，老师就会开始把《魅灵之书》传授给我们，"狄弦说，"不幸的是，除了我之外，我所有的兄弟对老师奉若神明、笃信不疑。我的十四个兄弟个个都是杰出的人才，我无法想象他们日后会造成怎样的杀戮、怎样的惨祸。"

"我终于开始有点儿理解你为什么愿意毁掉蛇谷城了，"童舟幽幽地说，"你的确是个异类。我不知道你究竟是对还是错，但是……至少我不喜欢战争，我喜欢骑马、牧羊、摔跤、躺在草地上看星星，虽然我是一个魅，但我还是能做到这些，总比和人类打打杀杀好，杀死再多的人类也不能让我快活。"

狄弦微微一笑："但我也并不算是完全欺骗十五。当我把我的十四个兄弟送入陷阱后，想起大家多年的情谊，心乱如麻，打算回到魅冢听凭老师发落。没想到刚刚回到魅冢，我就中了秘术机关，被老师抓起来了。当他发现只抓住了我一个人时，还相当惊诧呢！"

"他设机关捉你们？为什么？"童舟不解。

"这就是我没有说出来的秘密：老师自己也想要杀死我们，我只是先他一步动手而已。他钻研《魅灵之书》多年，已经渐渐被书中蕴藏的邪魂所侵蚀，发现自己已经渐渐变成了另外一个人，甚至于连喜怒哀乐都不受自己的控制，这让他越来越怀疑自己所坚持的一切究竟是出于本心，还是只是《魅灵之书》的蛊惑。而另一方面……他总是做噩梦。"

"噩梦？"

"他说他总是梦见湖底的那些白骨。几乎每一天晚上，他都会看见那些白骨从湖底升起，包围住他，向他索命，追问他：'你制造我们是为了魅族的将来，可我们本身就不是魅了吗？用魅的生命换取人类的生命，意义何在呢？'"

"是啊，意义何在呢？"童舟喃喃低语，"如果全世界只剩下一个魅，就算他有通天彻地之能，把九州大地上所有的人类都杀光，又能给魅族带来什么呢？"

"一个人每天晚上都被死人缠着，那种滋味是很不好受的。我猜想，他大概也和我有了差不多的看法，辛辛苦苦耗费一生，却连自己都对这样的一生充满怀疑和畏惧，那又是何苦呢？这句话他没有说出来，但我可以看得出他的悔意，所以最终，当他听我讲完事情经过后，并没有丝毫愤怒，反而显得很欣慰。他告诉我，《魅灵之书》已经被他沉入湖底，现在他要做的，就是通过溢出来结束自己的生命。"

童舟轻轻摇头："一生的理想，到头来变成荒诞的噩梦，何苦呢？"

"所以啊，人生短暂，要尽量抓紧时间多做些好梦，"狄弦懒洋洋地说着，也在草原上躺下，"多漂亮的星星。"

"确实很漂亮，这就是我喜欢草原的原因，"童舟捅了狄弦一下，"劳驾，借你的胳膊用用。"

她把头枕在狄弦的胳膊上，看着不断变化的星空，忽然觉得一种无法言说的莫名幸福充斥着心胸。那大概就是所谓平凡的生活吧！童舟想着，眼皮慢慢合上了。她希望自己还能梦见星星。

前 传
花与蛇

　　某一个阴雨连绵的下午，他迎来了自己人生中最重要的一次逃亡。他跌跌撞撞地穿行于那些比人还高的灌木丛中，不时摔倒在湿滑的泥地上，弄得浑身都是脏兮兮的泥土。但背后的呼喝追赶声不绝于耳，越来越近，让他不敢有哪怕是片刻的停留。

　　他觉得自己的肺快要炸裂了，呼进呼出的每一口空气都热辣辣地灼烫着咽喉，双腿由酸胀到渐渐麻木，身体也被各种植物和石块划出了无数的血痕。但是不能停步，半步也不能停，停下就意味着死亡。

　　这一天的亡命奔逃深深刻在他的记忆里，并在他的余生中不断地被回想起。那些细细密密的雨声就像是一张无法逃脱的罗网，铺天盖地地笼罩下来，无论跑到哪里，都躲不掉那种可怕的阴冷和尖锐。雨声中，身后熟悉的山谷渐渐远离，只有追逐者们穷追不舍，星星点点的火把就像一只只怪兽的眼睛。

　　他累了，累坏了，在他的一生中还没有经历过这样的奔跑。终于在一次跌倒时，他的左脚重重扭伤了，即便不伤，他也再也没有力气跑下去了。他看看身边陡峭的悬崖，再回头看看不断逼近的火把，生与死的一线之隔在心里纠结翻滚着。终于，他咬咬牙，从崖边滚落下去，不受控制的身体很快磕到了点儿什么。他昏了过去。

　　他醒来时，已经不知道过去了多少时间，天空早已墨黑一片，但可以确定的一点是，自己并没有死。也许是坡度没有想象中那么陡，也许是无意中被什么树枝啊藤蔓啊一类的东西减缓了下坠之势，不管身上疼得多厉害，不管浑身如何乏力，他总算还活着。

活下来就好啊！

他长出了一口气，抬头仰望着天空，雷州的星夜星汉灿烂，令人沉醉，但他忽然发现，似乎自己的身边也有某些东西在发光。他下意识地侧过头去，那些森白耀眼的东西立即映入了眼帘。他猛地把拳头塞到嘴里，免得那一声压抑不住的惊呼在寂静的夜里引来追兵。

过了好一阵子，他才勉强平复心跳，用颤抖的手撑在地上，勉强站起来。在他的身边，在这个被山洪冲开的浅浅的泥坑里，密密麻麻、层层叠叠的白骨，呈现出各种支离破碎的扭曲姿态。他知道，如果逃得慢了一步，这个泥坑也会是自己永恒的归宿。

他的视线转向远方，在厚重的黑云之下，一道闪亮的白光直冲天际，足够让他想象在那里发生的事情。他再也忍耐不住，泪水夺眶而出。那一声无法喊出来的野兽般的嘶鸣，在他的胸腔里来回激荡。

一

蛇谷里其实并没有蛇。这是狄弦得出的第一个结论。

狄弦来到蛇谷的那一年，这座山谷已经具备相当规模，由过去的小村落变得像一座山村城堡。狄弦穿过浓浓的山间迷雾，穿过长老们设置的三道秘术障碍，中间被林中不安分的鸟群在衣服上留下了不少记号，来到城下时，外衣上已经斑斑驳驳不能穿了。刚把外衣脱下来，一个十三四岁的少年幽灵般出现在他身前，面无表情地望着他："来入伙的？"

狄弦点点头，正准备答话，少年已经转过身去，他只能快步跟上。一路上他试图和少年搭讪几句，却都不得要领，这个少年像一块沉默的石头，除了最开始的那短短四字提问，再没有说过什么。

于是他只能一边走，一边抬头充满敬畏地望着那座城。城堡依山而建，虽然并没有九州各地大关大城的雄浑气魄，但那种令人不得不仰视的高度却也不乏气势，配合着陡峭险峻的山势，仍然是一个易守难攻之地。想到这里的先辈们是如何一点点开凿山石、一点点掘土烧砖，把一个只有十多间茅草房的小小山村营建到现在的规模，狄弦还是禁不住有点儿感慨。

不过这样的感慨并没有维持多久，他很快发现脚下走的路径不大对劲，好像是越走离城堡越远。他忍不住发问："小兄弟，我们这是在往哪儿走？"

少年没有回答，忽然向前蹿出几步，消失在了密林里。狄弦左右四顾，脸上还带着茫然之色，耳朵里已经听到了一阵令人头皮发麻的嗡嗡声。定睛看去，树林里呼啦啦飞出一团黑云，乃是由山间块头大、毒性强的马蜂组成。

狄弦哀鸣一声，把一直在肩膀上扛着的东西扔到地上，手指轻微地动了几动，马蜂群飞到跟前，不去攻击他，全都伏在了那东西上面。

"你这小子，没来由地搞什么恶作剧？"狄弦十分不满，"把我的投名状弄得那么难看！"

地面上，马蜂渐渐散去，那具军官的尸体上留下了无数被蜇的痕迹，好在早已死去多时，没有变得青肿不堪。狄弦的手指再动了动，引路少年就像一个提线木偶，四肢奇怪地扭动着，不由自主地奔向狄弦。狄弦揪住少年的衣领，把他抓在手里，重重打了十多记屁股。

"第一，老子当年玩蜜蜂的时候，你小子还在吃奶呢！这点儿道行怎么可能算计到我？"狄弦一边打一边语重心长地教育着，"第二，整人之前先提防被整，身上被我布了那么多根蛛丝都发现不了，这点儿水准，别出来给我们整人界丢人显眼了！"

"你这个老王八蛋！"少年，也就是我的父亲，在狄弦的手里挣扎扭动，不断地怒骂着。

我父亲生起气来时总会骂我："你这小王八蛋，比你老子年轻时还混账！"这话让人听不出究竟是在骂我还是在夸我，况且一个父亲将儿子称作"小王八蛋"，难免有些挥刀自戕的感觉。但这话中也透出一定的重要信息，那就是我父亲年轻时也很浑。

关于我父亲小时候的顽劣，可以举出很多例子。比如由于蛇谷地势险要，极少有外人进入，飞禽走兽原本不少，尤其有许多猴子，经常向人们讨食。但在我父亲长到八岁的时候，那些猴子就全都开始躲着人了，偶尔见到也是龇牙咧嘴很不亲热，原因在于他们总是吃到一些很奇怪的事物，那些东西要么会把猴子的爪子夹住，要么会把它们的舌头与牙齿粘住，要么会让它们拉肚子拉到瘦上整整一圈。猴子们不知道那些都是我父亲干的，又或者在它们眼里父亲就足以代表整个种族，久而久之，也就不再搭理人了。

父亲到了十三岁时，已经是蛇谷的著名祸害，但并没有任何人提出驱逐他，反而对他颇为纵容，所以他变本加厉、横行无忌，幸好就在这一年，他撞上了自己命中注定的魔星——狄弦。

那一天城外的巡逻者发现来了新人，赶忙回报，谷主照例要带着几位长老去考核一番。我父亲当天穷极无聊，决定赶在长老们之前，用自己的方式先行考核一下。不料偷鸡的遇上了贼祖宗，我父亲辛苦布置了半天蜂巢，最后除了两瓣红肿了三天的屁股之外，一无所获。

狄弦肩上扛着尸体，手里提着我父亲，再次回到了城门口，开始拍门。城上的人似乎半点儿也不奇怪我父亲的遭遇，把狄弦放了进去，并引领着他见到了谷主。谷主见到我父亲，先是微微一怔，接着露出了笑容。

"一出手就能整治这个小鬼，还真不简单哪！"他大声表示赞许，让我的父亲更加觉得颜面尽失。狄弦又把手上的尸体抛下来，搜出死者的腰牌递给谷主。谷主点点头，笑意更浓："还是个军中参谋呢，很好，你做得很好。"

他话锋一转："但还是需要甄别身份，这一点谁来了都避免不了。"

狄弦毫不迟疑："那当然了。来之前，我已经把规矩都打听清楚了。"他这时候才想起手里还拎着我父亲，一松手，父亲摔在地上，被打肿了的屁股着地，痛得直哼唧。

在谷主和长老们的哄笑声中，父亲对狄弦恨之入骨，从此停止了其他恶作剧，一门心思地就想对付狄弦。从这个意义上来说，狄弦真是蛇谷人民的救星。

狄弦已经跟随着带路人走向了祭坛。这个相貌和善、眼睛总像是在笑的年轻人，一路上充满好奇地打量着过去的鬼村、如今的蛇谷。他惊奇地发现，这座城市的内部构造也远远超出他的想象，活脱脱就是一座规模稍微小点的东陆城市。那些精雕细作的亭台楼阁，那些像模像样的店号商铺，总会让人产生一些缥缈的错觉，觉得自己根本就是走在宛州，走在南淮或是淮安的街头，享受着安逸与劳碌并存的市井生活。

但再多看两眼，就全不是那么回事了，因为不会有哪座大城市像这里一样人烟稀少，从大街的一头走到另一头都几乎见不到什么人。这是一座寂静之城、空旷之城，徒有华丽的外表，却不能用勃勃的生机来填满城市的空虚。而当你的眼前好不容易出现几个行人，却发现夸父和河络同行、羽人和人类并肩的时候，那种怪异之感就会更加强烈。到这时候你才会明白，一座城市的生命所在，就在它所包含的生命本身。一个人口寥寥无几的种族，无论怎么模仿外族城市的营造，最后也只能是徒有其表，留下一个寂寞的空壳。

"听说一个叫邢万里的人类旅行家写过一篇游记，"带路人对狄弦说，"游记里说：一座城市就像一个人，会有自己的灵魂。可我们的城市没有。"

"哦？为什么呢？"狄弦问。

带路人轻笑一声："对于我们魅来说，灵魂是不存在的东西。因为我们的肉体就是灵魂本身。人类害怕我们魅，他们无法理解我们是怎样从精神中自无到有地诞生的，在他们看来，那和妖魔鬼怪没有什么两样，这就是我们这里过去曾被称为鬼村和鬼城的原因，"他顿了顿，又补充，"之一。"

二

我父亲经常偷看祭坛里所谓"验明正身"的甄别过程。那位老得一天有一大半时间都在睡觉的秘术师，让被试者躺在一具特制的水晶盒里——通常被蛇谷居民形象地称为棺材，然后催动秘术。那种特殊的水晶能和精神力产生奇妙的共振，假如你是一个货真价实的由精神游丝构成的魅，你体内蕴含的强大精神力量就能让水晶的颜色变深，精神力越纯粹，颜色就越深。

这种精神力并非来自于运用，而来自于构成身体的物质基础，形成魅的所有物质都来自于精神游丝的吸附，虽然它们一辈子都不能再被使用，却可以在棺材里被明白无误地辨识出来。其他种族的秘术师修炼得再高深，哪怕能轻松击败所有的魅，也无法达到这种境界。这就注定了没有谁能冒充一个魅，传说中人类世界秘术最高的辰月教主也不行。

"光有投名状是不管用的，"老眼昏聩的甄别师语气平淡地说，"尤其是人类，别的优点没有，就是数量多。就算你要他交上一百个人头做投名状，他都不会眨一眨眼睛。所以一定要有可靠的方法来区别外族人和魅。"

"您说得是。"狄弦附和着。

"过去一共有过三十七个想要混进来的异族人，光在我手里就碰到过五个，"甄别师张开自己瘦骨嶙峋的五指，"知道最后有几个人成功吗？"

狄弦很配合地摇摇头，于是甄别师得意地弯曲四指，和拇指一起形成一个圈："零！从来没人能骗过棺材。如果你不是魅，那也不能例外。"

窗外捂着屁股偷看的父亲心里升起一阵渴望，希望这个该死的家伙会被棺材甄别出是个假货，然后被处以酷刑而死，为自己狠狠出一口恶气。但狄弦从容镇定的神情让他的心凉了半截。

果然，浅蓝色的棺材随着甄别师的吟唱颜色慢慢变深，浅蓝、深蓝、墨绿……最后变成了浅黑色，见识过很多次此类场景的父亲明白，那说明眼前这个魅有着极强的精神力，是百分之百的真货。

"好厉害！"甄别师喃喃地说，"已经四十年没有那么厉害的新人了……唉，可惜！"

"可惜什么？"狄弦一怔。

“不是说你，”甄别师不肯再说下去，“你已经通过了，让他们给你安排居所去吧！”

狄弦也不多问，慢腾腾站起身来，向着门口走去。我父亲目不转睛地盯着他，想要绕路到前门去跟踪他，却惊慌地发现，不知从什么时候起，自己的身体不能动弹了。那是一种操纵空气的秘术，以无形的空气凝成看不见的绳索，令被捆绑的人难以挣脱。

我父亲使尽浑身解数试图摆脱束缚，却又不敢发出声音，正在狼狈不堪的时候，狄弦已经走到了他身前，像老师教训学生一样用指关节凿着他的脑门儿：“偷听偷看不是不可以，但好歹得学会抑制呼吸，别把所有人都当成聋子。”

等到父亲的额头留下了七八个紫红的小疙瘩，狄弦才罢手，悠悠然地走向守候在远处事不关己的带路人，边走边说：“再多坚持一会儿吧，两个对时之后秘术就解了。不过以你现在这样弯腰屈膝的姿势，你的屁股恐怕又得多养几天了。需要药的话跟我说啊！”

我父亲两眼一翻白，绝望地晕了过去。

醒来之后，父亲一瘸一拐地回到了家里，第二天就出门找到了狄弦。此时狄弦已经得到了一座蛮不错的房子，正在用秘术操控着一把鸡毛掸子掸着房梁上的灰尘呢！他看到我父亲很是意外，而我的父亲，从那时候起就表现出了他不肯轻易屈服的英雄本色，径直走向了狄弦：“你说过的，我需要药就来找你。”

狄弦哑然失笑，转身进到里屋，出来时真的拿了几个小瓶小罐。他打量着我父亲：“给你没问题，可你敢用吗？”

父亲挺了挺胸：“有什么不敢的？世上没有我不敢的事情！”

狄弦意味深长地打量着他，忽然说出一句话：“那你一定敢和我打赌了？”

“打赌？赌什么？”父亲不解。

“当然是你我的老本行，赌整人，”狄弦笑容可掬地说，“从现在这一刻开始，你用尽你的种种恶作剧手段，只要能让我中招一次，就算你赢。从此以后，在蛇谷里，我公开认你做老大，任你驱使。"

我的父亲两眼放光，心里想着狄弦认他做老大的风光，鼻子里出气都不觉粗重起来。不过他很快意识到一个问题："那要是你赢呢？你要我做什么？"他忽然想到点儿在小说里读到过的桥段："不会是要我拜你做师父吧？呸呸，那可不成！"

"别自作多情，我一身的本事以后要带到坟墓里去，谁也不给。"狄弦的笑容在那一刹那有点儿落寞，"我给你的条件很简单：你每次计谋失败，就要为我做一件事，不过你放心，不会超过你的能力，也不会让你去自杀自残的。"

我父亲哼了一声："超过我能力的事情你还想不出来呢！"

父亲毕竟太年轻，不明白自己一时争强好胜，轻易地堕入了狄弦的陷阱里。我父亲身手灵活、点子多，又仗着年纪小四处受宠，实在是最佳的斥候材料。狄弦上来就挑中了父亲，真算得上眼光毒辣。

那之后父亲开始琢磨对付狄弦的办法。什么陷坑、绳套、迷香、泻药、飞针……只要能想得到的，他都尝试过，可惜没有一样成功。我父亲又偷偷摸摸学了很多粗浅的秘术，水啊火啊风啊的，但狄弦的秘术功底强过他二十倍都不止，他放火只能烧到自己，纵水却会发现水已经结成冰，把自己的双脚冻上了。几个月不到的时间，父亲失败了十四次，也就不得不完成狄弦的十四个要求。

但出乎意料的是，这些要求没有一个是刁钻古怪或是难以完成的，虽然某些看起来颇为复杂，却大致可以算是举手之劳。比如父亲在打赌后的第一次恶作剧，是把一整根香蕉的肉挖空后，把香蕉皮重新粘起来，却在里面填满了爆浆果，混在为狄弦送去的水果篮里。他当晚跑来偷窥狄弦中招的丑态，想到上次扒窗户的教训，不敢再站在窗外，于是爬上了房顶。没想到狄弦不动声色，也不知道使了什么古怪神通，居然把这根香蕉原封不动移送到了自己房顶上。父亲一掌按下去，爆浆果炸裂了，溅了他一脸紫红色的汁液。这种汁液用水洗不掉，半个月后才能渐渐消退，可怜的父亲只能带着羞辱的印记被人们嘲笑了十多天。

"好吧，这一次算我认栽！你要我做什么？"我父亲眨巴着被爆浆果汁液糊住的眼睛，气急败坏地问。这里必须要补充说明一点，那就是他非但性格顽劣，而且相当没有赌品，答应了的事情一转身就能赖得一干二净。所以这一次虽然输了，他也并不以为意，并没有把即将到来的赌约的履行当回事。

"小事一桩，刚才你在上面惊慌失措，压碎了我六片瓦，你得负责把那些瓦都换成新的补齐。"狄弦慢吞吞地说。

父亲敷衍地点点头，准备回家睡觉："行，明天我就给你换。"狄弦却趁他说话时拉住他，在他的胸口按了一下。

我父亲拍开他的手，有点儿恼火："摸什么摸，我又不是娘儿们……"

"没什么，一个小小的契约咒而已，"狄弦说，"如果你明天不来把瓦片换掉，你就会开始皮肤溃烂，直到十天后连皮带肉一起烂光。"

所谓契约咒，是一种只有很高明的秘术师才会使用的咒术，用来强迫订约的双方遵守承诺。中了契约咒的人，如果不能在约定时间内完成契约规定的内容，就会遭受不可阻挡的强力诅咒，甚至于丢掉小命。狄弦居然把契约咒用在和小孩子的赌约上，真是匪夷所思。

父亲脸色煞白，扯开衣襟一看，果然胸口出现了一个小小的黑点。他张了张口，想要骂，又没能骂出声来，最后耷拉着脑袋回去了。第二天一早他就气哼哼地爬上房替狄弦换了瓦片，一边换一边在嘴里骂骂咧咧："老王八蛋，咱们走着瞧……"

后来"老王八蛋走着瞧"就成了父亲的口头禅，尽管狄弦不过二十多岁，还远远算不得老。可以想象，每当这句凄凉的场面话从父亲嘴里说出来时，他就又在狄弦手下败了一阵。而他不得不为狄弦做的事也一件件多了起来，包括为他打扫房间、收拾庭院、种花、做饭等多个方面，以至于我父亲疑心大起。

"其实你就是想找一个不花钱的小厮，是吗？"我父亲愤愤地问。

狄弦不置可否："做这些事情也是你的机会嘛，现在我这屋子里的一切你都很熟悉了，要安排点儿门道还不容易？"

容易个屁！父亲在心里暗骂着。过了两天，他往狄弦最喜欢的一盆花里埋进了一条蛇，而到了第二天中午，狄弦请父亲吃了一顿鲜美的蛇肉羹，宣告了父亲又一次的惨败。父亲耷拉着脑袋，近乎麻木地完成了契约咒。狄弦在这方面真是一丝不苟，哪怕只是要父亲帮他到集市上买棵白菜，也一定要使用契约咒。但吃完蛇之后，狄弦忽然问："这座城里向来禁止养蛇，这条蛇哪儿来的？"

"我在山里找到的。"父亲用不在乎的口吻说。

狄弦哼了一声："蛇谷里的蛇，早就被用秘术驱逐干净了。你恐怕是从山外抓来蛇，然后自己偷偷养的吧？这里的魅都忌讳蛇，为什么你要反其道而行之？"

父亲没有回答，眼睛瞅着窗外。

那一天的晚些时候，父亲为狄弦做了第一件比较费力一点儿的事：带着狄弦从城堡后面爬山而上，从高处俯瞰整座城。狄弦把父亲看得很透，这样一个调皮捣蛋的少年人，不可能不知道一些密道捷径什么的。

两个人在覆满积雪的山道上深一脚浅一脚地向上跋涉，在经过一条滑溜溜的独木桥时，父亲还险些失足摔下去，好在狄弦眼疾手快抓住了他。傍晚时分，两人终于攀到了山顶，父亲的背上全是冷汗，被山风一吹，开始不停地打喷嚏。狄弦却已经站到了悬崖边上，看着脚下白茫茫一片的群山和城市，默不作声。

"这有什么好看的？"我父亲抱怨着，"差点儿摔死我。"

"你看，从高处看下去，这座城是不是很小？"狄弦忽然问。

父亲愣了愣，小心翼翼地探出头去，果真如狄弦所说。在山腰处看上去很有气势的城，从山顶往下看，好像也不过如此，和巍峨的大山比较起来，就像夸父手心里的一颗豆子。他来到蛇谷时，年纪还极幼小，虽然魅的心智成熟很快，但他对人类城市的记忆并不算太深刻，在他的认知里，蛇谷就是全部的天地了。之前他总认为蛇谷很大，有许多空荡荡的街道和广场供他玩闹，从城市的一头奔跑到另一头，得花掉不少时间呢！但现在，站在更高的地方，他看到了这个世界的渺小。一种莫名其妙的失落感充满了他的心胸，让他甚至忘记了一路上都在琢磨的利用雪山算计狄弦的念头。

"已经很不错了，"狄弦猜到了他在想什么，"蛇谷城是九州历史上第一座完全属于我们魅族的城市，第一座，也是独一无二的一座。在这之前的任何一个时代，世间所有的魅都只是孤立的个体，用人类喜欢的一个形容词，叫作孤魂野鬼。"

"早就知道了，还有什么值得一说的……"父亲心不在焉，眼睛看向被群山遮蔽的远方。

"可我还有很多不知道呀，我是新来的嘛。"狄弦拍拍父亲的脑袋，"你是打算现在讲给我听听，还是下次打赌失败后？"

三

蛇谷最早的时候叫鬼谷，而蛇谷城，只是一个很小的山村，其创始人的生平已然不可考。如今在蛇谷城的中心部位有一尊他的雕像，根据雕像来看，他是一个凝聚失败的以人类为模板的魅，整个躯体伛偻弯曲，头人如斗，两腿细如麻秆，无法正常行走，所以手里总是拄着一对拐杖。

没有任何资料记载过这位村长的过去，因此大家只能根据他的形象进行假设，这是一个在异族世界里受尽屈辱的魅。也许他的确对魅族的未来有所构想，也许就只是想要为自己找到一个避世的所在，总而言之，他和几位志同道合的魅来到了雷州，在这片位于雷州西南部的莽莽群山中找到了一个山谷——也就是现在的蛇谷，建起了第一座村子。

这个看似简单的动作，在魅的历史上却有着开创时代的伟大意义。因为魅一直都是按照其他族群的形态凝聚成型，然后按照这个种族的生活方式融入进他们的社会。但魅毕竟不是真正的人类、羽人或者河络，人们总能有办法鉴别出魅的真实身份，就像现在我们用棺材辨认同族一样。

一个长相一样、本质上却是异类的种族，偏偏混进了自己的生活里，这样的想法难免让各族都不怎么舒服。虽然魅的数量实在太过稀少，而且绝少与自己的同类联系，无法带来实质性的战争威胁，但仍然很少有人喜欢魅，或者说，人们歧视魅，同时又惧怕魅的精神力量。所以被看穿了身份的魅，往往都活得很艰难。但是出于魅的天性，那些飘散于空中的精神游丝开始慢慢形成虚魅，又慢慢凝聚出实体之后，仍然会无怨无悔地在他人的世界里挣扎着追求自己的生活，或者说，消耗自己的生命。

著名的杀手组织"天罗"曾经是魅世界中的一个异类，一群魅聚在了一起，以暗杀为生，同时也以武功保护自己。但这个组织的最大问题在于，它仍然要依赖外族社会生存——离开那些丰厚的佣金，天罗无法继续维持。所以在纯净的初期过去之后，天罗开始不断招收非魅族的成员，也渐渐离它最初的宗旨越来越远。

鬼村的第一任村长才是真正改变这一状况的人。他带着同胞们跋山涉水找到了属于自己的领地，并开始招纳来自九州各地的同样不甘心孤独生活的魅。那些受尽白眼、遭人妒恨、令人害怕的魅，终于有了一条新的出路。鬼谷、鬼村，孤魂野鬼一般的魅就这样慢慢抱成了团，数量也越来越多。

为了避免重蹈天罗的覆辙，从第一任村长开始，历代的领袖们不断完善着鬼谷那两条铁一般不容动摇、不容置疑的制度：第一，绝不容许任何异族人进入鬼谷；第二，鬼谷的位置只能在魅族内部流传。为此鬼谷里的魅们充分发挥自己在精神控制和秘术上的特长，把这一带区域搞得神神秘秘，好像真的有鬼怪出没。

这也是鬼谷得名的原因之一。直到鬼谷改名为蛇谷，这些规矩也没变过。

上述前史任何一个蛇谷的居民都耳熟能详，即便不是蛇谷居民，只要是一个魅，大致也会在同类那里听到一点儿。但狄弦这厮好生可恶，非要逼着我父亲讲给他听，让我父亲很是烦躁。

"你好像很不喜欢讲这段故事，为什么？"狄弦的目光闪烁着。

我父亲偏过头，避开对方刀子一样的眼神："我本来就不喜欢讲故事。"

"可我注意到，当你向我讲到魅和外族的关系时，你的眉头皱得紧紧的，我可以在你额头的皱纹里夹一根毛笔，"狄弦逼问着，"为什么？和你来到这里的投名状有关吗？你选取的模板是一个小孩儿，这在魅族里并不多见，这当中有什么故事吗？"

"别问啦！"我父亲喊了起来，"我只答应带你爬山，没答应要回答这些问题！"

"那就等下次吧，"狄弦挤眉弄眼地说，"你不会因为害怕回答我的问题，从此再也不敢对我下手了吧？"

两个人在下山的过程中半句话也没有说。此后的一个月里，我父亲真的忍住了，没有去捉弄狄弦。但他毕竟年轻，禁受不起狄弦的挑衅，终于还是设计了一个新的陷阱，然后被狄弦抓起来，扔了进去。那个陷坑里藏了一些带刺的荆棘，扎得我父亲嗷嗷乱叫。狄弦把我父亲提上来，我父亲把心一横，等着他发问，没想到他反而不问了。

"听说城东秦花匠那里新进了一批蟹爪兰种子，去帮我买一包回来。"他对我父亲说，全然不提一个月前曾问过的问题。父亲也乐得装聋作哑。这之后，父亲继续领着狄弦在山里瞎转，向他炫耀自己发现的小径密道，慢慢也觉得和狄弦待在一起是一种乐趣，争胜之心就没那么强了。但就在这个时候，新的情况发生了。

有一天，蛇谷来了一个新人。他浑身血污，玩命地拍打着城堡的石门，刚被放进去就昏倒在地上。他并没有按规矩带来人类的投名状，但那无法抑制的纷乱的精神力还是很容易让人判断出他是一个魅。谷主让大夫救活了他，他刚刚醒来，就玩命地嚷嚷起来。

"被发现了！我们被发现了！"他声嘶力竭地喊道。

大夫费了老大劲儿才让他重新平静下来，慢慢讲出了事情经过。原来这是一个心慕蛇谷已久的魅，跋山涉水来到蛇谷外，才想起自己没有准备投名状。他沮丧地在附近山里徘徊，希望能撞上一两户农家，可寻常人等早被蛇谷的种种异状吓跑了，方圆几十里也找不到人。正在绝望，却幸运地发现两个鬼鬼祟祟的人影，正在向着离谷的方向跑去。他跟踪而去，偷听到了意外的情报。

"我们被斥候盯上了，"他说，"人类想要攻打我们，已经派遣了很多组斥候在这一带山里寻找。我虽然拼命杀死了他们俩，但估计不顶用，还会有更多的斥候过来。当他们找到我们的确切所在时，恐怕就会……"

他并没有把话说完，但他的意思谁都明白。要打仗了，这个消息很快不胫而走，在蛇谷的所有居民中传开。而那两名斥候的用词也深深激怒了魅们。

"冬天一过，大雪不再封山的时候，我们就来捉蛇！"两名斥候被杀死前是这么说的。

"蛇"这个名号，是自从鬼村的存在隐隐露出冰山一角后，人类、羽人、河络等种族对魅的共同代称。那时候虽然鬼村的方位还是一个秘密，但流言已经不胫而走，在九州各地流传。人类、羽人、河络都在传言，那些生存在自己的种族社会中的魅，学走了他们的本事之后，在一处秘密的地方聚集，随时准备发动袭击。这样的流言让他们非常愤怒。

魅是什么？就像没有根的浮萍一样，没有部落，没有城邦，没有国家，只能散居于异族的地盘上。人类等种族没有驱逐他们，而是接纳了他们，但他们反而心怀不轨！这样卑鄙无耻的行为，怎么能不让人想到寓言故事里的毒蛇？在故事里，那位好心的农夫捡到一条冻僵的蛇，用自己的体温救活了它，蛇苏醒后却恩将仇报，用毒牙咬死了自己的恩人。

魅，就是九州六族中的这么一条毒蛇了。虽然谁也不知道它的具体方位，但在人们心目中，魅在蛇谷中聚集，蠕动着自己剧毒的身体，随时准备向恩人们开刀。

很快，九州各地屡屡发生残害魅的事件，虽然并没有官家律法强硬镇压，但民间力量要对付魅，官府总是睁一只眼闭一只眼，暴露身份的魅下场都很悲惨。长此以往，蛇谷的怒气也被激发出来，增添了一条新规定：凡是想要加入蛇谷的魅，必须要杀死一个异族作为投名状，无论哪一族的都行。于是异族杀魅，魅杀异族，魅渐渐成为其他各族的公敌。

"我们究竟是可怜的野鬼，还是狠毒的毒蛇呢？"狄弦喃喃自语。

我父亲不去理睬他，打了个呵欠，趴在桌上睡着了。

四

这一年冬天的气氛紧张异常，谷主派出了以羽人为模板凝聚而成的魅，飞出被大雪封住的谷口打探人类的动向。这些斥候们想方设法搜集情报，进入到各种危险的场所，和人类的斥候交往攀谈，有的还为此付出了生命的代价。最后综合所有打探回来的情报，得出的结论不容置疑：人类确实是想开战了。他们好像已经不能再容忍这条蛇，要趁着它复苏之前，把它碾成冰碴。

蛇谷里的魅们有些惊骇，又很快归于平静。因为一切不过都是九州世界的不变法则，异族和异族总要打仗，区别不过在于有时候像两条争夺骨头的狗，有时候像一群争夺骨头的狗。

那段时间，只有我父亲始终无忧无虑。他还太年轻，几乎没有在异族中生活的经历，所以感受不到那逐渐迫近的阴云。对他来说，战争是太遥远的事，死亡也是太遥远的事，生活中最重要的事情就是想方设法捉弄狄弦，然后在捉弄失败后被狄弦呼来喝去。

然而到了临近春天的时候，这样的快乐也被人剥夺走了一大半，狄弦被招入了长老会。按常理说，这样一个年轻而无资历的人，是不应当进入长老会参加重大事物的商议与决断的，但战争年代，一切常理都只能被战神的铁蹄踩在脚下。狄弦有聪明的头脑，有游历各族地盘的丰富经历，更重要的在于，他的秘术能起到关键作用。

"你们每天躲在小黑屋里做什么？"我父亲问狄弦。小黑屋是他对祭坛的称呼，平时他连长老议事厅都可以大摇大摆地自由出入，唯独祭坛不能进，难免让他充满怨念的同时更加难耐好奇。

"你那天不是从排水沟那里探出头偷看了吗，"狄弦一摊手，"还问我干什么？"

"你到底长了几只眼睛？"我父亲恨得直咬牙，"可我没看明白，你们一直在对着一堆破烂纸片捣鼓，那些纸片比你祖爷爷的祖爷爷的祖爷爷的骨头还要老了吧？纸片上到底有什么？"

"小孩子莫问大人事，"狄弦悠然一笑，"你要是赢了我，我就告诉你。"

事后回想，那又是狄弦给父亲设下的圈套。孩子总是经不起激的，而在某一种目标的驱使下，他们会迸发出比成年人更加可怕的执着。我父亲本来已经决定韬光养晦，修炼到一定境界之后再出手，这回又忍不住了。

有一天晚上，我父亲趁着狄弦不在，想要在狄弦家的水井里做点手脚，不料手刚刚碰到绳子，就被粘住了。狄弦其实什么都没有用，就是在出门前把绳子彻底浸湿了而已，在这样滴水成冰的季节里，皮肉粘到冰上，扯下来可就不容易了。

于是父亲只能站在傍晚的北风中瑟瑟发抖，喷嚏声连蛇谷外面的人都能听得到。但狄弦相当之可恶，非要等到父亲快成一根冰柱时，才施施然从外面回来，摆出一个无懈可击的惊讶姿态："哇，这么晚了，还在这儿玩呢？"

父亲在床上躺了四五天才把风寒养好，看到狄弦走进门来，就把头扭向一边。但狄弦只说了一句话，就让他把头又扭了回来，并且瞬间忘记了之前准备好的一长串送给狄弦的恶毒诅咒。

"这一回你又输了，愿赌服输，"狄弦说，"陪着我出一趟谷，到人类的城市里去瞧瞧。"

他又猜对了，也只有我父亲这样天不怕地不怕的野人，才能找到一条在大雪封山时溜出谷去的捷径。父亲兴奋起来，把整治狄弦的报复计划抛诸脑后，立刻从床上跳了起来。

后来父亲真的把狄弦带到了一条出谷的路上。前一年的冬天，他在蛇谷里乱窜时，无意间发现了这条可以绕过积雪的小路，虽然艰险，却也满合他的胃口。他曾经两次从这条小路走出去，正如同他曾经在没有封山的季节里无数次做过的那样，站在了蛇谷的出口。但每一回他都并没有真正走出去，一种未知的恐惧从天而降，从地下破土而出，随着风呼啸而来，把他紧紧地包裹在其中。他望着远方看不见的人类的世界，忽而汗流浃背，忽而眼眶里充盈着泪水，却始终不敢迈出那一步。最后他只能恶狠狠地叹一口气，转过身，回到属于自己的蛇谷，属于自己的魅的世界。

从这个角度上来说，这一次赌约，与其说是我父亲成全了狄弦，倒不如说是狄弦成全了我父亲。两人沿着那条崎岖而滑溜溜的小道，小心翼翼地一点点向外挪，短短几里的路程走了大半天，等到走出蛇谷，太阳已经落山了。黑夜带着逼人的寒意笼罩了山川大地，扑簌簌的大片雪花在夜空中狂乱飞舞。

幸好有狄弦，他用秘术在树林间清出了一片空地，制造了一个可以避风的屏障，然后燃起火堆，让两人能在可以冻死黑熊的冬夜里获得温暖。但睡到半夜，我父亲又钻出了睡袋，蹑手蹑脚向着蛇谷跑去。

"去哪儿？"狄弦在背后不紧不慢地问。

父亲僵住了，过了好久才转过身来，闷头钻进睡袋。很久之后他才说："我害怕。"

狄弦坐起身来，凝视着跳动的火苗："蛇害怕人，人也害怕蛇，但如果害怕就能彼此永远不见的话，这世上就不会有任何纷争了。"

父亲没有说话，背对着狄弦发出有节奏的鼾声，雪光的映照下，他满脸都是泪水。

天亮之后两个人继续进发，渐渐远离了蛇谷，大约两天之后，他们来到了一座人类的小镇上，那也是距离蛇谷最近的一个人类定居的地点。这一天似乎正是赶集的日子，四围的乡民们纷纷赶来，出售自己的猎物或是手工制品，换取其他需要的东西。

人，全都是人，无处不在的人。那一刻我一向胆大妄为的父亲觉得自己起了一身的鸡皮疙瘩，好像全身每一根筋都在踌躇，差点儿又想转身逃走。狄弦拉住了他的手，硬拖着他走进了人群里。

狄弦就像是一个带着弟弟赶集的兄长，在每一个摊位前饶有兴致地看着，还不时拿起一两样货物询问价格。

"喜欢这个吗？"他不知是无心的还是故意的，居然拿起一根做工粗糙的竹节蛇在我父亲眼前晃。我父亲的喉咙里咕哝了一声，板着脸不回答。狄弦看了他一眼，转向摊主："这个我买了。"

这之后那只竹节蛇就一直在父亲的眼前晃啊晃啊，晃得他心烦意乱。更让他烦躁的是人。那些和他同样的体态，说着同样的语言，从外貌上根本就看不出太大区别的人。但是在这些人当中，他却有一种说不出来的压力，就好像手指头上被扎进了一根细微的尖刺，不是特别疼，却非常难受，无论把手放在哪里都无法消解那种异物感。

"习惯是一种很可怕的力量，"狄弦对我父亲说，"我一直生活在人类的地盘，后来又去了宁州，去了殇州，和不同种族的人都打过交道，从来没有觉得混在他们当中有什么不妥当的。但现在，在蛇谷里住了半年之后，再和人类在一起，就连我也开始感到很不自然了。"

我父亲哼了一声："我还以为你从来没怕过什么呢！"

狄弦叹息一声："不怕？老子就算真的是鬼，还会害怕更狠的恶鬼呢！正因为怕，所以才应该有更多的接触，不然岂不是更怕？"

"但那样的话……不是又回到从前了吗？"我父亲敏锐地发现了这一点，"又回到了魅散居在异族人当中，冒充着他们过日子的时候了。"

狄弦就像泄了气的皮球："你说得也对。可是这也不行那也不行，那我们魅该怎么办啊？怎么办啊？"

这是我父亲和狄弦认识那么久以来，头一次看到他露出消沉的表情。他收起了往日无所谓的嬉皮笑脸，一脸的迷惘和无奈，让父亲都禁不住要心生同情。

这样的同情一直持续到第二天清晨。我父亲在人类的小客栈里一觉醒来，发现自己居然整整睡了一夜，中途没有醒过。他从床上坐起来，拥着被子坐了很久，思索着。到了狄弦推门进来时，他已经想明白了。

"我们接着赶路吧，"狄弦说，"这个镇子太小，来往的都是普通乡民，只有到稍微大一点儿的城市，才能打探到有用的消息。"

我父亲点点头，手脚麻利地穿衣服，这之后的一路上他都显得很听话，简直让狄弦有点儿不习惯了。但我父亲不得不这么做，他必须全力观察狄弦，找出这个家伙身上隐藏的破绽。在小镇上的那一天，他已经看出来了，狄弦有问题。

我父亲凝聚的形态很完整，像是一个凝聚成功的完全的魅，但实际上，他的身体内部隐藏着他人看不见的缺陷。每到午夜时分，他就会开始不明原因地头疼，而且疼得相当厉害，足足可以把他折腾一两个对时都睡不着觉。十多年来，每一天夜里他都会疼醒一次，直到疼痛减弱之后才能疲惫地入睡。这也是他为什么总喜欢捉弄人的原因：自己不好过，往往也会希望别人不好过，人之常情也。

正因为如此，能安稳地睡上一整夜才显得那么的不正常，我父亲想来想去，只能得出唯一的解释：狄弦动了点儿什么手脚，导致他夜里昏睡了过去。无疑狄弦是想摆脱掉父亲，自己偷偷溜出去干点什么。

那他究竟干了什么呢？我父亲推想了很久，觉得最大的可能性是狄弦背着他见了什么人，也许是人类。也就是说，这个深受长老会器重的秘术师，实际上也许是人类的奸细。他是一个魅，这一点不会有错，但魅也是可以替人类做事的，因为这是九州最没有归属感的种族。

我父亲因为自己的推想而汗流浃背、战栗不止。但他没有证据，说出来会被当作凭空诬陷。十三岁的少年被迫镇定下来，被迫思考自己从来没有思考过的种族生存的问题：如果狄弦真的是个奸细，我该怎么做才能阻止他？

我的父亲冷静权衡，决定先装作什么都不知道，按兵不动。毕竟狄弦是整个蛇谷里唯一一个能克制他的人，急躁冒进恐怕只能弄巧成拙。父亲明白，狄弦从一开始设立那个赌约，就是想利用自己，带着他把蛇谷城的地形都看得清清楚楚，带着他在大雪封山的时候出谷，向他的同伙们传递情报。虽然自己已经糊里糊涂地为他做了那么多事，但还没有到最坏的地步。狄弦再聪明，也不可能知道自己的隐病，当然也就无从察觉他阴谋的败露。

来吧，你想利用我，我就反过来欺骗你，我父亲咬牙切齿地想。

这之后他们继续向东，但事实上意义不大，因为雷州本来就是个人烟稀少的地方，要遇到大城市，得一直走到东海岸去，那样的话，实在太耗时间了。何况根据我父亲的判断，狄弦所谓的探访一下人类城市，也不过是以此作为幌子来麻痹自己，他的真正目的已经在小镇传递信息后就达成了。而那些人类入侵的信息，根本没必要去打探，因为他本身就身在其中。尽管如此，狄弦还是煞有介事地向自己的小同伴汇报了一番。

"这一次主要是雷州的两个人类公国出兵，"狄弦说，"但是他们从东陆请来了几个国家的斥候营和秘术营加以协助，并且从河络那里购置了攻城武器，所以兵力非同小可。"

"有关系吗？反正我们加在一起也就只有几百号人，还不够他们一口吃的。"我的父亲说。他听人讲过一些战争故事，据说人类的帝王打起仗来都是大手笔，动不动就是百万大军会师，杀死个几万人就像喝水一样轻松随意。一场大战下来，战场上会留下无数尸体，比全九州魅族的人口还多。

"胡说八道！"狄弦哑然失笑，"真按那些故事里的说法，打不了几仗，九州的人就都死光了。何况雷州本来就没多少人。"他又接着说，"不过，这两个公国虽然小，拿出七八千到一万人总还是没问题的，这就够我们喝一壶了。有秘术师的帮助，他们开春之后很快就能找到蛇谷的方位。"

"那我们怎么办？等死，还是逃跑？"我父亲漫不经心地问。

"想办法活命。"狄弦答了一句标准的废话，然后两人踏上了回程。

在回程的路上他们看到了一场战斗，或者说，是殴斗。那是两支规模不小的商队在争夺客栈的马厩。雷州过去是一个蛮荒之地，除了沿海的毕钵罗等城市外，整片的广大土地并没有人开发。但东陆的商战是那样激烈，迫使商人们不得不向北、向西去不断寻找新的商机。除了神秘之土云州仍然无人能够涉足之外，九州各地慢慢都有了行商的足迹。

这两支商队就分别来自宛州和宁州，一支以人类为主，一支以羽人为主，碰巧在同一时刻到达此地投宿。在这样的冰天雪地里，找到一间客栈着实不容易，人可以在大堂里挤着烤烤火将就一下，却绝对舍不得让宝贵的马匹受冻。但这家客栈的马厩容不下那么多马了，双方开始好言好语地互相商量，说到最后，不知怎么的就打了起来。

　　"为了几匹马的地盘，也要打一架吗？"我父亲瞪大了眼睛，觉得挺不可思议，当然还有些隐约的兴奋。在蛇谷里，我父亲从来没有见到过魅和魅动手打架，眼下能看到活生生的表演，自然很是新奇。

　　但紧接着就有些乏味了，这两拨人都是普通商人，只会一些很简单的拳脚功夫。我父亲缠着谷里的人给他讲故事时，总是听到故事里的英雄们招式使得花里胡哨，这样那样的拳法、腿法，不像动武，倒像是跳舞。但这帮人打得真难看，就像野猪用长牙互拱一样，打得兴起了，两个人滚倒在地上，甲把乙按在下面拔拳猛击，一会儿乙又翻上来压住甲痛打……

　　真的像野猪，很难看。我父亲想到这里，拉了拉狄弦的衣袖："没什么好看的了，我们走吧！"

　　狄弦还没有答应，场中忽然起了变故。一个打红了眼的大个子壮汉抓起一根铁棍，对着一个和他纠缠不休的羽人猛地砸过去。这一棒正中天灵盖，羽人哼都没哼一声，就软软地倒在雪地里。

　　四周一下子安静了。所有打斗的人都不约而同地罢手，愣愣地看着躺在雪地里的羽人。不用检查就能看出来，他已经死了。那一棍打碎了他的头盖骨，白色的脑浆混合着鲜红的血液流到了雪里，又很快结成了冰碴。

　　死人了。一个刚才还活生生的生命，就这样在转瞬之间变为了体温犹在的死尸。我的父亲平时调皮捣蛋，也见过不少前来投奔蛇谷的魅送来的投名状，但亲眼见到一个人是怎样由生到死，却还是第一次。他突然变得面无血色，嘴唇哆嗦了几下，两眼翻白，晕了过去。

　　醒来之后，父亲一直沉默着，怎么也不肯说话，狄弦并不勉强他。

两个人静静地穿过被冰雪覆盖的大地，回到了蛇谷之外，开始寻找那条秘密的小径。这时候，狄弦忽然说话了。

"看杀人是很不好受的，"狄弦说，"尤其这种两个种族之间的恶战，总能让人产生很多联想：误解、对立、敌视、报复、永无休止地仇恨……但那还不足以让你晕过去。你昏倒，是因为想起了一些别的事情。到底是什么事？"

父亲依然没有回答，把全副精神都聚集在自己的脚下，以防一不小心滑下去。

五

春天的脚步在一步步地逼近，当那些白色的障碍物消失后，敌人的身影也就不会太远了。谷主和长老会心急如焚，而这当中还掺杂着一丝阴云，那就是我父亲的话。

"你一定要相信我，这次真的不是恶作剧！"我父亲急得眼泪都要下来了，"我不可能一整晚睡过去的，绝不可能的！一定是他做了手脚，他心里有鬼！"

"我要是相信了你，那才真的见鬼了，"谷主挥手驱赶着我父亲，"我知道你们打了赌，他要是被你整到了，就要认你做老大——真是胡闹！你还想让我给你做帮凶？想得美！"

"和打赌没关系！你这个老糊涂虫！"我的父亲真的哭了。

到这时候他又更深入地领悟到了狄弦的阴险。狄弦挑选他，就是因为看中了他总是爱说谎、总是不择手段地捉弄人的本质啊！眼下他去揭发狄弦的真相，空口无凭，谁都不会相信他，反而会把这当成他搞的又一个不知轻重的恶作剧。

我的父亲耷拉着脑袋，心不甘情不愿地离开谷主家，心里一片茫然，不知该怎么办好。后来他把心一横，决定继续死死地跟住狄弦，直到有一天掌握了确凿证据，让狄弦完全无法抵赖为止。

其实父亲并不是一个对种族多么忠诚的义士，出于某些原因，他对自己魅的身份都未见得有多么重视，他对于狄弦的执着，其实只是一种少年人的无所畏惧和顽强不屈。虽然他自己并没有明说，但我猜测，假如狄弦当时好好地劝说他，让他作为助手，没准儿他就欢欣鼓舞地答应了，还会为自己受到器重而高兴。但狄弦偏偏选择了欺骗他、利用他，这让我骄傲的父亲难以忍受。

"谁把我当傻子，谁就得付出代价！"我父亲曾经吹胡子瞪眼地对我说。

下定决心不当傻子的他开始仔细调查蛇谷的战斗力，这是他之前没有做过的。鉴于蛇谷有这么一条铁律：来加入者必须带投名状，所以凡是来到蛇谷的魅，或多或少都有点儿杀人的本领。一小部分人会点武功，大部分人都有那么一两样可以杀人保命的秘术，这如果是一个江湖中的秘密组织，武林中的门派，看上去倒也挺有气势。

但是放到战争中，这么区区几百号人根本就是螳臂当车，会在钢铁洪流中被瞬间卷走，碾成粉尘。虽然历史演义中总喜欢将个人的力量无限夸大，衍生出以一敌万的狂血战士、几十人击败一支军队的鹤雪团之类的奇谈，但我父亲更情愿相信狄弦说的话："如果一场战争是一片海洋的话，再伟大的英雄也只是一滴水，滴进海里就没了。"

如今两个雷州公国的势力虽然不能比作大海，比作一条河大概也行吧，而蛇谷之中，实在是连水滴也凑不出多少，父亲忧伤地想着。而长老会深深地信赖狄弦，相信狄弦可以成为他们的得力助手。这家伙出入小黑屋的次数越来越多，在里面待着的时间也越来越长，真是让我父亲妒恨交加。

他们到底在干些什么呢？我父亲猜测着，他临时抱佛脚地读了一些军事书，根据自己粗浅的见识，判断出除非蛇谷里的人个个变成历史传说中的狂血战士或是鹤雪神箭手一类的角色，否则怎么都难逃一败。可是看谷主与长老们的神态，似乎只要把小黑屋里的东西捣鼓出来，就有希望了。

他忧心忡忡，成天惦记着狄弦的阴谋，也没有空余时间去策划恶作剧了。在过去的半年里，他本来就几乎只针对狄弦一个人动坏脑子，现在连对狄弦都不出手了，这让蛇谷居民惊诧莫名，有一种石头也能开花的错觉。

就这样，冬天过去了。三月的时候，雪水慢慢融尽，蛇谷里出现了星星点点的绿色。不久之后，野花也次第开放。父亲整天整天地坐在山花烂漫的坡地上，看着眼前的草色与花色向着远方无限地延伸出去。他忽然想到，明年的这个时候，这样的景色也许就再也看不到了，心里涌起一种莫名的失落。

他在这个地方从婴孩成长为少年，一切显得天经地义、顺其自然，似乎并没有注意到，拥有一座属于魅自己的城市有多么的宝贵，但当想到这个地方将不复存在，自己也许会死，也许会被迫在异族中隐瞒身份地生存下去时，还是难免会感到深深的恐惧。在花草香与泥土香的包围中，他的脑海里却不断地出现种种悲惨的画面，怎么也没法压下去。

父亲后来对我说，历代的骚人墨客总喜欢拿人的成长为主题来做文章，以为那样很深沉很有内涵，其实那些都是狗屁。只有生存才是成长永恒不变的动力，除此之外，皆为无病呻吟。至少对他而言，面对着被人类屠杀的恐惧，他忽然之间成熟了起来，不再是过去那个无忧无虑、只知道整人取乐的小屁孩了。

尤其当人类的斥候真的出现在他的视线中时。

谷主毫无疑问是听过"狼来了"的故事的，关于狄弦的传言虽然不可信，但我父亲向他汇报说斥候已经找到了家门口，却不能不提高警惕，宁可信其有。被谷主派出去探路的魅发现了人类活动的痕迹，一道已经被破解掉的秘术禁制，证明了父亲所言确有其事。人类的斥候已经到了，并且在秘术师的帮助下突破了第一道秘术防线，只要再把剩下的两道找到并且毁掉，蛇谷就会无所遁形——那不过是时间问题。探路的魅亲眼见到，人类步步为营，几十位秘术师用各种各样的方法探查着那些能迷惑双眼的秘术禁制。攻打蛇谷的关键，就在于破坏这些秘术形成的幻景，否则即便千军万马开到，也只能徒劳无功地在山里不停地原地打转，而无法找到正确的方向。

这些秘术都由上百个魅利用精神共鸣共同完成，一般人是不可能找到的。能突破禁制找到入口的魅们，都或多或少得到了接引人的提点，至少大致知道精神点的所在方位，狄弦也不例外。而人类不知道这些方位，只能用笨办法慢慢地寻找。

那是一种相当怪异，甚至近乎滑稽的场面。双方相隔不过里许，在晴空下，本来应当彼此看得清清楚楚，但人类对于眼前的魅就是视而不见。他们仍然在细致地研究着身前的每一朵花、每一根树枝、每一个可疑的野兽脚印。而他们所要寻找的魅，正在一步步地走近他们，就像在隔着一层透明的水晶罩，观察着这些入侵者。

谷主听完汇报后闭着眼睛思索了很久，最后他斩钉截铁地说："至少要再拖两个月，我们才能做好准备。"

"可是，照他们的这种进度，最多只需要半个多月，就能把我们的幻术屏障全部破解了。"一位长老说。

"所以得破坏他们的进度，"谷主说，"无论如何，也得延缓两个月，否则我们没有生机。"

谷主是聪明人，他既然说了两个月，就一定有他的道理。我父亲虽然不明白到底什么东西一定需要两个月时间来准备，但他也能猜到谷主接下来要做的事情。

傍晚的时候，他早早溜出城来到谷口，在他熟知的一棵大树上藏好，略有些兴奋地等待着夜的降临。人类秘术师们采取的是轮流休息的方式，他们分作两组，一组白天工作，一组夜晚工作，以便保证最高的效率。夜幕渐渐降临，秘术师们的身上也渐渐闪烁出不同颜色的华彩，他们有恃无恐，好像一点儿也不担心自己的工作被魅发现。我父亲开始隐隐觉得有点儿不安：就算不怕被打败，难道也不怕魅化整为零地逃跑？他猛地心里一颤，有些明白了，后山的几条小路，多半已经被人类发现了。那些崎岖陡峭的、近乎挂在绝壁上的鸟道没可能用来展开进攻，但只需要在山下严密布防，蛇谷里的魅就无处可逃了。

眼下不是担心这个的时候，我父亲从树上看到，从蛇谷里出来的夜袭者们已经接近了。让他感到意外的是，领头人赫然是狄弦。这家伙不是个奸细吗？父亲皱着眉头想，难道他是假装出力，其实借机倒戈，和人类来个里应外合？

我父亲背上的汗立马出来了。正在他想着自己该用什么方法向同族们示警，狄弦已经当先越过秘术屏障，几名秘术师紧跟在他身后。他们一起出手了。

清亮的月色之下，可以看到，突然之间，整片坡地上的植物都开始疯长。那些原本不过能到父亲小腿的青草，一下子向上蹿出去一两丈，好像一棵棵大树。那些疯长的植物有如藤蔓，扭动着躯体，迅速把所有的人类都卷在其中，而一旦被卷住，光凭力气很难挣脱。

他们身后的一组秘术师紧跟着赶上来，那些藤蔓一样的巨大植物立刻燃烧起来，火光将整个山谷都照亮了。植被烧焦的气味混杂着皮肉燃烧的恶臭，一阵阵传入父亲的鼻中，让他差点儿忍不住呕吐。而那些在火焰中拼命挣扎的人类，不管怎么想尽办法，也脱离不了火圈。

本来在安睡休息的人类秘术师和斥候们被惊醒了，他们顾不得多想，赶忙扑上前来抢救自己的同伴。但还没来得及驱动秘术灭火，他们自己就遭到了袭击。

父亲看得很清楚，狄弦冲在最前面，所到之处，地上不断生出新的藤蔓，用比毒蛇更加刁钻的姿态，卷住敌人的双脚，把他们倒提起来。那些藤蔓上面或有尖锐的刺，或带有剧毒，被卷中的敌人都发出凄厉的惨叫，并且很快惨叫声止息，他们也不再动弹。

这时候，第三波秘术展开了，那是旋风。狂暴的旋风卷入火场，一方面控制着火势的走向，使之不至于漫卷燎原；另一方面也带动着火焰更加疯狂地燃烧，恍如冲天的火柱，很快，火场中再也没有活人的声息。其他的蛇谷秘术师们专心致志，对付剩余的敌人，他们各自施展绝技，将魅族在精神力量上的优势发挥到极限，地上不断躺下或被烧焦，或冻成冰块，或浑身血液沸腾的人类尸体。其实人类并非不堪一击，他们的秘术师也绝不是吃干饭的，但他们做梦也没能想到，自己会在一个看似宁静的春夜突然遭受到如此猛烈的纯粹由秘术构成的攻击，以至于一个一个都没来得及做出反应。而面对秘术师，反应稍微慢半拍，就必然会遭遇灭顶之灾。

渐渐地，这片山头安静了下来，敌人的呻吟声逐渐止息。近百名斥候与秘术师在魅精心策动的夜袭中丧失了性命。大家松了口气，开始熄灭火焰，并用秘术催生烧毁的植物。用不了多久，这里就会像什么都没发生过一样，这些斥候和秘术师的失踪，要到若干天之后才会被人类发现，而且不会有人知道他们在哪里失踪的。而在这段时间里，蛇谷还有希望再补充一到两个障眼秘术，让新派来的秘术师难以破解，那样的话，谷主想要争取的两个月，也就不难达成了。

就在此时，夜空中忽然响起一声大喊："还有一个！还有一个没死的，快跑掉啦！"

那是我父亲。他趴在高处，视野比身在斗场中的狄弦等人更好。他注意到，草地上有一道水波一样的痕迹，在一点点地向着远方移动，那明显不是由于风吹而形成的。他略一思考，已经猜到了，必然是一个幸存的人类秘术师，用秘术把自己伪装成草色，然后匍匐在地上，试图悄悄地逃走。如果他能顺利逃回去，蛇谷的大致方位就会暴露，因为他肯定看清楚了魅是从哪个方向突然出现在他眼前的。只要再组织一批秘术师过来，配上军队的严密保护，几天工夫就能破掉秘术了。

可惜的是，他的如意算盘被我父亲打破了。听到父亲的喊叫，他立即从草丛里跳了起来，拼尽全力地开始狂奔。狄弦看着他的背影，并没有开步追赶，只是手上做了个动作，远方的地面上忽然伸出一根尖锐的刺藤，"噗"的一声，把逃跑者从前胸到后背扎了个透心凉。死尸被刺藤带着悬挂在半空中，好似一面旗帜，随即，刺藤消失了，尸体落到地上，这回真的不动了。

狄弦回过头，向着我父亲藏身的方向赞许地喊了一声："幸好我来的时候一念之差，没有把你从树上揪下来。没想到你还真能派上点用场！"

这种时候还不忘炫耀！我的父亲气得两眼发黑，差点儿从树上掉下去。不过新的疑惑也产生了：看狄弦杀秘术师时不遗余力，不像是个叛徒啊，这家伙到底想要做什么呢？

六

这一场小胜只能算是战争的开端，人类好像是这么一种生物，死多少人都不在乎，反正很快就能补回来。所以气氛并没有因此而轻松下来，我父亲也向谷主汇报了他关于后山的猜测。谷主不敢怠慢，连忙派人去探查。

果然，后山山外的几个村庄已经驻扎了不少人类士兵。后山地势险要，表面上看起来群山万壑，绝大多数地方连鸟儿都飞不过去，只有几条险峻的鸟道可以走人，但那些鸟道的出口现在都被人类封锁了。所以这一战如果魅族战败，要么就得在深山里转悠、过着猴子一样的生活，要么就得到正面的大军或者背面的伏兵跟前去送死。

"我们为什么不趁着现在从正面逃走？"我父亲问谷主，"反正我们从外形上都跟人类啊羽人啊差不多，打扮一下，化整为零地跑掉，也没什么难的嘛！"

"如果华族人也像你这么想，东陆早就是蛮族的草原了，"谷主回答，"如果羽人都像你这么想，宁州也早就变成商人们的宝地了。"

父亲很难理解谷主的坚持。我们只有不到一千个人，不到一千人而已，也有必要那么不顾性命地守卫土地吗？如果所有的魅都丢掉性命，而保住了这座城，又能把它留给谁来居住呢？

这些问题困扰着我父亲，让他陷入了徒劳无功的胡思乱想中，以至于直到两天后才注意到，狄弦消失了。这一回狄弦没有带着他，问谷主，谷主自然也不肯说。

所以父亲只能自己在谷里闲逛，没有了狄弦，他居然感到一丝寂寞，而到了这个时候他才发现：除了恶作剧，我居然什么都不会玩。书里面说：华族的孩子会踢毽子、跳皮筋、捏泥人；蛮族的孩子会摔跤、比赛骑马、收集羊拐；羽族的孩子会漂河、爬树、比试飞翔……

可是魅族的孩子，好像就这么孤单单的，没人陪他玩。

而造成这种局面的原因很简单，整个蛇谷里只有父亲一个孩子，剩下的全都是成年人。

这倒是一点儿都不用奇怪，通常情况下，虚魅在选择模板时，都会挑选已经成年的智慧生命，以便省掉成长的时间，直接融入社会中去。但虚魅时代的记忆都会在凝聚过程中随着精神的重组而消失，所以我父亲捧着脑袋想了很久，也没办法想起来，自己为什么会选择一个婴儿的形态。那样脆弱的身体甚至于连自保都很困难，因此……

那些往事让父亲很不舒服，他决定立刻忘掉这件事，用别的念头把脑子填满。他想：如果这座城市会在两个月之后被攻占，从此变成人类炫耀胜利的纪念地，我是不是该在里面留下点什么呢？

他开始打算在自己房子的墙上刻字，转念一想，真打起来的话，这些民居指不定都要被拆掉烧掉，那就白刻了。其他的想法也都大同小异，无论如何，假如城被毁了，那就什么都没了。这个世上再也不会有人记起，曾经有那么十来年的时间，有一个调皮的男孩在这里留下过他的印记。

我父亲没来由地被未来弄得一阵阵心酸，却不明白自己为什么要心酸。大千世界，芸芸众生，除了被史书记下名字的那一小撮人，绝大多数人都是要被忘记的，就像风吹过蛇谷的谷口时会发出响亮的声音，但一旦离去，没有人知道风的最终去向。它们都将消逝。

许多年之后父亲才理清了当时的思绪。他对我说："那只是因为，我突然想到了，我是一个魅。"

"废话，狗都知道你是一个魅，那又能说明什么？"我不客气地回答。

我的父亲很难得地没有生气。他凝视着不复存在的过去，用充满惆怅的语气说："因为我们魅本来就是从虚空中来的。比起其他的种族，我们格外在乎那种证据，能证明自己在这个世界上存在过的证据。"

于是我的父亲就去寻找能刻下他的证据的地方。在狄弦离开的那些日子，他走遍了山谷内外，又把城里的每一个角落都勘察了一番，最后他发现，没有。没有什么地方是坚不可摧的，没有什么东西是不能被抹去的，城市也许会沦为废墟，山谷也许会被突如其来的泥石流彻底抹平，积雪会融化，鲜花会枯萎，大树会被砍伐，岩石会被开凿。想要在世上留下一点儿什么，还真是难啊！

好在我的父亲那时候年纪轻轻，很有乐观向上的豁达心态，难过了一阵子也就算了。倒是在城里四处乱窜的时候，他发现了一件事，那就是祭坛里通宵通宵地亮着灯火，不断有人声传出来。即便是狄弦不在，长老们也丝毫没有闲着。他们究竟在忙些什么呢？

我父亲的好奇心就像春天的花儿一样迅速生长。他故技重施，又想要趁着夜色掩护从排水沟里钻进去看看热闹。但他忘记了一件事：狄弦曾经注意到他的这个举动。这一回刚刚钻进去，他就发现情形大大不妙，因为排水沟变窄了，而十三岁的小男孩半年时间里骨架又长大了一点点，就是这一点点，恰好把他卡住了，进也进不了，退也退不得。

我父亲是个自尊心很强的人，虽然身处困境，也绝不愿意向长老们求援。他连吃奶的劲儿都使出来了，玩命地向前方挤，终于感觉到身体似乎有些松动。父亲大为振奋，继续加力，最后咕咚一声，从洞里打着滚地冲了出来，带着一身淋漓的泥水，在地上连滚了几滚。

他的第一反应是坏了，老子要被那些死老头子发现然后抓起来数落一顿了。他脸上带着尴尬的笑容，慢慢爬起来，正准备编几句谎话糊弄过去，就在这时候，祭坛中央的东西映入了他的眼帘。我父亲立马变得面无人色，嘴里发出响亮的喊声，转过身就稀里糊涂地向着刚才卡住他的排水沟跑去。但他一头撞到了谷主身上，然后一屁股坐在了地上。谷主沉着脸，狠狠盯着他："不许说出去，不然关你一个月禁闭！"

我父亲没有理会谷主的威胁，浑身筛糠一样地抖着，嘴里反反复复地念叨着："那是什么？那到底是什么玩意儿？"

在我父亲的视线里，一头很像牛的怪物正在挣扎着。但这并不是牛，因为它的异常庞大，大约相当于一头成年的狰。在它的头上，一只深褐色的长角昂然而立，前端像刀尖一样尖锐而锋利。而它的脸上，两只眼睛正放射出贪婪而狰狞的光芒，长满利齿的大嘴不断地一张一合，像是要把眼前的一切东西都吞咽进去。它的四肢也并不是牛蹄，而是弯曲的利爪，每在地上刨一下，就能留下几道白痕。

在怪物的身躯周围，一圈圈闪亮的金色光晕正在不断环绕着，正是这些光圈束缚住了它，令它没有办法挣脱出去。否则它也许早就向着父亲扑过来，把父亲一口吞到肚子里了。尽管如此，从它嘴里发出的低沉的嗥叫声仍然充满了残忍、饥渴和狂暴，带有一种令人不寒而栗的邪恶。

"快点滚回去！"谷主很恼火，挥手命令一位长老把父亲带出去。父亲并没有挣扎，但嘴里仍然在不停地问："那是什么？到底是什么？"

父亲被关在祭坛外的一间小屋里，倒真是一语成谶，被关了小黑屋。天亮的时候，谷主去看他，瞧着他那张失魂落魄而又不乏委屈的小脸，长长地叹了口气："我还是太纵容你了，让你以为什么地方都能乱闯。"

"那是什么？"父亲问。不管谷主对他说了些什么，他只是反反复复地问着这一句。那个恐怖的怪物，从他第一眼看到时起，就猛地攫住了他的心脏，让他呼吸不畅。

谷主最后很是无奈，看着父亲的目光十分复杂，但最后，一种古怪的慈爱还是占了上风。他重重一跺脚："好吧，如果你答应保密，我就告诉你。"

父亲当然是满口答应。于是谷主对他说："你自己去藏书楼看看吧。二楼，第七行第十一列的书架，最下方那一层，包着蓝皮的那一本。具体的内容，你自己细细看书，会找到答案的。"

然后他把父亲放了出去。父亲迫不及待地直扑藏书楼，他已经等不及藏书楼开门了，直接撬开了一扇窗户，翻了进去。那本书就躺在谷主所说的方位。

七

这本装订粗糙的手抄书名字叫作《九州殇乱录》，听名字就是那种挺没品的无聊文人写出来的更没品的打斗小说，内容不外乎是九州又天下大乱啦，帝王将相们又开始抢地盘啦，在这种关键时刻又有那么几个少年英雄挺应景地成长起来拯救世界啦，诸如此类，毫不新鲜。再加上一些莫名其妙的跨越种族的爱情故事加上三角恋、四角恋、婚外恋，其恶俗程度令人发指。

我父亲皱着眉头，一目十行地翻着，每翻过一定的页数就能看到里面一些乱七八糟的组织相互对着切口：

"我心无情！"

"断魂！万水流！"

这都写的是些什么玩意儿啊？我父亲边看边骂，甚至于怀疑谷主给他指错了书，但这一排书确实只有这一本是蓝色封皮的，所以只能硬着头皮翻下去。好容易熬到少年英雄们长成了，无关的配角死光了，该分配的情人都分配好了，故事迎来了最终的大高潮。小说人物经过前面的洗牌死的死、残的残、隐退的隐退，剩下三拨最大的势力准备进行大火并。

这三拨势力的兵种各具特色，可惜一看就是胡编乱造，显示出作者想象力的贫乏。其中一拨跨越千山万水从越州搞来了无数香猪，组建起一支香猪部队，准备利用这种无比强悍的生物的强大冲击力撕开对方的防线（扯淡！我父亲看到这儿忍不住骂了一句）；第二拨据说是多年蛰伏在地下惨淡经营，囤积了一大批原本久已失传的河络机锋甲，旋转着刀片就往前去砍瓜切菜（吹牛！我父亲又忍不住骂道）；而第三拨……第三拨更加离谱，作者写到这里，显然已经觉得九州大地上的东西不怎么够用了，于是不知怎么的变出来一块从天而降的谷玄碎片，制造出一个能呼风唤雨、吞噬天地的史上最强大秘术师。我父亲喉头一腥，一口血差点儿没吐出来。快点结束吧，他用一种死刑犯盼望行刑的心态想着，我用脚丫子也能编出比这更像人样的故事来。

在故事里，香猪部队冲散了敌军防线，又纷纷被机锋甲砍下猪头，然后那位借助谷玄星流石碎片的大师施展神通，利用雷电术把机锋甲里操控的河络电死。三方正在陷入无序的混战，小说作者之前一直苦心埋伏的拙劣伏笔终于冒头了：之前书里宣告了死亡、但稍微有点儿脑子的读者都能看出其实还没死的头号主角，终于顺理成章地复活归来，带来了作者为他精心准备的终极武器。

接着我父亲就开始满头大汗了。他不敢相信地把那一段话看了一遍又一遍，最后把那本水准低劣的书往地上一扔，也不去管最后主角是如何大获全胜抱得美人归的，从窗户跳出去，撒腿奔向祭坛。谷主正在那里平静地等着他。

"你怎么能培育邪兽！"父亲大吼道，"那样会把我们所有人都吃掉的！"

"但邪兽也能吃掉敌人，"谷主回答，"那是我们唯一的机会。你不是读过那本书的吗？什么香猪骑兵、机锋甲、谷玄碎片，都是小说里编造出来骗人的玩意儿，即便有，也根本来不及去寻找和培养。唯有邪兽是真实存在的，也是我们能在两个月时间里实验成型的。"

"原来你无论如何也要求两个月，为的是这个，"父亲恍然大悟，"可是那玩意儿太危险了！"

谷主奇怪地看了父亲一眼："你怎么知道那玩意儿太危险了？"这话刚刚问出口，谷主皱皱眉头，似有所悟，没有再问下去。

于是轮到我父亲感到奇怪了。但谷主什么也不肯说，我父亲只能郁郁地回房睡觉。

他睡了整整一天，做了无数光怪陆离的梦，每一个梦都和邪兽有关。邪兽拍打着翅膀，遮天蔽日地从蛇谷上方飞过，巨大的阴影把整座城都笼罩在其中；邪兽伸展开薄如蝉翼的身体，把所有人席卷在体内，慢慢吸干鲜血；邪兽伸展开自己的一百多个头颅，每看见一个人，就把他撕咬成碎片……各种各样的邪兽在梦中掠过，唤醒那深藏在记忆深处的恐怖黑暗，把恐惧的力量注入每一根血管。

醒来时，他闻到屋里有一阵诱人的肉香味，睁眼一看，狄弦不知何时已经坐在了椅子上。在他面前的桌子上放着一个油纸包，里面大概是一些现成的熟食。我父亲立即听到肚子里传来咕噜噜的声响，他跳下床，不客气地打开纸包大吃起来。

狄弦看他吃得狼吞虎咽，笑了笑，给他倒了一杯水，等他喝完了水，才夸张地摇摇头："看见肉比看见我都亲切，你这死孩子真没人情味。"

"饿死了就连人味都没啦，还扯什么人情味？"我父亲满意地拍着肚子说。

然后两个人就陷入了沉默，好像都在心怀鬼胎，不知道该说些什么。最后毕竟是我父亲年轻，更沉不住气一点儿，先开口了："你这一趟出去，干了些什么？别编谎话骗我，虽然我斗不过你，但从谷主和长老们嘴里套话可是比吃饭还容易。"

狄弦耸耸肩："其实也没什么。我只是利用我过去的一些关系，搜罗了一些星流石啊，魂印兵器啊什么的回来。"

我父亲想了想："从那些东西里面释放出精神力，用来作为邪兽的力量来源，是这样的吧？"

"你好像知道了不少事情。"狄弦的表情没有任何变化，一点儿也不吃惊。我父亲明白，谷主已经告诉了他之前发生的事情。

"你为什么要帮他们培育邪兽？你知不知道那玩意儿有多可怕？"

"你为什么那么害怕邪兽？"狄弦反问，"你两岁的时候就来到了这里，难道你还能见识过邪兽都是些什么模样吗？"

我父亲低下头，额头上青筋暴起，拳头捏得紧紧的。过了好久，他才抬起头来，瞪视着狄弦："你不是总想知道我的过去吗？走，我带你去看看。"

出门时父亲才发现天已经黑了，只是之前狄弦已经点好了灯，所以他没有注意到。他们要去的地方在城外，好在父亲对蛇谷里的一切了如指掌，不必狄弦在手上用秘术照明，他就已经领着对方七拐八拐找到了那里。

那是一个半山上的洞窟，洞口很隐蔽，被一块看起来不可撼动的巨岩死死封住。但是父亲不知道低头捣鼓了一点儿什么，咯噔一声，好像有什么东西松动了。然后他伸手一推，那块岩石慢慢向一旁滑开，露出黑黢黢的洞口。

"你果然是蛇谷的活地图。"狄弦不知道是在夸赞还是在挖苦。我父亲哼了一声："别废话了，亮灯吧，萤火虫！"

　　狄弦的手掌放出光亮，两人进了洞，父亲回身把石头推回去重新关好。两人沿着狭长的甬道往山洞深处走去，走了十分钟左右，眼前豁然开朗，出现了一个人工修整过的大厅。狄弦一步步走到大厅中央，四下里环顾一番，很长时间没有说话。

　　"好看吗？"我父亲充满恶意地问。

　　"我觉得吧，天底下的魅都最适合凝聚成夸父的形态，"狄弦的腔调很奇怪，"只有夸父才那么喜欢割人家的脑袋来做战利品。"

　　头颅。大厅的四壁上，密密麻麻地钉着成百上千的头颅。它们都属于历代投往蛇谷的魅们带来的所谓投名状，也就是异族的死者。他们的尸体已经被秘密埋葬，但头颅全都保留了下来。它们陈列在这里，记录着魅族为了生存而做出的不懈抗争，也记录着魅族一步步把自己推向绝地的历程。

　　经过药水特殊处理的头颅们，似乎都还保留着生前的活力，维持着一种栩栩如生的神态，其中有很多甚至还睁着眼睛。这些头颅最新的不过挂上去几个月，最早的却已经有了上百年的历史。即便有防腐药物的支持，它们也仍然在不断干瘪，脸型变得歪歪扭扭，让人无法辨认当年的真容。

　　"每次站在这里的时候，我都觉得他们在看着我，"我父亲阴沉着脸，"我觉得那些眼睛都在放光，在盯着我。"

　　狄弦注意到了他的用词："每次？你到这里来过多少次了？"

　　我父亲没有回答，四下里看了看："你现在还能不能指出来，你的投名状是谁？"

　　狄弦绕着大厅走了一圈，很快找到了他带来的那位死者的头："喏，就是这个。这是个文职的军官，我杀他基本不费什么力。我倒是想问你，你来的时候只有两岁，投名状从何而来？"

　　父亲没有说话，狄弦回过头，正看见父亲站在一个角落里，仰着头注视一颗挂在高处的头颅。那是一颗中年人的头，但整张脸都扭曲了，显得龇牙咧嘴。而扭曲的原因也很简单：它的头盖骨撞破了，使整个颅骨都变了形。

狄弦走到我父亲身边，看着他那双充满泪水的眼睛，轻声问："这个人……和你有什么关系？"

"我是他养大的，"父亲竭力抑制着自己的情绪，但还是带上了哭腔，"是他把我带到这里来的。"

"他为什么把你带到这儿来，不是自己找死吗？"狄弦问。

我父亲闭上了眼睛。不断涌出的眼泪冲刷开黑暗的记忆，让他仿佛又回到了十二年前。他幼小的身躯被中年人紧紧抱在怀里，感受着逃亡过程中的剧烈颠簸。他看见中年人的脸上、身上不断被荆棘划破，留下遍体血痕。他听到中年人的心脏剧烈跳动着，急促的呼吸声中隐隐带有濒临极限的痛苦杂音。但颠簸始终没有停止，逃亡仿佛没有终点。

"爹，我们要跑到哪儿去？"两岁的他用稚嫩的声音怯生生地问。

中年人好像没有听到他的问话，长时间的奔跑让他陷入了歇斯底里的状态，在嘴里不断无意识地重复着："没有人能杀我的儿子……没有人能杀我的儿子……"

"我不要死！"我父亲更加紧张，"我不想死！"

中年人仍旧没有理睬他，就这么一路前行。在父亲遥远的记忆里，那一条漫长的逃亡之路充满了危机与艰险，就像是隆冬的长夜，让人看不到曙光到来的迹象。

但最终，他们还是到达了目的地，也就是蛇谷。这是蛇谷历史上出现过的最奇异的一次新人加入，因为这回不是魅带着投名状而来，而是活着的投名状把魅抱在怀里送过来。

"爹，你要把我扔在这儿吗？"我的父亲在谷主的怀抱里挣扎着、哭喊着，"我不要待在这儿！我要回家！你带我回家！"

但中年人的生命已经到了尽头，这些日子没日没夜地亡命奔逃让他完全透支了所有的精力，他从嘴里吐出一口血沫，最后一次对着我父亲微笑了一下，然后对谷主说："麻烦你，我不想让我儿子看到。"

谷主点点头，伸出宽大的手掌，捂住了父亲的双眼。父亲徒劳地想要把他的手推开，然后耳朵里听到"嘭"的一声，那是中年人用最后的力气一头撞在蛇谷城的城墙上，为他的儿子完成了投名状。

"所以那天，在那个人类的客栈外面，你见到那个被砸破脑袋的羽人才会昏过去，因为你想起了你爹，也就是你的人类养父，对吗？"狄弦问。

答案是显而易见的，所以我父亲并没有回答，只是怔怔地看着他爹破裂的脑袋出神。狄弦晃晃脑袋，接着问："你们为什么被追赶？因为你父亲收养了一个魅？"他刚说完这句话，马上推翻了自己："没道理。收养一个魅并不是什么罪大恶极的事情，充其量也就是驱逐，没有千里追杀的道理。"

"但如果那个人一心在培育邪兽，而那个魅被当成邪兽的化身，那就有可能了。"我父亲轻轻说。

狄弦愣住了。他细细打量着我父亲，把手放在父亲的头顶。我父亲感到一阵若有若无的气流从顶心贯入，在四肢百骸游走一圈后，消失不见了。

"你要是邪兽，我就是邪兽的老祖宗，"狄弦摇着头说，"把你完全拆成精神游丝再组合成一件精神攻击的武器，也不过能拆掉几座房子。"

"这一点我比你清楚，"我父亲的语气很迷茫，"所以我才想不通。那时候我刚刚能摇摇晃晃地在地上走路，而我爹忙着做他的事，没太多空闲顾及我。但我是一个魅，没有人类的小孩儿愿意和我一起玩，见到我就要扔石块。有一天村里的几个小孩子主动来找我玩，我简直受宠若惊啊，毫不迟疑地跟着他们去了。他们看来很和蔼亲切，带着我来到了悬崖边，然后突然之间，想要动手把我推下去。"

"好在我虽然年纪小，反应还是快，本能地一把拽住了身边一个孩子的衣角。悬崖边全是沙石，脚底很滑，那孩子一不留神，加上其他人推到我身上的力道，结果被我带了下去。"

"小小年纪就那么歹毒，"狄弦叹口气，"比起来你那些整人的恶作剧也就微不足道了。不过他们一定不会觉得自己是在干坏事，反而会为了自己能站在人类立场上消灭外族而沾沾自喜呢……后来怎样？"

父亲更加迷惘："我觉得身体一下子失去了重量，向着悬崖下面摔去，还没来得及叫出声来就昏过去了。可是当我醒来时，我发现……我发现我并没有在崖底，而是躺在了悬崖边，在我的身边都是尸体，是那些把我骗出家门的大孩子们。而这当中还缺了一个人，就是被我拽住衣角的那个，后来他被村民在悬崖底处找到，已经摔得粉身碎骨。"

"我明白了，由于你父亲一直在琢磨邪兽的事，所以他们把你当成了邪兽，所要干的事情也不只是驱逐了，而是要杀掉你们俩，"狄弦似有所悟，"而那也是你对邪兽这么憎恨的原因，因为你了解邪兽能带给人的恐惧和不幸，也许还亲眼见到过你父亲的实验品。"

我父亲点点头："我爹……就是一个人类秘术师，一心研究制造邪兽的方法，本来就四处遭人排斥，不然也不会躲到那个荒僻的小村庄里。他付了村民们不少钱，才勉强换得他们同意在那里居住，而收养我更是犯了大忌。那一天在祭坛里，我本来应该第一眼就认出那种怪物是邪兽的，可是……也许是我内心不愿意想起那件事吧！"

"我有一个疑问，"狄弦说，"那些村民怎么看出你是一个魅的呢？你爹不会愚蠢到自己告诉他们吧？"

"因为我爹把我带到村里的时候，我还只是个魅实。"父亲答得很简洁，却解释了一切。从虚魅到实魅的凝聚过程漫长而充满危险，通常魅都会先形成一个坚硬的壳来保护自己，那就是魅实了。近百年来魅和人类的关系不断恶化，人们不再像以前那样，对魅完全没有了解，只是将其当成一种无比神秘的存在，而是或多或少都有了一点儿基本知识，以便指导自己与魅族的对抗。那个中年人招摇地带着一个魅实而来，明眼人一眼就能看出那是什么玩意儿了。

狄弦沉思了一会儿，好像是在揣摩着中年人奇特的行事，不久他又问道："还有一个很关键的问题，你为什么会选择婴儿作为凝聚成形的模板呢？我活了那么大，真的是第一次见到。难道是虚荣心作怪，你想要混在人类当中冒充一个神童？"

"我要是知道就好了！"父亲很不耐烦地回答，"十多年来，至少有上百个人问过我这个问题了，可我应该怎么回答？哪一个魅能记得住自己虚魅状态时的思维？又有谁能清晰地回想起自己选择模板时的标准和喜好？"

狄弦耸耸肩，没有再问下去："回去吧！"

八

在那本胡编乱造的低俗小说里，故事的主人公最后带来了一支由邪兽组成的军队，一番苦战后把什么香猪、机锋甲、星辰力超人扫了个干净，但邪兽本身也死光了。这倒是不算太离谱的安排，毕竟邪兽本身太难培养，所谓的军队数量也并不大——总共也就三只。但这三只成形的邪兽，就已经足以扭转战局了。

因为邪兽的身躯实在是太过巨大，其身躯最长可以长到接近一里，传说中的巨兽专犁或是虎蛟也难以望其项背，放眼九州，也许只有几乎从来没人见过的大风才能比邪兽更大。这并非是自然产生的生物，而是利用秘术的方式人工培育的怪物，某种程度上和魅的产生有一定的近似之处，也是利用物质与精神的相互转化原理，通过不断地喂食和培育，让邪兽的身躯越来越巨大、能力越来越强。

但魅的形成漫长而痛苦，因为一个魅必须完全依靠自身的力量来吸取精神游丝，寻找可以使用的物质，而邪兽却没有任何自主的能力。它就像是一只填鸭，由秘术师填充着构成身躯所需的物质；同时又像一个泥人，最终的形状完全不由自己控制，而被创造者随意地变幻着。

这样缺乏自主意志的成长方式，一个最大的缺陷就在于结果的难以预料，换句话说，成功率太低。即便是魅那样全副心神追求一个形体的种族，也时常在最后凝聚成形时出现差错，导致身体上出现重大缺陷，邪兽这样的被动产物更不必提了。通常花费巨大的精力和财力培育十只邪兽，也未必能有一只最终成功，绝大部分都会有严重的畸形，比如体重数万斤却偏偏没有长出结实的腿，这样的邪兽能拿来干什么？

最可怕的情况在于形体成功了，但空有形体而缺乏智力，也许会不分青红皂白连自己的主人都吞吃掉。因此邪兽的威力人人都知道，真正敢于动手去实验的寥寥无几。毕竟把钱扔到水里也就罢了，把自己的命扔到自己培育的邪兽嘴里，那才叫冤枉呢！邪兽成为一种只能在故事里存在的兵器，一把伤己可能比伤人还要厉害的双刃剑，从来没有在现实中帮助过哪个英雄或是枭雄力挽狂澜。

可是现在谷主非常坚定地在培育邪兽，而且自己那一天摸进祭坛的时候也看到了，那个正在成长中的邪兽，体态正常，见到自己时目光中流露出的贪婪也说明智力没有太大问题。父亲心里一颤，明白过来，谷主一定是已经掌握了某种控制邪兽的方法，所以才会那么大胆。

当年养父没能完成的事，如今终于被谷主完成了，我父亲不知道是该欣慰还是该悲哀。他现在很难见到狄弦的面了，因为狄弦几乎每一天都在祭坛里待着，和长老们一起小心翼翼、如履薄冰地培育着邪兽。他很好奇狄弦究竟能做些什么，问了若干次之后，狄弦有点儿不耐烦，终于告诉了他："因为我主修的是岁正秘术。"

"岁正秘术？那又怎么样？"我父亲回忆着岁正秘术的内容，那是一种以操控植物为主的秘术，上一次灭杀人类探路者时，从狄弦脚下不断生起的那些带刺的荆棘，就是岁正秘术中的一种杀人法术。但那和邪兽有什么关系？

"邪兽的生长太难以控制了，尤其当它开始具备自己的思维能力时，很容易就会发狂，"狄弦解释说，"所以有人想到了一个办法，在邪兽的体内加入植物的成分，把它变成半兽半植物……"

"你们真是疯子！"我父亲脸色惨白，"这样会出来一个什么玩意儿？脚种在泥土里的大象？头上开花的狼？"

他一阵没来由的恶心，狄弦拍拍他肩膀："我就说不该告诉你，一告诉你你就开始瞎想。没那么糟糕。当然也可以脚下生根，但没必要那么做，我现在的做法，主要是抑制它的思维，让邪兽即便没有生长的意识，也能像晒着太阳的植物那样，平稳地长大，性情也不至于不可收拾。"

话虽这样说，我父亲还是难以平静，这一夜他大半时间都醒着，偶尔睡着一下，立即陷入乱糟糟的怪梦中。梦境里，更多的邪兽出现了。但它们全都无法动弹，一个个植根于泥土里，怒张的血盆大口中没有獠牙，而是伸展出一根根的长长的藤蔓。那些藤蔓在自己屁股后面追啊追啊，怎么也摆脱不了，终于把梦中的少年卷了起来，然后无数的根须不知从哪里冒出来，全都插在自己身上，就像植物吸取土地的养分一样，把自己吸干了。

被吸得只剩下一张皮的他在空中飘飘荡荡，好似风筝，他看见所有的邪兽都慢慢结冰，冰冻了起来，自己则被拉扯到无限大，把被冻住的邪兽们覆盖起来。冰雪很快融化，邪兽们重新活动起来，我父亲的心脏好像在那一瞬间被一只看不见的大手猛地抓住了——

蛇，它们全都变成了蛇，抬起头来，开始撕扯自己的身体。蛇的尾巴全都像树根一样栽在泥土里，黑洞洞的双眼里慢慢开出娇艳欲滴的鲜花。

这个噩梦令父亲醒来后胃口全无。他把湿透了的衣服换下，只觉得心里就像堵了一块大石头，急需透气。

蛇谷里的花儿怒放，漫山遍野一片灿烂的春光，纷飞于其中的蜂蝶彰显着生命的活力。这样的场景让父亲稍微好过了一点儿。他懒洋洋地躺在如茵的绿草中，沐浴着温暖的阳光，强迫自己暂时忘掉那些令人不愉快的想象。但是好像又不能不想，因为战争迫在眉睫，他已经可以看到在障眼幻术的外面，有更多的秘术师在寻找着秘术布置的方位。虽然上一批失踪者完全没有找到，但他们的失踪让人类更加警醒。这一回，有更多的士兵跟随保护，虽然会因此干扰秘术师们的精神力，导致效率的降低，却至少不会再被偷袭全歼了。虽然慢，但是可靠。

谷主计算过，按照这样的搜索方式，蛇谷能赢得的时间比之前预计的还要多，会有三个月之久。谷主踌躇满志，自信更充裕的时间能让他培育出更厉害的邪兽，而得到狄弦这个有力的臂助，更是让他如虎添翼。

可是狄弦究竟是什么人呢？父亲已经猜想过无数次了，始终不得要领。狄弦自己的说法很简单：他曾向一个魅学习秘术，后来在九州各处跑马帮赚钱维生，听说了蛇谷的存在后，就赶过来了。但父亲总觉得这个人身上还藏了许多事，但他就是不肯说，也没办法。

父亲不着边际地东想西想着，柔和的阳光与和煦的春风让他渐渐睁不开眼睛，毕竟昨夜实在睡得太不踏实，他终于睡了过去。这一觉很安稳，没有做什么梦，醒来时却意外地发现，在障眼幻术的边缘站着一个人。一看背影他就认出来了，那是狄弦。

狄弦跑这儿来干吗？父亲一阵困惑。他唯恐弄出声音来，就这么趴在草丛里，忍受着蚂蚁和飞虫在他的身上钻来爬去。他看见狄弦站在那里始终没有动，好像在犹豫着什么，最后却跺了一下脚，转身走回了城里。

我父亲注视着他的背影渐渐消失，在心里猜测着，他是不是在犹豫是否出去和人类接头的问题呢？越来越弄不明白狄弦想要干什么了，难道那个晚上只是自己的错觉？或者狄弦并没有做什么对不起蛇谷的事？

第二天一早狄弦又消失了。我父亲已经对此习以为常，没有多想，但到了午间，谷主居然来找他询问狄弦的下落，这让父亲有点儿摸不着头脑。他想啊想啊，忽然想起了什么，忙往城外跑去。

他来到了曾经带着狄弦走过的那条捷径，既能在冬天翻越积雪，也能在春天绕开谷口的大路，以免被人看到。父亲仔细查看了那条小径，发现了几个还没消失的脚印，看鞋印的大小，应该就是狄弦。

谷主来找我父亲时，一脸的焦急，因为培育邪兽的进程耽搁不得，但狄弦偏偏在这么要紧的关头跑出去了。父亲不得不承认，自己真的是没办法了解这个人。

好在狄弦这次只出去几天就回来了，差点儿没把谷主的头发给愁白了。我父亲问他出去干了些什么，照例没有得到回答。倒是他回来的当天发生的一件与他无关的事，吸引了父亲的全部注意力。

那一天我父亲正坐在一间无人居住的民居的屋顶上，无聊地看着偶尔路过的同族发呆，连扔点小石子或是浆果戏弄他们一下的兴趣都没有。那一对被捆绑的青年男女就在那时候进入他的视线。

那是一对很年轻的夫妇，以十七八岁的青年人为模板凝聚而成，算起来真实生存的年龄也不过五六岁。他们为人很和善，和我父亲的关系一直不错，所以眼下突然看到他们被牢牢地捆住押走，我父亲很是愕然。

他溜下房来，悄悄跟在后面，跟随着押送他们的七八个魅来到了议事厅，一脸严肃的谷主正在那里等着他们。父亲从窗外窥视，有些不安地发现谷主脸上带有他多年来都未曾见过的杀意，这让这位平时一直显得很慈祥的老人多了几分狰狞之态。

两个年轻人十分惊惶，尤其是女子，脸上的眼泪没有干过。她一直在低声哀求着什么，但离得太远，父亲也听不清她在说些什么。他只能看出，女子苦苦哀求，男子惊恐中带有怒气。这是要干什么呢？

谷主摆出严厉的面孔，高声呵斥着，父亲能隐隐听到"破坏规矩""不可饶恕""没有任何商量"之类硬邦邦的字眼。他还想要再听，忽然之间，一只手搭在他的肩膀上。不必回头他就知道，那是狄弦。

"回去吧，别看了。"狄弦的声音很柔和，这样的柔和反而让我父亲更加觉得不妥当。他没有理睬，继续盯着议事厅内，一名长老走了出来，手里抱着一个……婴儿。

婴儿出现的一瞬间，那一对年轻夫妇立刻崩溃了，他们双双跪倒在地上，嘴里拼命喊叫着，父亲这次听到了"他是无罪的""要杀就杀我们"等词句。

要杀就杀我们？父亲咀嚼着这句话，那意思是说，这个婴儿将要被杀死？他是哪儿来的，为什么要被杀死？

不容他多想，狄弦近乎粗暴地揪住他的衣领，把他提起来就走。我父亲张口想骂，狄弦不知从哪儿变出来一个苹果，塞进父亲的嘴里，让他一时发不出声来。等到了远离议事厅的地方，狄弦才放开手。我父亲憋了一肚子的污言秽语正准备爆发出来，却被狄弦的神情吓了一大跳，或者说，震住了。

狄弦的目光望向远处不知正在上演哪一幕的议事厅，眼里充满了深沉的悲悯与无奈。那是一种无比苍凉的眼神，不仅仅是为了那一对被捆绑的年轻的魅，而更像是正在看透整个种族的未来。

"你在蛇谷里长大，没有发现过有件事情很奇怪吗？"狄弦慢慢地问，"你有没有注意到，整个蛇谷只有你一个小孩子？"

我父亲想了想："的确是，可是那也没什么奇怪的。一般的魅不都是选择已经足够强壮的青壮年作为模板吗？连我自己都不知道虚魅的时候是怎么想的。"

"但是你有没有想过，为什么这里的魅自己并没有生育出新的后代呢？"狄弦继续问，"而魅的学习能力比其他种族都强，为什么在这座城市里，人们只是宠着你、护着你，却什么都不教导你？尤其你还是那么聪明的一个小鬼。"

这似乎是狄弦第一次夸我父亲聪明，但我父亲顾不上去高兴了。他回忆着自己在蛇谷成长的经历，好像真的如狄弦所说，所有人都对他很好，就像他的亲人一样；所有人甘心被他捉弄，之后还会报以宽容的微笑。但他们好像真的并没有教过自己任何知识，也没有训练过自己任何技能，只是任由这个孩子在蛇谷里自由地成长、自由地闲逛。

这一切，好像顺其自然，但被狄弦说出来之后，又显得很奇怪。更奇怪的是，城里的近千个魅，年龄相近的男女不少，其中也有一些结成了对，但为什么他们都没有生出小孩儿来？

我父亲皱着眉头，拼命思索着，狄弦苦笑一声："想不出来也不能怪你，因为你原本就被蒙在鼓里，所有人在欺瞒你，所有人，也包括我。第一天来到这里，谷主就已经警告过我，不要告诉你真相。但现在，似乎不告诉你也不行了。"

"到底是什么真相？你们瞒着我什么了？"我父亲觉得胸口憋得慌，过往熟悉的一切仿佛都被罩上了浓重的云雾，让他发现连自己的生活都是虚假的。他需要真相，他想要大声地吼出来。

"你根本就是一个难得的宝贝，对于蛇谷里的魅而言，"狄弦缓缓地说，"他们只有在你身上，才能满足自己天性中对后代的渴望。所以他们什么都不教你，不想让你成熟起来，而想看着你作为一个真正的孩童，慢慢地长大，很慢很慢地长大。"

父亲只觉得口干舌燥："为什么？为什么只有我才行？他们就不能自个儿生几个去玩吗？"

"他们不能，"狄弦的声音听起来很缥缈，就像是从很遥远的地方传来的，"依据蛇谷的律法，蛇谷内的魅，绝对禁止生育。因为魅与魅结合之后，生下的后代只具备父母双方模板的特性，而完全不具备魅的特征。换言之，魅与魅结合，只能生下人类、羽人或者其他异族的后代，却不可能生下魅。"

"那又有什么关系呢？"父亲就像是在抗辩一般，强撑着说出这句话，虽然答案已经非常清楚了。

"别忘了，蛇谷的居民，必须全都是魅，"狄弦叹息着，"所以一旦有人生育了后代，就必须……立即处死。"

九

我父亲像喝醉了酒一样，摇摇晃晃回到家里，足足两天两夜没有出门，狄弦去找他，他也不开门。第三天早晨，他才第一次迈出门来，但这时的他，已经和往日大不相同了。他的眼神里再没有以往那种天不怕地不怕的飞扬神采，而是像一颗宝石蒙上了厚厚的尘土一样，显得黯淡阴沉。他不再搞恶作剧，甚至于无心和旁人说话，每天都坐在不同的地方发呆。

如果说我父亲一直都是孤独的，那么现在，这种孤独有了新的定义。他发现自己其实就是一只木头鸭子、一只泥猴，或者是狄弦买给他的竹节蛇。他只是供人观赏用的玩物，却还不自知，以为自己很了不起。他回想着过去的岁月，那一次次的自鸣得意、一次次的自命不凡，如今都像是钢钉，深深地钉在他的心上。

最古怪的联想来自狄弦曾向他讲述过的邪兽的培育方法。他躺在花香四溢的山谷里，不止一次地想，其实我就是一只邪兽，整个蛇谷的居民们用谎言灌注而成的邪兽。我以为我在无拘无束地成长着，但我只是一棵植物，我的根被泥土禁锢着，永远没有自由，却还在自以为是地绽放着妖娆的花朵。

这时候战争的脚步已经越来越近了，人类破除了第一道禁制，不久之后又破除了第二道，加上上一次击杀斥候后临时补充的一道，如今保护着蛇谷的秘术防线也只剩下最后两道了。这两道禁制一旦被破除，整座城市就会赤裸裸地暴露在人类大军的眼前，而以蛇谷的兵力，根本没有可能与十倍于自己的敌军相抗衡。

邪兽就成了大家唯一的希望。所有人都眼巴巴地看着全谷最好的秘术师们终日忙碌。他们已经进行了多次实验，事实证明狄弦的岁正法术是很有效的，用来实验用的几只小型邪兽——也就是我父亲曾经无意间撞见过的那种——无论形态、力量还是驯服程度，都处于人们的控制之中。

这样的话，长老们对于最后将要正式培养的邪兽也有了更多的信心。他们移师到了城外不远处的一个小山坳里，因为这只邪兽的形体会远远超过那些实验品，城里恐怕放不下。

那个山坳严禁任何人接近，旁人虽然好奇，也没有办法见到邪兽的真容，只能看到每天夜里山坳上空不断闪过的炫目的光彩。不久之后，开始有奇异的叫声传出来，最早的时候声音低沉而微弱，慢慢地变得洪亮高亢，声动四野，之后又慢慢低沉下去，渐渐不可闻，但啸声似乎越来越带有惊人的力量，仿佛大地都在随之轻轻震颤。这样的变化非常让人欣慰，因为它说明邪兽的力量在不断增长，却又能够被掌控。

狄弦无疑在这其中扮演了十分重要的角色。父亲每见到他一次，他就好像又瘦了一点儿，两眼熬得乌青，好似被人揍了两拳。不过父亲并没有去找他说话，因为他总是和其他秘术师们待在一起，就连吃饭的时候都在探讨着邪兽培养的细节。过了几天，他们根本就不离开山坳了，直接在那里搭起茅屋，吃住皆在其中，可以想象邪兽的成长已经到了最紧要的关头。

我父亲好像完全没有看到这一切。他长久地坐在谷口，看着远处的人类秘术师们紧张地忙碌着，看着盛夏在炎热的山风中慢慢到来，炽烈的阳光开始炙烤大地。

有一天，父亲正在全神贯注地玩着手里的一只蚂蚱，狄弦如幽灵般出现在他身后，在他的后颈上用手掌一斩。父亲跳了起来，回头一看是狄弦，又耷拉着脑袋坐了下来，一脸的没精打采。

"怎么，生气啦？"狄弦抚摩着父亲的脑袋。父亲把头一偏，不去理睬他。

狄弦哑然失笑："真是小屁孩的臭脾气。老子又不是故意不陪你玩，火烧屁股啦！你没见那些人类已经到咱们眼皮子底下了？总得先忙正事嘛！"

"谁要你陪我玩了？"我父亲总算是气鼓鼓地开口了。

狄弦也在他身边坐下，手搭在他肩膀上，这回父亲没有抗拒。狄弦说："行啦，我知道你在想些什么，某些事情一旦被揭破了，总是很不好受的。但回过头想想，他们毕竟没有恶意，毕竟还是出于对你的喜爱才那么对待你的。"

父亲没有吱声，狄弦接着自顾自说下去："年轻是好事，心灵年轻更加是好事。你觉得蛇谷的人耽误了你，但你可知道，有多少人在羡慕你能真正像孩子一样搞恶作剧，往别人的墙上涂鸦……"

"所以我应该被当成一个傻瓜来哄骗？"我父亲愤愤地打断了他，"我就像一个玩具球，被所有人踢来踢去地取乐，还以为自己很厉害，能够自己到处乱滚呢……"说到这里，他忽然一阵哽咽。狄弦安慰地拍拍他的肩膀，这一拍不打紧，我父亲号啕大哭起来，鼻涕眼泪流得满脸都是。

狄弦轻轻叹了口气，把哭泣的少年揽到自己怀里，紧紧搂住他，嘴里说着："也没你想象得那么糟糕，其实你……"

他的"你"字刚刚出口，忽然浑身一震，身子僵住了。而我的父亲，一秒钟之前还哭得像个正在融化的雪人的父亲，敏捷地从狄弦的臂弯里挣脱出来，迅速站起身，退到了三步之外。他的脸上还挂着泪水，神情却变得冷酷而残忍，手里握着的那只蚂蚱却已经没有了头。

"怎么样，这个小玩意儿做得像个蚂蚱吗？"我父亲冷冰冰地说，"我可还一直记得我们的赌约呢！这个机会我等了很久了。"

狄弦看起来有点儿行动困难，想要支撑着站起来，腿却没能伸直，又摔倒在草地上。他的眼中充满迷惘，瞪视着我父亲："这是什么毒？"

"蛇毒，"我父亲骄傲地说，"蛇谷里最毒的黑尾蝮蛇的毒液。我找了很久才找到它。"

"你为什么要这么做？"狄弦艰难地问。

"因为我太喜欢蛇谷了，我希望你健健康康地把邪兽炼出来，好保卫我们的家园。"我父亲歪着嘴，笑得无比邪恶，歇斯底里地狂笑。那狂笑嘶哑刺耳，在山谷里久久回荡，直到被闻声赶来的魅按倒在地上，他仍然无法遏制自己的笑声。

十

总体而言，谷主是一个比较和善的老头儿，平日里很少发脾气，见到谁都笑眯眯的，还总喜欢讲一些谁听了都不笑的冷笑话。我父亲过去没少捉弄谷主，老头儿从来不生气，神色间颇有点儿慈祥祖父爱护孙子的模样。

但这一次，谷主是真的动怒了。他脸上的每一道皱纹都在激烈地抖动，一向梳理得整齐儒雅的胡须乱糟糟地根根直立，好似刺猬。不只是谷主，所有的长老都义愤填膺、惊怒交加，看着躺在床上满脸黑气的狄弦，恨不能立即把我父亲撕成碎片。而我的父亲被捆得结结实实扔在一旁，脸上的每一根汗毛都写着"无所谓"三个字。

"放心吧，我死不了，这种毒虽然厉害，还杀不死我。"狄弦用微弱的声音说，说完，他看了看谷主和长老们的神情，微微一笑，"但是一个月之内，我确实没办法再催动秘术了。所以对你们而言，我也就和死掉差不多啦！"

虽然身中剧毒，狄弦倒还一直保持着他一贯的乐观，能说笑两句。但长老们实在没有他那样的兴致。辛苦培养了那么久、眼看距离成型只有最后不到十天的邪兽，由于狄弦的意外受伤而变得前途黯淡。离开了狄弦，谁也没有能力抑制邪兽的狂暴，如果任由邪兽继续发展下去，最终的结果可能难以预料。那种长期受到无法摆脱的束缚却在最后一刻获得自由的兴奋与狂喜，也许会令这只邪兽加倍凶暴。

"看起来，只好把这只邪兽毁掉了，"我父亲简直有点儿乐不可支，"大家赶紧琢磨怎么弃城逃命吧！"

"你这个歹毒心肠的小杂种！"一位长老忍不住破口大骂，"如今人类的大军已经封在了山外，后山的出路也被堵死了，我们几百号人，怎么可能逃得掉？"

我父亲很遗憾地瘪瘪嘴："那就只能眼睁睁看着蛇谷灭亡啰，多可惜呀！"

"你放心，你不会有机会看到那一天的，"谷主阴森森地说，"在这之前，你能不能告诉我，你为什么要这么做？难道你不是一个魅吗？为什么要帮助人类灭绝自己的同胞？"

我父亲摇摇头："你说反了，不是我帮助人类，而是人类帮助我。我只是不喜欢被人当作玩具来玩弄而已，尤其那些人还杀害了我爹。我是一条蛇，不是栽在泥土里任人践踏的花。"

其实他爹是自杀的，但在这当口，也没有人有兴趣纠正他了。谷主的脸上阴云密布，好像被父亲的话触动了，尤其是关于蛇与花的比喻，但最后，他仍然抬起了手来。我父亲知道，当这只手落下时，自己的性命也将不复存焉。他闭上了双眼，并没有挣扎。

"那你是怎么活下来的？"后来父亲给我讲故事时，我很好奇地问。

"猜猜看。"父亲故意卖关子。

我想了很久，实在没有想到任何理由饶恕父亲这样直接将蛇谷推向毁灭的罪行。老实说，当时就算在场的是我，我大概也会实在忍不住吟出一句凝血咒，把这个罪人的血液凝成块。

父亲见我猜不出来，非常得意，慢腾腾拿腔作调地说："其实是在那个时候，有一个关键人物救了我。"

"是谁？"我赶忙问。

"就是差点儿被我弄死的那个人，"父亲笑得十分得意，"我的小弟狄弦。"

"你的小弟？"我一时有点儿反应不过来。

"我终于成功地整到他了嘛，自然就是他的老大了，"父亲一本正经地说，"那是男人之间的赌约，不能赖的，我之前挨了那么多契约咒，你以为是开玩笑的啊？"

"原来你那会儿也算是男人啊……"我小声嘟囔着。

"你们不能杀他。"一个声音忽然响起。那是半死不活的狄弦。这一声嚷嚷倒是很响亮，所有人都转过头去看他。

谷主以为自己听错了："你刚才说什么？"

"我输给了他，他就是我的老大，愿赌服输，"狄弦坚决地说，"你们谁和我老大为难，就是和我过不去，我就不会帮助你们想办法把这只邪兽继续培育下去。"

盛怒的谷主手心已经燃起了幽蓝的火焰，好像是气急败坏之下准备一把火把父亲烧成灰烬，听了这句话硬生生收住手，眼里重新浮现出一丝希望："你是说……还有可能完成？"

"我刚才想了想，硬生生废掉的话，其实就是提前宣布我们的死期了，"狄弦回答，"倒还不如赌一把，也许还有一点儿希望。"

人们立即忘掉了我父亲，都围到狄弦身边。他们也不关心狄弦为什么肯放过我父亲，甚至为他求情，只要能将邪兽炼成，其他的他们都不在乎。我父亲却呆住了，脑子里一团乱麻，不明白狄弦这么做是为了什么。他本来已经做好了必死的准备，这一下捡回一条命，着实有点儿哭笑不得。

不过命虽然保住了，再想要接近狄弦也是不可能的了。借给谷主十个胆子，也不敢再让狄弦陷入危险的境地，所以父亲再次被关了小黑屋，这一关就一直被关到人类开始进攻的那一天。在此之前，邪兽的咆哮声一天比一天响亮，到最后变成了日夜不停休的轰鸣，吵得蛇谷居民彻夜难眠。但邪兽叫得越响，人们就越欣慰，哪怕为此不能睡个好觉。这可真是个幸福的烦恼。

就在邪兽的怒吼达到顶点的那一天，人类终于解开了最后一道幻术，一切让人原地打转的幻景都在顷刻间消失了，蛇谷暴露在了人类先锋部队的眼前。这支部队约有一千五百人，队列整齐，衣甲鲜亮。当他们看到那座建造在半山上的城市时，都禁不住发出了惊叹声。

原来传说是真的，在雷州的蛮荒大山之中，真的藏着一座魅的城市，一座与人类为敌的罪恶之城。他们在这里潜伏了几百年，用秘术隐匿自己的行踪，却干着猎杀人类的罪恶勾当。

士兵们心里升腾着惩罚的怒火。魅这样人数稀少的种族，全靠混杂在异族的族群里才能生存。但他们却不知感恩，反而恩将仇报，把人类当作了最大的敌人。他们真的就像寓言故事里农夫怀里的那条蛇，凶残、狠毒、贪婪、无情无义。对付这样的种族，最好的办法就是把他们全部铲除，一个也不留。

武器与盔甲的摩擦声不绝于耳，士兵们在等待，等待着带队的军官发号施令。据说这座城里藏了好几百个魅，每一个魅都是秘术高手，己方的一千五百人未必是他们的对手，何况他们还居高临下，占有地利。但人类的勇士们不会惧怕，因为魅死一个就少一个，人类却永远不会缺人口，后续还有源源不断的兵力赶到，会让魅充分体会到他们力量的渺小，让他们后悔为什么会去选择一条以卵击石的道路。

与此同时，蛇谷里的魅也全都聚集在城头，望着远处暂时按兵不动的人类军队。这是创造九州历史的一次对峙，因为在过去的时代里，从来不曾出现如此多的魅聚集在一起，在同一面旗帜下，为了魅族的尊严而向异族宣战。但这第一次的宣战就把魅推向了悬崖边。

"什么时候才能解除邪兽的封印？"谷主问狄弦，掩饰不住声音的微微颤抖。按照狄弦的指示，在这最后的几天里，长老们对邪兽进行了新的处理。这种处理方式无比冒险，最后能不能成功，谁也不知道。但除了相信狄弦，似乎也没有别的办法。

"再等等，敌人还没有发起冲锋呢！"狄弦看来很悠闲，半点儿也不慌乱。他仍然不能行走，谷主安排了两个身强力壮的魅用一张软椅抬着他。而我父亲仍然被捆得很牢，并且与狄弦保持着足够的距离。他的眼睛一会儿瞅瞅天空，一会儿瞟瞟狄弦，看似浑不在意的样子，其实心里很紧张。我父亲偷袭狄弦的时候固然不怕死，那是因为他已经抱了必死的决心，而最让人紧张的状态却叫作"生死未卜"。

生死未卜的魅们焦虑不安地等待着，既盼望敌人永远都不要发起进攻，又盼望他们快点过来，免得自己老是提心吊胆地受着折磨。在这种矛盾心态的煎熬中，邪兽不断地低鸣着、躁动着，可以让人们感觉到脚下的微微颤动，似乎它也不耐烦了。

"不能再等啦！"谷主对狄弦说，"已经完全成熟了，再等下去，只怕邪兽就要自己冲开封印，完全不听主人的命令了！"

狄弦皱皱眉头，目光越过人群，看到了我父亲。他眼前一亮，大喊道："你，快点，马上给我想出个主意来！"

我父亲一愣："什么主意？"

"能立马让人类攻过来的主意！"狄弦大声说。那一刻他好像忘了其实父亲才是他的"老大"，话语中充满了不容抗拒的威严。我父亲也为这种气势震慑，脑子里一阵计较，有了主意："叫上几个能把秘术使得花哨点的人，越花哨越好，去装模作样地进攻。"

"为什么？"狄弦看着我父亲。

"他们一眼就能看出你们是在佯攻，再一想，就会猜想你们在借着佯攻的掩护悄悄逃命，自然会赶紧冲过来，"父亲说得很淡漠，而且一直在用"你们"这两个字指代蛇谷的魅们，"只不过，负责诱敌的人多半逃不掉，死定了，看你们谁乐意去了。"

谷主还没有开口，已经有七八个年轻的魅站了出来，主动要求承担这项任务。他们的脸上闪动着为了种族而牺牲的悲壮情怀，狄弦看了十分不忍，但在这种时候，也没有别的选择了。谷主咬着牙，命令他们立即动手。

此时站在高处看下去，魅的进攻带有一种令人目眩的华丽。他们的身躯被包裹在夺目的光晕之中，头顶有气势雄浑的风雷火焰，仿佛空气都会因此而燃烧起来。这样逼人的气魄让人类很有些不安，并下意识地回撤了几步。但片刻之后，一支从后排射出的冷箭插在了第一个魅的胸口上。他摇晃了一下，猝然倒地，那些奇特的视觉效果消失了，只剩下脆弱无力的尸体。

"娘的，假的！"人类的指挥官骂出了声，但也松了口气。剩下的几个魅且战且退，退向远离那座山中城市的方向，他正准备带兵追赶，丰富的作战经验却令他很快意识到了什么。他的嘴角浮现出一丝冷笑："想跑？没那么容易！"

他高声传达了命令："别管这几个杂碎了！全力攻城！那一窝子毒蛇想跑！"

虽然九州世界已经有年头没发生大规模战争了，但这支军队跟随着他们的指挥官四处剿杀土匪、海盗、叛贼，士兵们大多身经百战，令行禁止。长官的命令一出，他们立即放弃那几个无关紧要的诱饵，保持着整齐严谨的队列，向着蛇谷城压过去。他们把魅称为毒蛇，却不知道，从站在城上的魅的眼光来看，这一支黑压压的队伍，也像是一条恐怖的巨蛇。

十一

"他们开始进攻了！"一个魅喊道。

果然，人类的阵线开始全面上压，早已准备好的攻城车、云梯等攻城器械也被推到了前列。正面的冲突已经不可避免了。

"可以了，"狄弦说，"去解除封印，解放邪兽吧！"

谷主早就在等着这句话，连忙亲自奔到城墙边，向着邪兽所在的山坳方向发出信号。在那里，早已等候多时的一位长老解开了邪兽的封印。

长老也发出信号，示意动手。谷主擦了把额头上的汗水，回到城头，一时间有些发愣。他看到所有的魅都在施放出一种护体秘术，在自身周围形成一层保护。这个秘术属于较为初级的简单法术，而这一层保护的作用也仅仅是利用液体的流动性形成隔膜，隔绝身旁的液体，通常秘术师会用它来避雨，对刀枪和炮石可是半点儿作用都没有。再一看，原来是躺在软椅上的狄弦正在扯着嗓子指挥。

"没错，就那么简单，大家把方法记牢了！"狄弦俨然一个危难时刻的镇定领袖，"精神力强一点儿的，帮一把精神力稍弱的，大家都做好准备，至少要坚持三分钟！"

这是在干什么？谷主糊涂了。但看狄弦神气活现的样子，又似乎很有把握。狄弦扭头看见谷主回来了，大声说："老头儿！你也赶紧，用流体术把自己罩起来！别告诉我你不会啊！"

"这是为什么？"谷主问。

"听我的，没错！"狄弦说，"待会儿再解释！"

谷主没有办法，此时此刻也容不得他多想，因为身后震天动地的巨响传来，说明邪兽已经开始行动。他也照做了。

大家的心脏剧烈跳动着，强抑着内心的恐惧，看着邪兽破土而来，展开它的身体。我父亲更是眼睛都不眨一下，死死盯着前方。晴空下，邪兽就像是一座突然从地下钻出来的山峰，几乎是一眨眼之间，就已经直冲云霄，巨大的阴影把城头的人们全部笼罩在其中。

"终究还是没能控制住体形啊！"谷主喃喃地说。

这只邪兽的身形突破了模板的限制。现在谁也看不出这只邪兽本来的面目应该是什么。它的整个身体就像一大团发过了头的面团，或者说，像天边不断变化形状的云彩，软塌塌地扭动着。

此时人类已经兵临城下，投石机都架好了，陡然间看到这个怪物，令他们不知所措地停了下来。他们从来没有见过邪兽，也从来没有想过会有人敢培育邪兽，一时间有些发愣。

邪兽向着蛇谷城慢慢靠近，却没有脚步声，大概是依靠身体的蠕动在行进。在父亲的视线中，这团暗红色的、黏稠的泥状物质正在缓缓蠕动着，虽然缓慢，但由于身体巨大，稍微动一下，就已经来到了城边。此时可以将它看得更清楚，这团东西体并没有一个固定的形状，头颅和四肢都不分明，肤色也在不停地变化着，忽而黄，忽而黑，忽而红。

但在这团东西身上，却有着两样形状固定的东西，那是六个巨大的血红色圆洞，正在一开一闭地动着，圆洞的下方还有一道狭长的裂缝，从里面露出一排白色的岩石一样凹凸不平的东西。父亲猛然意识到，那是这只邪兽的眼睛和嘴！而那些"岩石"，就是邪兽的牙齿了。

邪兽已经蠕动到了城头，浑身散发出令人作呕的可怕恶臭。它的眼睛不断地眨着，一会儿转向东，一会儿转向西，似乎是眼前这座小小的城市令它困惑。它的身体上挤出来一团什么，就好像人伸手一样，在城墙边缘轻轻一拂，魅的脚下立刻剧烈颤动起来，坚固的城墙像豆腐一样脆弱不堪，被它撞开了一个大口子，砖石飞溅，一整块城墙也随之沿着山体滑落下去，在地上砸出轰然的巨响。

邪兽连续撞击几次，把城墙撞塌了大约五分之一，剩下的部分也摇摇欲坠，地面上粗大的裂纹正在不断扩大。当漫天的粉尘石屑散尽后，城头上的几百个魅无比惊恐地发现，邪兽那张遮天蔽日的血盆大口已经在向着他们头顶移动过来！

"你骗了我们！"谷主猛然反应过来，"你说过这只邪兽可以被控制的，但它根本不能！"

"我从来没有说过它可以被控制，"狄弦居然还是很镇静，"我只说，继续培育下去，会有希望的。"

"有狗屁的希望！"谷主破口大骂，恨不能立即一把火把狄弦烧掉，"它没有去对付人类，反而就要吃掉我们了！"

"它当然要吃掉点什么，"狄弦嘿嘿一笑，"谁离得近吃谁。人类它当然也可以吃，但谁叫我们离它更近呢？"

这就是寄托着蛇谷全部希望的邪兽，现在看来，似乎只是狄弦的一个罪恶的圈套。它根本就没有注意到人类的存在，目光已经完全被魅所吸引。当创造它的那些魅意识到这一点时，好像已经太晚了。

谷主脸色白得像张纸，正准备不顾一切地向狄弦攻击，却听见狄弦声如洪钟地喊了一声："赶紧催动流体术把自己保护好！快点！能不能活命就看它了！"

这一声喊出来，不只谷主不敢相信自己的耳朵，我父亲也惊呆了。因为这一声中气十足的喊叫说明，狄弦压根儿就没有因为中毒而身体虚弱。相反地，他比什么时候都精神。

他并没有中我的招儿，我父亲呆呆地想，他在骗我！为什么？为什么他要装作中毒？

那一瞬间我父亲的内心充满了屈辱，他没想到自己设计得如此浑然天成的计谋，竟然又失败了，而且还反被狄弦利用了。父亲想方设法和狄弦斗了那么多次，无一例外的惨败，这件事对他的打击甚至超过了眼前的危险处境，以至于他恍恍惚惚抬起头来时，才发现邪兽的大嘴已经到了人们的头顶。

没有人试图逃跑，因为根本逃不掉，就好像雨天摆脱不了乌云的笼罩。邪兽实在太大了，它拉长了自己的身体，就像是长出了一截脖子一样，轻松地把所有的魅覆盖在它的捕猎范围内，恰似一片雨云，跑得再快的人也没法跑掉。也没有人试图攻击，体形上的差异如鸿沟般摆在人们面前，提醒着大家不要做徒劳无益的反抗。

所有的魅都闭上了眼睛，等待着被吞入邪兽口中的最后命运，这也是蛇谷的最后命运。几百年来的苦心营建，无数魅的心血所在，最后被自己的失误所毁掉，也算是一种绝妙的黑色幽默。

邪兽嘴里的腥臭气息散发出来，让人们不自禁地捂住口鼻，这时候只有狄弦还在大呼小叫："记住用秘术！坚持一小会儿，就能活命！"

没有人相信他所说的，但又没有人不遵照他的话去做，这是一种濒临绝境时的奇妙心理，只要有点儿救命稻草就会去抓住。例外的是我父亲，他不是不想捞救命稻草，而是神情恍惚，忘了这回事，想起的时候已经太晚了。

这时候他感到一只有力的大手把他抓了过去，靠在一个人身上，接着一团若有若无的淡色光晕升起，把他包裹在其中。那是狄弦。狄弦施展开流体术，把父亲和他自己都护了起来。

就在这时候，邪兽怒张的大嘴已经势不可当地罩下来，一股强劲的吸力从那个巨大的黑洞里传来，把所有的魅都吸了进去。

开始是一个黑暗的、有一点点像蛇谷头颅大厅的巨大空洞，这无疑应该是邪兽的嘴，下方那软绵绵的鲜红色，可能就是舌头了。而再往后，则是一阵子令人难受不已的急剧下坠，像是进入了一片完全不同的诡异的天地，最后所有的魅都摔在了软软的"地面上"，而他们裸露在外的手脚立即感受到灼痛，衣服开始哧哧冒烟。

"秘术！别忘了秘术！"狄弦声嘶力竭地喊着，"那些都是胃液！你们有办法避开的！"

避开了又有什么用？大家都在邪兽的肚子里了，用秘术多撑几分钟，最后还不是会力竭，然后等着被腐蚀成白骨，和邪兽的胃液混在一起。但狄弦的声音里有一种充满热情的感染力，魅们虽然并不大信任他，最后仍然用秘术保护了自己，暂时抵御了胃液。只是不同的魅精神力高低不一，有的相对轻松一些，有的就很吃力。

"大家想办法把彼此的精神力联结在一起！相互照应一下！"狄弦一边运用着秘术，一边伸出手来挽住我父亲和身旁的一个魅，"我们都是精神的产物，一定能做到的！"

最后一句话颇有鼓舞性，所有的魅都伸出手来，彼此挽在了一起。在这个黑暗而恶臭的胃里，蛇谷的魅们手挽着手，慢慢产生了精神共鸣，流体术产生的防护在这个群体的四周盘绕，阻挡着胃液。大家都不知道到底能坚持多久，也不知道这样的坚持究竟有什么用，但在狄弦不停地呐喊声中，仍然都照着他的指令行动。因为从他快要喊破了的嗓音里，所有的魅都感受到一种东西，那就是希望。希望就是在绝境中不要患得患失，不要多想，用尽每一分力量把握住现在，不管一秒钟之后可能发生什么。

　　几百个魅在邪兽的肚子里沉默着、等待着，燃烧着精神力，尽可能地照护到每一个个体。如果把今天看成是魅这个种群的灾难，那么，每多一个个体存活下来，也能为种群的未来积蓄力量。即便是曾经想要毁灭掉这一切的我的父亲，这时候也别无杂念，全力催动着自己弱小的精神力。这是他与狄弦相处的时光中，唯一一次狄弦全神贯注、无暇他顾，这正是可以下手的机会，但他却放弃了。

　　这时候大家忽然感觉到一阵剧烈的震动，好像是邪兽在进行大范围的移动，紧接着有一些碎石砖瓦从邪兽嘴的方向落了进来。蛇谷的居民们心里有数：邪兽开始毁灭蛇谷城了。虽然并不知道它是有意的还是无意的，但以它那样山一样的庞大身躯，蛇谷城多半已经化为废墟了。但这时候，并没有谁去心痛城市的毁灭，在生命受到威胁的时候，魅们不约而同想到的是：只要我们活下去就好。

　　接下来发生的事情让所有的魅都不知所措。那一波震动过后，紧跟着是更加激烈的波动，好像有一种古怪的斥力在邪兽的胃里产生，结合着胃壁的震荡，把魅们向体外推去。都没等他们反应过来，一阵天旋地转的翻滚、碰撞、颠簸之后，眼前不可思议地出现了亮光。然后，他们都重重地摔在了地面上，或是同类的身上，摔得眼冒金星、遍体疼痛。

　　他们被吐出来了！一个个狼狈不堪，浑身肮脏腥臭，衣服全是破洞，脸上、手脚上留下斑斑点点的伤痕……但他们活下来了，竟然被邪兽从肚子里吐了出来！

　　在一片震惊与茫然中，唯一一个保持清醒的仍然是狄弦："快跑！都跟着我跑！"

　　的确，能被吐出来，未必不能再被吞回去。此时狄弦说出来的话几乎就是皇帝的圣旨，我父亲他们沉浸在劫后余生的狂喜和继续求生的渴望中，跟在狄弦背后狂奔出去好一阵子，才顾得上查看一下周围的形势。这一看大家更加傻眼了，完全想不明白眼前发生的这一切是怎么回事。

　　邪兽把他们吐到了山谷中，蛇谷城如所料的那样已经化为废墟，但邪兽却正在张开巨嘴，吞食着谷地中的人类军队。已经有大概三分之一的部队被吞下去了，也就是五百人左右，剩下的却在利用着那些本来应该用于攻城的武器进行着反击。但那些可以砸碎城墙的石块打在邪兽身上，充其量留下一点儿浅浅的伤口，反倒是撩拨得邪兽凶性大发，不顾一切地张嘴吞食，又有百来个士兵落入了他的胃里。这些士兵都不会流体术，进去之后，很快就会被化尽。

一直跑出了好几里地，狄弦才说："差不多了，可以休息了。"这句话一出口，所有的魅立即瘫软在地上，好像连多一寸都没法再挪动了。一片呼哧呼哧的喘息声中，大家的眼睛望向远方的山腰。蛇谷城已经消失，沦为瓦砾，这个花了几百年时间苦心维持的魅族的家园，就这样毁于一旦。

谷主的脸上阴晴不定，踌躇了一阵子，还是来到狄弦跟前："说说吧，到底是怎么回事？你为什么会诈伤骗我们？事到如今，你没有什么隐瞒的必要了吧？"

"的确没必要了，我就全招了吧！"狄弦依然懒洋洋地躺在地上，"诈伤回头再讲，先说说整件事的起因吧，也就是我来到蛇谷、策划这一切的全部理由。我中了别人的契约咒。"

"契约咒？"我父亲叫出了声。

"是的，我之所以来这里，就是为了一个契约咒，"狄弦手里捏着一根长长的青草，轻轻挥动着，"我有一个很好的朋友，或者说，我以为他是我的好朋友，欺骗了我。他在我不防备的时候偷袭了我，逼我和他定下契约咒，要替他毁灭掉蛇谷城，彻底地毁灭。"

"一个知道蛇谷城的人……应该是个魅吧？"谷主敏锐地注意到这个细节。

"这你可猜错了，"狄弦摇摇头，"不是魅，而是人。不过他曾经在蛇谷里居住过六年。"

"不可能！蛇谷里只有魅，怎么可能有……"谷主刚说到这里，脸色煞白地住了口，好像想起点什么来。狄弦望着他："没错，你也终于想起来了，就是四十年前逃掉的那个六岁的小孩儿，奚重山和吴玥的儿子。"

十二

四十年前，谷主还只是蛇谷里一个普通的中年秘术师。那一年发生了一件大事，一对夫妇偷偷养下的孩子被发现了。

这对夫妇的名字分别叫作奚重山和吴玥，是当时蛇谷里最有前途的两位年轻秘术师。他们拥有异常强大的精神力，也有着敏锐的头脑，最大的心愿就是找到培育邪兽的方法。因为他们很早就意识到，魅的人口实在太少，又无法通过生育来增加，想要与异族抗衡，唯一的选择就是借助外力。当时的谷主很支持他们的举动，认为他们目光高远，看到了魅族的未来。

奚重山和吴玥一直勤勤恳恳地工作，从不惹是生非，在人们的眼中一直都是蛇谷的楷模。一直到四十年前的那一天，才有人意外地发现了他们一直保藏着的惊人的秘密。

当时两个魅由于言语不和产生冲突，进而发展到邀约决斗。但在蛇谷里，私人决斗是被严格禁止的（我父亲那种小孩儿的恶作剧赌约不算），所以他们只能走进山谷，寻找着尽量偏僻的角落。

他们刻意避开有人迹的小道，不觉钻进了一片浓密的灌木林，并在那里开打。这也是两个很有潜力的年轻人，秘术不断碰撞，不断刺激着精神力的高涨，就这么很凑巧地毁掉了一道障眼幻术。两人的眼前忽然出现一个利用大树的树洞改建的树屋，而就在树屋的门口，他们发现了一个五六岁左右的小男孩。他们觉得很奇怪，停止了决斗的打算，转而合力将幻术修补好，消除掉决斗的痕迹，然后躲起来监视。

这一天傍晚时分，奚重山和吴玥来了。而扑入他们怀抱的男孩不住地叫着爹和娘，明白无误地说明了他们三者的关系。

事情就这样败露了，男孩是奚、吴两人的亲子，已经偷偷在这间树屋养了六年。这是一个魅的后代，所以他不是魅，而是人类。在蛇谷里偷偷养小孩儿，实在是犯了魅族的大忌。按照规矩，这样的孩子应该被立即杀死埋掉，如同这之前几百年里无数的先例一样。但奚重山和吴玥既然能把孩子偷偷养上六年，怎么可能轻易让他被杀死。他们抢出孩子，利用自己的秘术竭尽所能地阻拦了追兵，把孩子放跑了。最终孩子并没有被找到，魅们根据种种痕迹，推断孩子摔下了山崖，但没有见到尸骨，也许是被野兽叼走了。

至于这对夫妇，偷偷养育人类已经是犯了大忌，为了放他逃走，又用秘术杀害了七名同胞，并打伤了二十多人，真是罪无可赦。长老们商议后最终宣判，把他们放入祭坛内的那口"棺材"，逆转其运行方向，令两人灰飞烟灭，重新化为飘散于宇宙间的精神游丝。

当时负责行刑的就是现在的谷主。他和奚、吴二人关系一直不错，行刑时十分不忍，倒是夫妻俩反过来安慰他："这是我们早就猜到的结局，不能怪你，你也不必内疚，要怪只能怪我们生而为魅。"

怪只能怪我们生而为魅。当那道白光冲天而起时，谷主的眼泪也掉了下来。

顺便可以多提一句，那个埋葬了无数婴儿尸骨的墓葬坑，一直处在障眼幻术的保护之外，所以曾经在被山洪冲开后，被山里的山民看到过。山民愚昧无知，哪知道那些尸骨的来历，倒是开始流传一些奇谈怪论。

十三

魅们听完这段往事，都陷入了沉默，不知该做何评价。谷主已经老泪纵横，沉浸在那段沉重的往事中无法自拔。我父亲却始终皱着眉头，苦苦思索着什么。最后他眼前一亮："我想起来了！奚重山，是那本《九州殇乱录》的作者嘛！我说这个名字怎么那么熟。"

"没错，他们在放儿子逃走时，知道难逃一死，把那本书塞到了孩子的怀里，后来又落到了你养父手里，再后来嘛……随着你养父，来到了蛇谷。"狄弦一口气说。

我父亲瞠目结舌："这……这怎么会？不过是一本破烂的打斗小说，怎么还那么重要，藏过来传过去的？"

狄弦一笑："因为你看到这本乱七八糟的打斗小说时，后面很重要的几十页已经被撕掉啦！傻孩子，奚重山夫妇自从开始偷养他们的儿子，就知道总有一天会被发现，已经做好了必死的准备。为了不让多年的心血白费，他们用其他小说的情节七拼八凑，胡乱编出了那本小说，却在小说最后讲述邪兽的那一部分，用隐形药水写上了邪兽的培育方法。"

"而他们的儿子，心里充满了对蛇谷的仇恨，一直想要报复。他并不想直接带上军队来攻打，因为这座城易守难攻，魅族又多秘术高手，肯定会有很多魅逃掉，他要的是彻底把这座城毁掉。他涂抹掉了最关键的几个配方，添加了几种能起相反效果的矿物，如果按照书上的方法炼兽，最后的结果必然不可收拾。"

谷主的脸色比草还绿，我父亲也恍然大悟："难怪他要想方设法引诱我们培育邪兽，真够毒的！"不知不觉中，我父亲又开始说"我们"了。

狄弦的笑容变得凄凉："不只是毒，他真的是一个深谋远虑的聪明人，在发现并涂改了那本书的秘密后，就一直想要找一个合适的人选，把这本书送入蛇谷。他四处寻找，终于碰到了你的养父，一个同样研究邪兽的人，最绝妙的是他捡到了一个魅，真是天赐良机。于是他找到机会，故意炮制了那起坠崖事件，让你们遭到追杀，并且把蛇谷的地址告诉了你的养父。他知道，你的养父和他的父母是一样的，只要能拯救自己的孩子，就可以不惜牺牲一切。"

"那是他安排的？"我父亲怪叫起来，回想起当年的情形，颓然坐倒在地上。狄弦抚摩着他的头顶以示安慰："你养父自尽后，这本书被从他的行李里找出来。因为上面写着奚重山的名字，谷主一下子明白了它的价值。看到这本书，谷主就想起当年化为精神游丝的那对夫妻和以为已经摔死了的小孩儿，虽然不知道你和他们究竟有什么关系，出于内疚，也会对你特别好一点儿。"

父亲瞪了谷主一眼，却也骂不出口，狄弦接着说："你和你养父的事情，都不是我这位朋友告诉我的，而是我认识你之后，偷偷出谷去打探的。我的朋友并没有向我讲那么详细，可惜他忘记了，我也不是任人摆布的白痴，即便中了契约咒，不得不为他完成任务，我也可以自己想办法弄清楚事实真相。"

父亲点点头，想起自己见到过狄弦的那次悄悄出谷，又问："那他不是已经把书送进来了吗？为什么还要再让你进来？前后相隔了十来年了啊！"

狄弦苦笑："因为虽然有了那本书，谷主仍然不敢炼邪兽，这一点大大出乎他的意料。他以人类的欲望来揣度魅，犯了大错误。魅族在几千年来，连自己的地盘都不曾有过，现在能有蛇谷，已经足够满足，根本不会去奢望侵吞谁的地盘，只想要自保。如果换成一个人类的君王，恐怕早就动手了，魅却不会。"

"我这位朋友等了许多年，以为蛇谷早该不复存在了，回来一看却远不是那么回事，终于明白了这当中的关键。他虽然在蛇谷住了六年，却从来只能见到父母两个魅，其实完全不懂魅的心理。所以他还需要一场战争和一个魅，通过战争让蛇谷陷入绝境，通过那个魅让谷主下定决心。"

"那个魅就是你了。"我父亲哼了一声，想起自己一直被这厮欺骗，真是郁闷。

此时远处又开始折腾出大动静，会瞭望术的魅看了几眼，回报说："人类的援军到了，好多人，正在和邪兽打得热闹。"

狄弦满意地挥挥手："看来这只邪兽还真够结实的。"

我父亲连看热闹的心情都没有，慢慢回想着狄弦到来后的种种事由，想通了大部分的来龙去脉，不过还是有一些小问题："我们一起在那个人类小镇上的时候，你把我弄昏睡过去，是为了什么？"

"不为什么，我也根本没去和任何人接头，"狄弦坏笑着，"我就是想让你怀疑，最后逼你出手对付我。"

"为什么要这么做？"谷主不解。

狄弦面有得色："我刚才不是说了吗？诈伤是有原因的，如果不那样做，你也不会在无计可施的情况下同意我铤而走险，把这只邪兽培养到极致。这是非常重要的一步，我要保命、完成我的契约咒，就必须培育邪兽毁掉蛇谷，这是不容改变的。但我既不想死，也不想为了活命让自己的同族死，想来想去，想到了契约咒里的一个破绽：我可以毁掉蛇谷，但完全可以不死一个人。"

"但这话说起来容易做起来难，又毁掉这座城，又不死人，听上去简直不可能，所以我来到谷里后，思考了很久，才终于想到了这种邪兽，而且必须得去除一切禁制，把它培育到极限。它要是长得不够大，不够贪婪，今天的一切就不会发生，我们也只能要么被邪兽吃掉，要么被人类干掉。"

"这到底是什么邪兽？你是怎么做到的，让它把我们吃进去之后再吐出来？"父亲憋不住了。

狄弦哈哈大笑："想想看，这座山谷叫什么？"

"蛇谷嘛！等等，你是说……这是一条蛇？"

"它失去了控制，外形完全走样了，所以大家都看不出来，但这确实是蛇，一条无比贪食的巨蟒。我之所以一直要等到敌军进攻时才把它放出来，是有很重要的原因的，而让你们一定要使用秘术保护自身，也不光是为了防止胃液的腐蚀。"

"你要是再卖关子我就揍死你！"我父亲大吼道。

狄弦夸张地做出求饶的姿势："老大饶命！我这就说！你们都不知道，这种以巨蟒为基础培育出的邪兽，是天下一等一的贪得无厌，比寻常的蟒蛇更贪婪。它把我们当作食物吞下去之后，因为我们不断在驱动秘术，会让它的胃里十分不舒服。而在这个时候，碰巧比我们人数更多、规模更大的人类军队来到了。我见过人类打仗，知道他们打仗时仗着人多总会排列出整齐的军阵，用邪兽的眼光看去，就是黑压压的一大块……"

"我知道是怎么回事了！"我父亲嚷嚷着，"它看到了一块更大的食物，但肚子里却已经装进了我们。一方面是贪婪的本能，另一方面我们在它肚子里也搅得它很难受，所以它就把我们吐了出来，以便腾空肚子吞下更大的食物！"

"自然界虽然有很多千奇百怪的生物，但要论到在受惊或是逃命时，会把已经吞进肚子里的食物再吐出来，还是得数蛇啊！"狄弦说，"我们的邪兽，只不过是更进一步罢了。"

"那我们是不是该赶快离开？"谷主问，"等邪兽收拾完人类的军队，会不会再追过来。"

"我说过这儿是安全距离，"狄弦又躺下了，"以它的根为圆心，我们处在它体长的半径之外，放心吧。"

谷主没听明白："根？"

"我当然还是偷偷给它掺杂进去了一点儿植物的成分，让它从尾部生了根，"狄弦打着呵欠，显得十分困倦，"你不会以为我真的会去培育一只行动自如的邪兽吧？别傻了，九州太小，经不起邪兽的折腾的，我不干那种不可收拾的事情。饿上一段时间，等我们的这条蛇吃光了附近所有的食物，它就会像朵没有养分的花一样，慢慢枯萎腐烂了。以后的蛇谷，真的会有一副蛇骨摆在那儿了。"

谷主还想再问，但狄弦已经发出了有节奏的鼾声。他利用邪兽击败了人类，拯救了自己的种族；他完成了身上的契约咒，也拯救了自己。拯救这种事情，实在足以让任何人累得够呛。

十四

我父亲回忆起这段他年轻时候的往事时，我一直在瞅向山谷的中央。在邪兽的头骨下面，又有热闹的商队临时集市，里面一定会有很多很好玩的玩具，我想我可以缠着父亲给我买点，他要是不买我就满地撒泼打滚。父亲看出我的心不在焉，叹了口气："真是哪一点都像老子年轻时候……就不知道学点好的！"

"我身边都是人类，连我妈都是人类，你让我到哪儿去学好？"我白他一眼，"你不是总说你们魅好得不得了吗？我看你也没那出息把整个蛇骨镇里的人都灭了！"

父亲有点儿尴尬："大家和平相处嘛，你不要总说这种挑拨种族矛盾的话，你妈听了也会不高兴的。"

我撇撇嘴，看着远处。和我一样的人类孩童们在灿烂的阳光下追逐嬉戏，穿行于邪兽巨大的白骨之间——那正是我们蛇骨镇得名的原因。他们在这座属于人类的山谷里无忧无虑地长大，除了我，没有谁知道这里曾经发生过的一切，更没有人知道这里曾经有一座魅的城市，有一片只属于魅的乐土。过去的蛇谷城早已化为尘土，冻僵的蛇终于没能咬死农夫，只有鲜花在绽放，所以如今的蛇骨镇春光明媚、繁花似锦。

"我一直在想，即便不是为了保命，狄弦也一定想要毁掉蛇谷城，"父亲望着邪兽的骨架，忽然说，"他一定也不喜欢那种生存方式，那种刻意与异族为仇的生存方式。从第一次带他进入头颅大厅的时候，我就能感受到他的愤怒。那些人类，和我们魅族一样，不过都是些想要好好活下去的生命而已。"

"我再也没有见到过狄弦，他到底是什么样的一个魅呢？他从来没有向我讲述过他的过去，也从来没有表露过他内心的真实想法。他就像冬天里的一阵北风，突如其来地刮进了蛇谷，又默默地消失，不留半点儿痕迹。"

我没有理睬父亲那些莫名其妙的感慨，只是敏感地抓住了关键词："带我去那个大厅看一下好不好？你不是说藏在城外所以没有被毁掉吗？挂着那么多人头，一定很好玩，要是能弄出一两个……"

"那可不行，那种戾气深重、阴森森的地方，你们小孩子进去没好处！"父亲断然拒绝。

我把嘴一瘪，开始蓄势，父亲慌了手脚："小祖宗！别闹别闹！我跪下给你磕头还不行吗？"

"那你就带我去！"我大声说。

父亲很为难，但知道我满地打滚的声势之惊人，不敢轻易造次，搔搔头皮，忽然说："大厅不能带你去，不过作为补偿，我给你一个从当年的投名状身上取下来的战利品吧！"

我立刻喜笑颜开。我们回到家里，父亲翻箱倒柜，找出一块金属牌递给我。我接过来一看，是一块军官的腰牌，上面刻着"奚林"两个字。

奚林？奚这个姓可不常见，我一下子想起了父亲刚刚给我讲的故事。

"你猜对了，"父亲点点头，"这就是奚重山夫妇留下的那个儿子，策划了整个阴谋的儿子，同时也是狄弦带到蛇谷的投名状。他以自己的生命作为敲门砖，帮助狄弦进入到蛇谷，替他完成使命。只可惜最终他未能如愿。"

"你要是死了，我也帮你这么搞上一搞，替你报仇。"我没心没肺地说，手里把玩着这个做工精致的腰牌，喜上眉梢。

"免啦！"父亲把手乱摇，"你只要好好活着就行啦！"

"不过，老头子，我还是想问你一个问题，"我说，"你真的不记得了，你凝聚的时候为什么会选择婴儿作为模板？"

父亲微微一笑，转头看着窗外。温暖的阳光下，蛇骨镇的孩童们在那里奔跑玩耍，清脆的笑声不断地传进他的耳朵。我的父亲装作打呵欠，揉了揉眼睛，以漫不经心的口吻对我说："谁知道呢？跟你说过上百遍了，魅很难记得住自己虚魅时候的记忆，也就无从知晓他们最初选择模板的理由。不过……"

"不过什么？"

"做人类真好，可以从一丁点儿小开始慢慢地长大。我总觉得没有童年的人生不算完满。"

父亲回过头时，我已经不见了。我其实就是随口问上那么一句，都没有听清楚他最后的回答。我握着那块刻着"奚林"名字的漂亮的腰牌，奔向我的玩伴，迫不及待地向他们炫耀。